夢中的橄欖樹

三毛

Echo Legacy

—總編的話—

而我們又想起了妳。

像沙漠裡吹來的一陣風，像長夜裡恆常閃耀的星光，像繁花盛放不問花期，像四季更迭卻不曾遺忘各自的美麗。是三毛，她將她自己活成了最生動的傳奇。是三毛筆下的故事，豐盛了我們那一片枯槁的心田。

三十年了，好像只是一轉眼，而一轉眼，她已經走得那麼遠，遠到我們的想念蔓延得越來越深邃。

是這樣的想念，驅使我們重新出版「三毛典藏」，我們將透過全新的書封裝幀，吸引更多讀者走進三毛的文學世界。「三毛典藏」一共十一冊，集結了三毛創作近三十年的點點滴滴：《撒哈拉歲月》記錄了她住在撒哈拉時期的故事，《稻草人的微笑》收錄她從沙漠搬遷到迦納利群島前期，與荷西生活的點點滴滴。《夢中的橄欖樹》則是她在迦納利群島後期的故事，她追憶遠方的友人，並抒發失去摯愛荷西的心情。

除此之外，還有《快樂鬧學去》，收錄了三毛從小到大求學的故事。《流浪的終站》裡的三毛回到了台灣，她寫故鄉人、故鄉事。《心裏的夢田》收錄三毛年少的創作、對文學藝術的評論，以及最私密的心靈札記。《把快樂當傳染病》則收錄三毛與讀者談心的往返書信，《奔走在日光大道》記錄她到中南美洲及中國大陸的旅行見聞。《永遠的寶貝》則與讀者分享她最心愛、最珍惜的收藏品，以及她各時期的照片精選。《請代我問候》是她寫給至親摯友的八十五封書信，《思念的長河》則收錄她所寫下的雜文，或抒發真情，或追憶過往時光。

她所寫下的字字句句，我們至今還在讀，那是一場不問終點的流浪，同時也是恆常依戀的鄉愁。三毛曾經這樣寫：「我願將自己化為一座小橋，跨越在淺淺的溪流上，但願親愛的你，接住我的真誠和擁抱。」親愛的三毛，這一份真誠，依然明亮，這一個擁抱，依然溫暖。如果我們的眷戀有回聲，如果我們依然對遠方有所嚮往，如果我們對萬事萬物保有好奇——那也許只是因為，我們又想起了妳。

—導讀—

三毛傳奇與三毛文學。

明道大學中文系講座教授　陳憲仁

三毛寫作甚早，年輕時即曾在《現代文學》、《皇冠》、《中央副刊》、《人間副刊》、《幼獅文藝》等發表文章。但真正踏上寫作之路，應該是一九七四年與荷西在西屬撒哈拉沙漠結婚後，寫下一系列「沙漠故事」才算開始。

三毛的《撒哈拉歲月》是中文世界裡，首次以神秘的撒哈拉沙漠為背景的作品，對於長期蟄居在台灣島國的人，無異開啟了寬闊的視野，加上她的文筆幽默生動，內容豐富有趣，從第一篇〈沙漠中的飯店〉發表之後，即造成轟動，後來更掀起了巨浪般的「三毛旋風」。

一九七九年十月至十二月，《讀者文摘》在澳洲、印度、法國、瑞士、西班牙、葡萄牙、墨西哥、南非、瑞典等國以十五種語言刊出三毛的〈一個中國女孩在沙漠中的故事〉；《撒哈拉歲月》這本書的翻譯本，一九九一年有日文版；二〇〇七年有大陸版；二〇〇八年有韓文版；二〇一六年有西班牙文版及加泰隆尼亞文版；二〇一八年有波蘭文；二〇一九年有荷蘭文、英文、義大利文、緬甸文；二〇二〇年有挪威文。另外，個別篇章也有越南文、法文、捷克文等譯文相繼出現，可見三毛作品在國際間確有一定的分量。

大家提到三毛，想到的可能都是她寫的撒哈拉沙漠故事的系列文章，其實三毛一生的作品，包括小說、散文、雜文、隨筆、書信、遊記等有十八本，翻譯四種，有聲書三冊，歌詞錄音帶三捲，電影劇本一部。體裁多樣，篇數繁多，顯現她的創作力不僅旺盛，且觀照範圍遼闊。

在三毛過世三十年之際，我們回顧三毛作品，重讀三毛作品，可以以文學的角度、文學的樂趣來閱讀、來發現，則三毛作品中優秀的文學特性，如對人的關懷與巧妙的文學技巧，將能處處顯現。

我們看《撒哈拉歲月》裡，三毛寫〈沙巴軍曹〉的人性光輝：一位西班牙軍曹，因為弟弟在西班牙軍人被撒哈拉威人大屠殺的慘案中死了，仇恨啃咬了十六年的人，卻在一群撒哈拉威孩子誤觸爆裂物、面臨最危急的時候，用自己的生命撲向死亡，去換取他一向視作仇人的撒哈拉威孩子的性命。

又如〈啞奴〉，三毛不惜筆墨，細細寫黑人淪為奴隸的悲劇，寫其善良、聰明、能幹、愛家愛人，對於身處這樣環境下的卑微人物，三毛流露了高度的同情，也寫出了悲憤的人道抗議。

再如〈哭泣的駱駝〉，書寫西屬撒哈拉原住民——撒哈拉威人爭取獨立的努力與困境，呈現其命運的無奈、情愛的可貴，著實令人泫然！

而在中南美洲旅行時，她對市井小民的記述尤多，感嘆更深，哀傷更巨。當進入貧富差距大、人民生活困苦的國家，她的哀感是「青鳥不到的地方」；當她在教堂前面看到：一位中年男人、白髮老娘、二十歲左右的青年、十幾歲的妹妹，都用膝蓋在地上向教堂爬行，慢慢移動，全家人的膝蓋都已磨爛了，只是為了虔誠地要去祈求上天的奇蹟。

「看著他們的血跡沾過的石頭廣場，我的眼淚迸了出來，終於跑了幾步，用袖子壓住了眼睛。坐在一個石階上，哽不成聲。」

凡此，均見三毛為人，富同情心，具悲憫之情，對於苦痛之人、執著之人，常在關懷之中，她與人同生共活、喜樂相隨、悲苦與共。

三毛作品的佳妙處，當然不只特異的題材內容，不只流露的寬闊胸懷，還有她巧妙的寫作技巧。

我們看她的敘述能力、描寫功夫，都是讓人讀來，愛不釋手的原因。就以三毛自己很喜歡的《撒哈拉歲月．荒山之夜》為例，這篇文章寫三毛與荷西到沙漠尋寶，荷西出了意外，陷入沼澤中，三毛憑著機智與勇氣救出荷西。其文學技巧高妙處，約略言之，即有如下數端：

一、伏筆照應：

三毛把荷西從泥沼中救出來的東西「長布帶子」，是因為她穿了「拖到腳的連身裙」，才能將「長裙割成長布帶子」；荷西上岸後免於凍死，是因三毛出門時「順手拿了一個皮酒壺」。當後面出現這些情節，看到這些東西時，我們才恍然大悟，為什麼前面作者要描寫穿的衣服及順手抓起的東西？這種「草蛇灰線」的技巧，三毛作品中，隨處可見。

二、氣氛鋪陳：

當三毛與荷西的車子一進入沙漠，兩人的談話一再出現「死」字、「鬼」字，如：「上次幾個嬉皮怎麼死的？」、「死寂的大地像一個巨人一般躺在那裡，它是猙獰而又凶惡的。」、「我在想，總有一天我們會死在這片荒原裡」、「鬼要來打牆了。心裡不知怎的覺得不對勁」。

成功的營造氣氛，不僅讓讀者有身歷其境的感覺，也是作品成功的要件。

三、高潮迭起：

三毛善於說故事，故事的精采則奠基於「高潮迭起」。〈荒山之夜〉即是這樣的作品，高潮與低潮不斷的湧現：三毛數度找到救星，卻把自己陷入險境；荷西數度陷入死亡絕境，卻又次次絕處逢生。情節緊扣，讓人目不暇給，喘不過氣。

三毛作品除了「千里伏線」、「氣氛鋪陳」、「高潮起伏」等技巧之外，還有一項「情景交融」，運用得更好更妙，像：

〈娃娃新娘〉，出嫁時的景象：「遼闊的沙漠被染成一片血色的紅」，象徵即將面臨的婚姻暴力。

〈荒山之夜〉，荷西陷在泥沼裏，「沉落的太陽像獨眼怪人的大紅眼睛，正要閉上了」，平添蠻荒詭異的色彩。

〈哭泣的駱駝〉，三毛眼見美麗純潔的沙伊達被凌辱致死，無力救援，「只聽見屠宰房裡駱駝嘶叫的悲鳴越來越響，越來越高，整個天空，漸漸充滿了駱駝們哭泣的巨大的迴聲」，以強烈的聽覺意象取代情感的濃烈表達。

三毛這些「以景襯情」的描寫，處處可見可感，如：

一、寫喜：

「漫漫的黃沙，無邊而龐大的天空下，只有我們兩個渺小的身影在走著，四周寂寥得很，沙漠，在這個時候真是美麗極了。」

這是〈結婚記〉兩人走路去結婚的畫面，廣角鏡頭下的兩個渺小身影，襯出廣大的天地，世界是兩人的。此時的愉快心情，完全不必說。筆觸只寫沙漠「美麗極了」，正是內心美麗極了的「境由心生」，同時也是「以景襯情」的寫法。

二、寫愛：

〈愛的尋求〉，「燈亮了，一群一群的飛蟲馬上撲過來，牠們繞著光不停的打轉，好似這個光是牠們活著唯一認定的東西。」

三、寫驚：

〈哭泣的駱駝〉，當三毛知道沙伊達是游擊隊首領的妻子時，那種震驚，「黃昏的第一陣涼風，將我吹拂得抖了一下。」

四、寫懼：

（三毛聽完西班牙軍隊被集體屠殺的恐怖事件後）「天已經暗下來了，風突然厲裂的吹拂過來，夾著嗚嗚的哭聲，椰子樹搖擺著，帳篷的支柱也吱吱的叫起來。」

五、寫悲：

〈哭泣的駱駝〉，（三毛想到她的朋友撒哈拉威游擊隊長被殺的事件）「打開臨街的木板窗，窗外的沙漠，竟像冰天雪地裡無人世界般的寒冷孤寂。突然看見這沒有預期的淒涼景致，我吃了一驚，癡癡的凝望著這渺渺茫茫的無情天地，忘了身在何處。」

六、寫哀：

〈哭泣的駱駝〉，沙伊達被殺的地方是殺駱駝的屠宰房。「風，在這一帶一向是厲冽的，即使是白天來亦使人覺得陰森不樂，現在近黃昏的尾聲了，夕陽只拉著一條淡色的尾巴在地平線上弱弱的照著。」

三毛傳奇，一直是許多人津津樂道和念念不忘的。在三毛去世之後，兩岸也出現了不少三毛相關的傳記，足見她的魅力和影響歷久不衰，甚至於近年來，學院中亦陸續有以三毛為題的研究論文出爐，三毛作品的文學價值漸受重視，此刻回思瘂弦〈百合的傳說〉中說過的話：「紀念三毛最好的方式，還是去研究她的作品。」、「研究她特殊的寫作風格和美學品質，研究她強烈的藝術個性和內在生命力，才是了解三毛、詮釋三毛最重要的途徑。」相信，《三毛典藏》的出版，帶給大家的正是這樣的方向與契機！

三毛二三事。

三毛家人

「三毛」並不存在

在我們家中，「三毛」並不存在。

爸爸媽媽和大姐從小就稱呼她為「妹妹（ㄇㄟˋㄇㄟˊ）」；兩個弟弟喊她「小姐姐」；在姪輩的心中，她是一個稀奇古怪但是很好玩的「小姑」。

「三毛」這個名字從民國六十三年開始在《聯合報》出現，那些甚至連「三毛」的家人都沒經歷過的撒哈拉沙漠生活，讓我們的「妹妹」、「小姐姐」、「小姑」頓時成了大家的「三毛」；但即使在她被廣大讀者接受後的七十年代，家中仍然沒有「三毛」這個稱呼，大家一切如常，仍然是「妹妹」、「小姐姐」。儘管父母親實在以這個女兒為榮，但家人在外從來不會主動表示「三毛」是我的誰。記憶中，母親偶爾會在書店一邊翻閱女兒的書，一邊以讀者的身分問店家：「三毛的書好不好賣啊？」每當答案是肯定的，她總會開心的抿嘴而笑，再私下買兩三本三毛的書，自我捧場。父親則是有一次獨自偷偷搭火車，南下聽女兒在高雄文化中心的演講，到會場時發現早已滿座，不得其門而入，於是就和數千人一起坐在館外，透過擴音器聽女兒的聲音，結束後再帶著喜悅默默的搭火車回台北。

父親還會做一件事，就是幫女兒整理信件。當時小姐姐在文壇上似乎相當火熱，各地讀者雪片般的信件每月均有數百封。一開始，三毛總是一一親自閱讀，但到後來讀者來信實在太多，對身體不好的三毛成為極大的負擔；不回，則辜負了支持她的讀者的美意，一一回信，簡直不可能。於是父親就利用其律師工作之餘，每天花三四小時幫小姐姐拆信、閱讀、整理、分類、貼標籤，再寫上註記，標明哪些是要回的、哪些是收藏的。十多年來甘之如飴，這是父親用行動表示對女兒的愛護。而這十幾大箱讀者的厚愛與信中藏著的喜怒悲歡，已在小姐姐葬禮中全部火化讓她帶走。

「三毛」是她的光圈，但在我們看來，那些名聲對她而言似乎都無所謂。她的內在一直是陳平，一個誠實做自己、總是帶著點童趣的靈魂。她走過很多地方，積累了很多豐富的經歷，但也因為這些經歷、辛苦和離合，她的靈魂非常漂泊。對三毛的好朋友們、三毛的讀者，和身為三毛家人的我們來說，我們各自或許都看到了、理解了、感受了某一個面向的三毛，但又沒有人能真正看透全部的她。因此我們各自保有對她不同的記憶，用各自的方式想念她。這些記憶或許看似瑣碎，但是對我們來說，是家人間最平凡也最珍貴的回憶。在此身為家人的我們，願意和大家分享這些記憶，做為我們對她離開三十年的懷念。

從小就不同

「小姐姐」在我們家是一個說故事的高手。三十多年了，關於她，我們家人總有一個鮮明的印象：吃完晚飯後，全家人齊坐客廳，小姐姐把頭髮往上一紮，雙腿盤坐，手上拿一大罐面霜，一邊塗臉按摩，一邊「開講」她遊走各地的事。這些在一般人說來平凡無奇的經歷，從她口中講來則是精采絕倫，把我們唬得一愣一愣的。所以小姐姐總說自己是「說故事的人」，不是作家。

其實三毛從小就顯現她與眾不同的特點，譬如有一次她向母親討了點錢，去買了一支當時非常貴的馬頭牌花生口味的冰棒，然後抓著姐姐到離家不遠的一個山洞（防空洞）裏，把冰棒慎重的放到鐵盒做的香煙罐裏，說：「這裏涼涼的冰棒不會化，明年夏天我們就還有冰棒可以吃啊！」第二年的夏天，姐妹倆真的手牽手回到山洞裏，把已經發黃鏽掉的鐵罐挖出來，一打開，哇！只有黃黃濁濁的水。這是她從小可愛的一面，而這份童真在她一生中都沒有消逝。

另外當時我們重慶的大院子裏有個鞦韆，是她們姐妹倆喜歡去的地方。但因為院裏埋著一些墳墓，於是每到天黑姐姐便拉著妹妹想回家。但三毛從小膽子便大得很，總是在鞦韆上盪啊跳的，非摸黑不肯走。除了善良、憐憫、愛讀書，小姐姐同時勇敢、無懼又有反抗心，從小就很有想法，四個手足中，似乎只有她一個是翻轉著長的。她後來沒去上學，現在回想起來，在那個小小的年紀裏，我們自己對人生的態度已經不自覺的顯現出來了。

一切憑感覺

熟悉她的讀者或許記得，三毛曾在沙漠用棺材板做沙發。有時候想想，這個能用棺材板和輪胎把家裏布置得美輪美奐的女人是我的姐姐、陳家的女兒，我們都覺得不可思議。因為回到台灣以後她與爸媽同住，一間不到五坪大的房間，除了書桌、書架和床之外，一切可說非常簡單。但是在她自購的小公寓可就不一樣了，這個位在頂樓不大的鳥居，屋內所見幾乎全部是竹木製：木製牆面、木桌、木鳥籠（裏面裝著戴嘉年華面具的小丑）、竹籐沙發。對我們兄弟姐妹還有我們的小孩來說，那裏是個很特別的地方，完全散發著她個人獨特的美感。

除了家居布置，小姐姐手也非常巧，很會照顧身邊的人，和荷西在一起，可以把他養得白白胖胖，讓他天天想著吃「雨」（粉絲）。但對她自己來說，「吃東西」是非常無所謂且不重要的事，尤其在她專注寫作的時候。她在台北的家有冰箱，但常是空的。她工作起來可以沒日沒夜不吃飯不睡覺，所以我們家人經常買點牛奶、麵包、香腸、牛肉乾、泡麵放在裏面。記得有一次我們去看她，一打開冰箱，裏面空空蕩蕩，只有一條已經咬過幾口的生香腸。我們都大驚失色：「這是妳咬的嗎？」她說：「是啊！肚子餓了嘛！」

另一個她較不在意的便是金錢。小姐姐儘管文章常上雜誌報紙，但是稿費這部分，她一律不管，全部交給母親打理。她常說「我需要的不多」。事實也是如此，她最常穿的是一套牛仔工裝吊帶褲，塑膠鞋和球鞋，高跟鞋是很少上腳的。

不為人知的「能力」

在家中，基本上父母親是不喝酒的，即使應酬，也只是沾唇而已。但是這個二女兒不知是否得了祖父或外祖父的遺傳，她可以喝一整瓶白蘭地或威士忌不會醉倒。但她並不常喝，除非找到能一起說話的朋友。至於煙，小姐姐倒是抽得兇，每次去老家巷口的家庭式洗頭店，總是一邊說故事給老闆娘和其他客人聽，一邊手上一根根的抽，一個小時下來，可以抽上十來根，寫作的時候亦是如此。她抽煙總是用火柴而不用打火機，為的是燒火柴時那股「很好聞，有硫磺的味道」，同時燒火柴時「有火焰，有煙會散開，感覺很棒！」對她來說，火柴是記憶的一部分，會幫她增加靈感。

三毛記憶力很好，而這份記憶力或許在語言上也對她助益頗深。我們家父母親彼此說的是寧波話與上海話，到台灣以後，小姐姐日常說的是國語，但和二老講話時則換回這兩種語言。出生在四川的她除了四川話頗為流利，日後又和與她很親近的打掃阿姨學了純正的台灣話，完全不帶一點外省口音。她在台灣的日商公司短暫幫忙的日子中粗通了日文，並在出國後把西班牙文、英文、德文也統統收到自己的百寶箱中。中文和西班牙文是她這九種語言中最精通的兩種，每當父親有歐美的客戶或友人來台時，三毛總會幫著父親，讓大家賓主盡歡。

充滿愛的小姐姐

小姐姐一輩子流浪的過程中，或許都在尋找一份心裏的平安和篤定，好不容易有了荷西，他卻又撒手中途離去。除了荷西，小姐姐也很愛她的朋友們。三毛對朋友基本上無分男女、國籍、社會地位、有學問沒學問、知名不知名，一旦當你是朋友，她就拿心出來對你。她笨笨的、不會說捧人的話，但是對人絕對真誠，而且對不足的人特別的關心。她有很多很多的好朋友，而這些朋友對三毛的生命造成或大或小的影響。

不過她似乎習慣四處流浪，她說：「不要問我從哪裏來。」於是有了〈橄欖樹〉。當這首膾炙人口的歌不斷被翻唱之際，身為家人的我們除了為她驕傲，也為她心疼。她流浪的遠方不是一個我們能觸及的地方，但也因為是家人，我們比旁人更能看到她的快樂、傷痛和辛苦。另外一首最能代表她年輕的心情的歌則屬〈七點鐘〉，由三毛作詞，李宗盛作曲，描述年輕時約會的心情。詞裏寫道：「鈴聲響的時候，自己的聲音那麼急迫，是我是我是我……是我是我是我……」是啊！這就是我的小姐姐，這樣的小姐姐。

不再漂泊

對很多讀者來說，「三毛」，這個像吉普賽人的女子變魔術一樣的來到人間，寫下一篇篇故事，然後又像變魔術一般的離開。三十年了，三毛仍在你們的記憶中嗎？

在我們家中，「三毛」不存在，但是三十年前的那天，父母親和大姐口中的「妹妹（ㄇㄟˋㄇㄟˊ）」，我和我哥哥的「小姐姐」，走了。

我們很想念她。

儘管，我們不敢說真的完全理解她（畢竟誰又能真的理解誰），但是她非常愛我們，我們也非常愛她，對於家人的我們來說，足矣。對於她的驟然離世，父親有一段話，他說：「生命的結束，是一種必然，早一點晚一點而已，至於結束的方式就不那麼重要了。妹妹的離開，做父母親的固然極度的悲傷、痛心、難過、不捨，但是她的離開是我們人生的一部分，我們只能接受這個事實。妹妹豐富的一生高低起伏，遭遇大風大浪，表面是風光的，心裏是苦的。幸虧有家人和朋友的關懷，不然可能更早就走了。她曾經把愛散發給許多朋友，也得到很多回報，我們讓她好好的平靜的安息吧。」

如果有另一個世界，親愛的小姐姐，希望妳不再漂泊。

給小姐姐的一封信。

三毛弟弟　陳傑

小姐姐：

離開我們至今，已經三十個年頭了，還是很想念妳！每年都會去墓園跟妳和爹爹姆媽說說話，墓前總有不知名的讀者為妳獻上一束花；妳寫的故事，在一九七四年代後的二十年間，滿受讀者喜歡；本來想，一個人的盛名，總有凋零的一天，可是這麼多年過去，妳的書以及透過妳眼下看到的世界，反而在華文以外的國家開始受到矚目；除了不少國家詢問相關出版事宜，紐約時報、英國ＢＢＣ廣播公司所出的雜誌，還有Google都推文介紹「三毛」這位華人作者；然而以妳的個性來看，可能有點煩吧？妳從來都不是在意虛名或是耐煩生活瑣事的人，妳一直以來找尋的，總是靈魂的平安和滿足。身為弟弟的我，時不時想著，這些妳走過一生的紀錄，不如就讓它隨風而逝吧！只願妳與荷西在另一個時空裏，不受打擾地繼續兩人的愛戀情懷，這樣也好；世間事留給我們來處理，不去麻煩妳了。

二〇一八年，在妳與荷西結婚四十四年後，我們陳家人終於遠赴西班牙，拜訪了荷西一家人，這個緣分遲了幾乎半個世紀方才達成。荷西家人對我們很親切，為了一對離世的佳偶，兩家人將這個未嘗會面的缺口，補成一個圓滿的圓；從未到過西班牙的我們，儘管語言不通，透過比手畫腳、翻譯和老照片，兩家人在彼此的分享中，似乎又對妳與荷西的生命更了解了一些，就像是一本書的補遺，由於多了幾行字句，因而讓內容又變得圓滿了些。這樣的相見，是陌生但又溫暖的。我們兩家人不熟稔，但共同擁有一份思念。

另外和妳報告一下，我們也飛到大迦納利島和 La Palma 島，追憶妳和荷西曾經擁有的小房子，當地旅遊局特別在荷西潛水過世的地方，做了一個紀念雕塑，還出版了一本《橄欖樹與梅花》的書，來紀念妳這位異國女子在當地的生活片羽。這個曾在妳心中劃下深刻的快樂與苦澀的地方，現在它也把妳的面容永遠收藏了起來。在台灣，國立台灣文學館收藏了很多妳留下來的文物，並出了一本《三毛研究彙編》收集別人對妳的分析；在大陸，妳思之念茲的浙江舟山小沙鄉多年來做了很多與三毛有關的活動，像是「三毛祖居紀念館」、「三毛文學獎」等，還種植了橄欖樹林。四川重慶二〇一九年也設立了「三毛故居」，這些林林總總紀念三毛的方式，讓我們有點應接不暇，感恩但也疲於奔波。小姐姐，妳在乎嗎？天上與人間的想法也許是兩極的，但希望妳知道，不管是過去現在還是未來，我們家人總是以妳為榮，總是想保護妳，希望妳是歡喜的。爹爹姆媽在世時，也都感受到妳帶給他們的喜樂，挺好的。

妳的伯樂——平鑫濤先生也到天上去看妳了，要謝謝他的賞識，把三毛從殘酷的撒哈拉沙漠中挖掘出來，在世間成為一朵亮眼出眾的花；妳曾經對大姐說過：「姐姐，我的一生活得比妳精采十倍」，確是這樣；妳這顆「撒哈拉之心」，明亮過，消逝了，足以對世間說：好了，對嗎！

三十年，一個世代的過去，人們還記得這位第一個踏上撒哈拉沙漠的華人奇女子否？妳的一篇篇故事在他們心中還有回憶嗎？妳把生命都放下了，那些世間事何足留念，不必，不必，在天上再去做個沙漠新娘，讓自己開心一下，好嗎！

目錄

開場白。

——永遠的夏娃

〈永遠的夏娃〉是很久以來就放在心裏的一個標題，兩年來，它像一塊飄浮不定的雲，千變萬化，總也不能捉住它，給它定下清晰的形狀來。

起初想出這個名字，倒是為了一個西籍女友，因為她的種種遭遇，使我總想到其他許許多多在我生命中經歷過的女友們，她們的故事，每一篇都是夏娃的傳奇。當時，很想在這個標題下，將她們一個一個寫出來。後來，我又不想寫這些人了。可是專欄得開了，夏娃這個名字我還是很愛，因為它不代表什麼，也不暗示什麼，專欄既然要一個名字，我就用了下來，它本身實在是沒有意義的。

俄國作家杜斯妥也夫斯基說過一句使我十分心驚的話，他說：「除非太卑鄙得偏愛自己的人，才能無恥的寫自己的事情。」

我有一陣常常想到這句話，使得寫作幾乎停頓，因為沒有寫第三者的技巧和心境；他人的事，沒有把握也沒有熱情去寫；自己的事，又心虛得不敢再寫，我不喜歡被人看視成無恥的人，可是老寫自己生活上的事，真是覺得有些無恥。

後來我們搬家了，新家門口每天早晨都會有一匹白馬馱著兩個大籐籃跟著牠的主人走過，沿途叫賣著：「蘋——果——啊！」

每聽見馬蹄達達的來了，還不等那個做主人的叫嚷，我就衝出去靠在欄杆上看，直看到他們走遠。

這匹馬天天來，我總也不厭的看牠，每當荷西下班回來了，我照例按壓不住內心的歡喜向他喊著：「今天馬又來了！」

馬總是來的，而我的喜悅，卻像當初第一次見牠時一樣的新鮮。

有一天，再也忍不住了，跟荷西說：「我要把這匹馬寫出來。」

他說：「有什麼好寫的，每天來，每天去的。」

是很平常的事情，可是我要把牠寫下來，說我天天看見一匹馬經過，不知為什麼有說不出的歡喜和感動。

後來，我又想到許多我生命中經歷的事，忍不住想寫，不寫都不行，當時，總會想到杜斯妥也夫斯基那句話——老寫自己的事是無恥的——每想這句話，心中便氣餒得很，呆呆的坐下來看電視，什麼也不寫了。可是那匹馬啊，一直在心底壓著，總得把牠寫出來才好。

又有一陣，一個朋友寫信給我，他說：「妳總不能就此不寫了，到底妳做的是文以載道的工作！」

我被這句話嚇得很厲害，從來沒有想到載什麼東西的問題，這更不能寫了，不喜歡那麼嚴重。

以後有一段長時間就不寫什麼了。

今天荷西下班來對我說，工地上有個工人朋友家住在山裏面，如果我們跟他回去，可以去看看這人養的豬羊，還有他種的菜。我們去了，挖了一大筐蔬菜回來，我的心，因為這一個下午鄉間的快樂，又恨不得將它寫了下來。久已不肯動筆的人，還是有這種想望。

回來後我一直在寫作的事情上思想，想了又想，結果想明白了，我的寫作，原本是一種遊戲，我無拘無束的坐下來，自由自在的把想寫的東西塗在紙上。在我，是這麼自然而又好玩的事情，所以強迫自己不寫，才會是一種難學的忍耐，才會覺得悵然若失，我又何苦在這麼有趣的事情上節制自己呢！

像現在，我在上面把那匹馬寫了出來，內心覺得無比的舒暢，這真是很大的歡喜。我做這件事，實在沒有目的，說得誠實些，我只是在玩耍罷了，投身在文章裏，竟是如此快樂，連悲哀的事，寫到情極處，都是快樂的感覺，這一點，連自己也無由解釋的，總是這樣下去了吧，我畢竟是一個沒有什麼大道理的人啊！

〈永遠的夏娃〉將會是我一些美麗的生命的記憶，在別人看來，它們可能沒有價值，在我，我不如不去想它價值不價值的問題，自由得像空氣一般的去寫我真摯的心靈。其實，它不寫也沒有什麼不可以，寫了對事情還是一樣的，可是既然我想寫了，我就不再多想，歡天喜地的將它們寫出來吧！

拾荒夢。

——永遠的夏娃之一

在我的小學時代裏，我個人最拿手的功課就是作文和美術。當時，我們全科老師是一個教學十分認真而又嚴厲的女人。她很少給我們下課，自己也不回辦公室去，連中午吃飯的時間，她都捨不得離開我們，我們一面靜悄悄的吃便當，一面還得洗耳恭聽老師習慣性的罵人。

我是常常被指名出來罵的一個。一星期裏也只有兩堂作文課是我太平的時間。也許老師對我的作文實在是有些欣賞，她常常忘了自己叫罵我時的種種可厭的名稱，一上作文課，就會說：「三毛，快快寫，寫完了站起來朗誦。」

有一天老師出了一個每學期都會出的作文題目，叫我們好好發揮，並且說：「應該盡量寫得有理想才好。」

等到大家都寫完了，下課時間還有多，老師坐在教室右邊的桌上低頭改考卷，順口就說：「三毛，站起來將妳的作文念出來。」

小小的我捧了簿子大聲朗讀起來。

「我的志願——

我有一天長大了，希望做一個拾破爛的人，因為這種職業，不但可以呼吸新鮮的空氣，同時又可以大街小巷的遊走玩耍，一面工作一面遊戲，自由快樂得如同天上的飛鳥。更重要的是，人們常常不知不覺的將許多還可以利用的好東西當作垃圾丟掉，拾破爛的人最愉快的時刻就是將這些蒙塵的好東西再度發掘出來，這……」

念到這兒，老師順手丟過來一隻黑板擦，打到了坐在我旁邊的同學，我一嚇，也放下本子不再念了，呆呆的等著受罰。

「什麼文章嘛！妳……」老師大吼一聲。她喜怒無常的性情我早已習慣了，可是在作文課上對我這樣發脾氣還是不太常有的。

「亂寫！亂寫！什麼拾破爛的！將來要拾破爛，現在書也不必念了，滾出去好了，對不對得起父母……」老師又大拍桌子驚天動地的喊。

「重寫！別的同學可以下課。」她瞪了我一眼便出去了。

於是，我又寫：

「我有一天長大了，希望做一個夏天賣冰棒，冬天賣烤紅薯的街頭小販，因為這種職業不但可以呼吸新鮮空氣，又可以大街小巷的遊走玩耍，更重要的是，一面做生意，一面可以順便看看，沿街的垃圾箱裏，有沒有被人丟棄的好東西，這……」

第二次作文繳上去，老師畫了個大紅×，當然又丟下來叫重寫。結果我只好胡亂寫著：「我長大要做醫生，拯救天下萬民……」老師看了十分感動，批了個甲，並且說：「這才是一個有理想，不辜負父母期望的志願。」

我那可愛的老師並不知道，當年她那一隻打偏了的黑板擦和兩次重寫的處罰，並沒有改掉我內心堅強的信念，這許多年來，我雖然沒有真正以拾荒為職業，可是我是拾著垃圾長大的，越拾越專門，這個習慣已經根深柢固，什麼處罰也改不了我。當初胡說的什麼拯救天下萬民的志願是還給老師保存了。

說起來，在我們那個時代的兒童，可以說是沒有現成玩具的一群小孩。樹葉一折當哨子，破毛筆管化點肥皂滿天吹泡泡，五個小石子下棋，粉筆地上一畫跳房子，粗竹筒開個細縫成了撲滿，手指頭上畫小人臉，手帕一團就開唱布袋戲，筷子用橡皮筋綁綁緊可以當手槍……那麼多迷瘋了小孩子的花樣都是不花錢的，說得更清楚些，都是走路放學時順手撿來的。

我製造的第一個玩具自然也是地上拾來的。那是一枝弧形的樹枝，像滾鐵環一樣一面跑一面跟著前面逃的人追，樹枝點到了誰誰就死，這個玩具明明不過是一枝樹枝，可是我偏喜歡叫它「點人機」，那時我三歲，就奠定了日後拾荒的基礎。

拾荒人的眼力絕對不是一天就培養得出來的，也不是如老師所說，拾荒就不必念書，乾脆就可以滾出學校的。

我自小走路喜歡東張西望，尤其做小學生時，放學了，書包先請走得快的同學送回家交給母親，我便一人田間小徑上慢吞吞的遊蕩，這一路上，總有說不出的寶藏可以拾它起來玩。有時是一顆彈珠，有時是一個大別針，有時是一顆狗牙齒，也可能是一個極美麗的空香水瓶，又可能是一只小皮球，運氣再好的時候，還可以撿到一角錢。

放學的那條路，是最好的拾荒路，走起來也頂好不要成群結隊，一個人玩玩跳跳撿撿，成績總比一大批人在一起好得多。

撿東西的習慣一旦慢慢養成，根本不必看著地下走路，眼角閒閒一飄，就知哪些是可取的，哪些是不必理睬的，這些學問，我在童年時已經深得其中三昧了。

做少女的時代，我曾經發狂的愛上一切木頭的東西，那時候，因為看了一些好書，眼光也有了長進，雖然書不是木頭做的，可是我的心靈因為啃了這些書，產生了化學作用，所謂「格調」這個東西，也慢慢的能夠分辨體會了。

十三歲的時候，看見別人家鋸樹，鋸下來的大樹幹丟在路邊，我細看那枝大枯枝，越看越投緣，顧不得街上的人怎麼想我，掮著它走了不知多少路回到家，寶貝也似的當藝術品放在自己的房間裏，一心一意的愛著它。

後來，發現家中阿巴桑坐在院子裏的一塊好木頭上洗衣服，我將這塊形狀美麗的東西拾起來悄悄打量了一下，這真是寶物蒙塵，它完全像復活島上那些豎立著的人臉石像，只是它更木頭木腦一點。我將這塊木頭也換了過來，搬了一塊空心磚給阿巴桑坐著，她因為我搶去她的椅子還大大的生了一場氣。

在我離家遠走之前，我父母的家可以說堆滿了一切又一切我在外面拾回來的好東西。當時我的父母一再保證，就是搬家，也不會丟掉我視為第二生命的破銅爛鐵。

有些有眼光的朋友看了我當時的畫室，讚不絕口，也有一些親戚們來看了，直截了當的說：「哎呀，妳的房間是假的嘛！」這一句話總使我有些洩氣，對於某些人，東西不照一般人的規矩用，就被稱做假的。

我雖然是抗戰末期出生的「戰爭兒童」，可是在我父母的愛護下，一向溫飽過甚，從來不知物質的缺乏是什麼滋味。

家中四個孩子，只有我這個老二，怪異的有拾廢物的毛病，父親常常開導我，要消費，要消耗，社會經濟才能繁榮，不要一塊碎布也像外婆似的藏個幾十年。這些道理我從小聽到大，可是，一見了尚可利用的東西，又忍不住去撿，撿回來洗洗刷刷，看它們在我的手底下復活，那真是太快樂的遊戲。

離開了父母之後，我住的一直是外國的學生宿舍，那時心理上沒有歸依感，生命裏也有好幾年沒有再撿東西的心情。無家的人實在不需要自己常常提醒，只看那空蕩蕩的桌椅就知道這公式化的房間不是一個家。

那一陣死書念得太多，頭腦轉不靈活，心靈亦為之蒙塵，而自己卻找不出自救之道，人生最寶貴的青春竟在教科書本中度過實是可惜。

不再上學之後，曾經跟其他三個單身女孩子同住一個公寓，當時是在城裏，雖然沒有地方去撿什麼東西，可是我同住的朋友們丟掉的舊衣服、毛線，甚而雜誌，我都收攏了，夜間談天說地的時候，這些廢物，在我的改裝下，變成了布娃娃、圍裙、比基尼游泳衣……

當時，看見自己變出了如此美麗的魔術，拾荒的舊夢又一度清晰的浮到眼前來，那等於發現了一個還沒有完全枯萎的生命，那份心情是十分感動自己的。

到那時為止，拾破爛在我的生活中雖然沒有停頓，可是它究竟只是一份嗜好，並不是必須賴以生存的工作，我也沒有想過，如果有一日，整個的家庭要依靠別人丟棄的東西一草一木的重組起來，會是怎麼美妙的滋味。

等我體會出拾荒真正無與倫比的神秘和奇妙時，在撒哈拉沙漠裏，已被我利用在大漠鎮外垃圾堆裏翻撿的成績，佈置出了一個世界上最美麗的家，那是整整兩年的時間造成的奇蹟。

拾荒人眼底的垃圾場是一塊世界上最嫵媚的花園。過去小學老師曾說：「要拾破爛，現在就可以滾，不必再念書了！」她這話只有一半是對的，學校可以滾出來，書卻不能不念的。垃圾雖是一樣的垃圾，可是因為面對它的人在經驗和藝術的修養上不同，它也會有不同的反應和回報。

在我的拾荒生涯裏，最奇怪的還是在沙漠。這片大地看似虛無，其實它蘊藏了多少大自然的禮物，我至今收藏的一些石斧、石刀還有三葉蟲的化石都是那裏得來的寶貝。

更怪異的是，在清晨的沙漠裏，荷西與我拾到過一百多條長如手臂的法國麵包，握在手裏是熱的，吃在嘴裏外脆內軟，顯然是剛剛出爐的東西，沒法解釋它們為什麼躺在荒野裏，這麼多條麵包我們吃不了，整個工地拿去分，也沒聽說吃死了人。

還有一次西班牙人已經開始在沙漠撤退了，也是在荒野裏，丟了一卡車幾百箱的法國三星白蘭地，我們撿了一大箱回來，竟是派不上什麼用場，結果仍是放在家裏人就離開了，離開沙漠時，有生以來第一回，丟了自己東西給人撿，那真說不出有多心痛。

我們定居到現在的群島來時，家附近靠海的地方也有一片垃圾場，在那兒，人們將建築材料、舊衣鞋、家具、收音機、電視、木箱、花草、書籍數也數不清，分也分不完的好東西丟棄著。

這個垃圾場沒有腐壞的食物，鎮上清潔隊每天來收廚房垃圾，而家庭中不用的物件和粗重的材料，才被丟棄在這住宅區的盡頭。

也是在這個大垃圾場裏，我認識了今生唯一的一個拾荒同好。

這人是我鄰居葛雷老夫婦的兒子，過去是蘇黎世一間小學校的教師，後來因為過分熱愛拾荒自由自在的生涯，毅然放下了教職，現在靠拾撿舊貨轉賣得來的錢過日子。

在他住父母家度假的一段時間裏，他是我們家的常客，據他說，拾荒的收入，不比一個小學老師差，這完全要看個人的興趣。我覺得那是他的選擇，外人是沒有資格在這件事上來下評論的。

我的小學老師因為我曾經立志要拾荒而怒叱我，卻不知道，我成長後第一個碰見的專業拾荒人居然是一個小學老師變過來的，這實在是十分有趣的事情。

這個專業的拾荒同好，比起我的功力來，又高了一層，往往我們一同開始在垃圾堆裏慢慢散步，走完了一趟，我什麼也沒得著，他卻抬出一整面雕花的木門來送荷西，這麼好的東西別人為什麼丟掉實在是想不透。

我的拾荒朋友回到瑞士之後不久，他的另一個哥哥開車穿過歐洲再坐船也來到了迦納利群島。這一次，我的朋友託帶來了一架貨真價實的老式瑞士鄉間的運牛奶的木拖車，有三分之二的汽車那麼長，輪子、把手什麼都可以轉。它是綁在車頂上飄洋過海而來的一個真實的夢。我驚喜得不相信自己的眼睛，接著，一本淡綠封面，精裝，寫著老式花體英文字母，插畫著精美鋼筆線條畫的故事書《威廉特爾》輕輕的又放在我手裏，看看版本，竟是一九二〇年的。

這兩樣珍貴非常的東西使我們歡喜了好一陣，而我們託帶去的回報，是一個過去西班牙人洗臉時盛水用的紫銅面盆和鑲花的黑鐵架，一個粗彩陶繪製的磨咖啡豆的磨子，還有一塊破了一個洞又被我巧妙的繡補好了的西班牙繡花古式女用披肩。當然，這些一來一往的禮物，都是我們雙方在垃圾堆裏掏出來的精品。

拾荒不一定要在陸上拾，海裏也有它的世界。荷西在海裏掏出來過腓尼基人時代的陶甕，十八世紀時的實心砲彈、船燈、船窗、羅盤、大鐵鍊，最近一次，在水底，撿到一枚男用的金戒指，上面刻著一九四七年，名字已被磨褪得看不出來了。海底的東西，陶甕因是西班牙國家的財產歸了加地斯城的博物館，其他的都用來裝飾了房間，只有那只金戒指，因為不知道過去是屬於什麼人的，看了心裏總是不舒服，好似它主人的靈魂還附在它裏面一樣。

拾荒賠本的時候也是有的，那是判斷錯誤拾回來的東西。

有一次我在路上看見極大極大一個木箱，大得像一個房間，當時我馬上想到，它可以放在後院裏，鋸開門窗，真拿它來當客房用。

結果我付了大卡車錢、四個工人錢。大箱子運來了，花園的小門卻進不去。我當機立斷，再要把這龐然大物丟掉，警察卻跟在卡車司機後面不肯走，我如果丟了，他要開罰單，繞了不知多少轉，我溜下車逃了，難題留給卡車司機去處理吧。第二天早晨一起床，大箱子居然擋在門口。支解那個大東西的時候，我似乎下決心不再張望路上任何一草一木了。

前一陣，荷西帶了我去山裏看朋友，沿途公路上許多農家，他們的垃圾都放在一個個小木箱裏。

在回程的路上，我對荷西說：「前面轉彎，大樹下停一停。」

車停了，我從從容容的走過去，在別人的垃圾箱內，捧出三大棵美麗的羊齒植物。

這就是我的生活和快樂。

拾荒的趣味，除了不勞而獲這實際的歡喜之外，更吸引人的是，它永遠是一份未知，在下一分鐘裏，能拾到的是什麼好東西誰也不知道，它是一個沒有終止，沒有答案，也不會有結局的謎。

我有一天老了的時候，要動手做一本書，在這本書裏，自我童年時代所撿的東西一直到老年的都要寫上去，然後我把它包起來，丟在垃圾場裏，如果有一天，有另外一個人，撿到了這本書，將它珍藏起來，同時也開始拾垃圾，那麼，這個一生的拾荒夢，總是有人繼承了再做下去，垃圾們知道了，不知會有多麼歡喜呢。

黃昏的故事。

——永遠的夏娃之二

我喜歡漫遊，也喜歡黃昏和黑夜交接的那一段時光。

我們現在的家，坐落在一個斜斜山坡的頂上。前面的大玻璃窗看出去，星羅棋佈的小白房在一脈青山上迤邐著築到海邊。

廚房的後窗根本是一幅畫框，微風吹拂著美麗的山谷，落日在海水上緩緩轉紅，遠方低低的天邊，第一顆星總像是大海裏升上來的，更奇怪的是，牆下的金銀花，一定要開始黃昏了，才發出淡淡的沁香來。這時候，一天的家務差不多都做完了，咖啡熱著，蛋糕烘烤得恰到好處。荷西已經下工回來，電視機也開始唱廣告歌。我換上舒服的涼鞋，把荷西的茶點小心的用托盤搬出來，這才摸摸他的頭，對他說：「我走了。」

這時候的荷西，也許在看報，也可能盯著電視，也可能開始吃東西，他照例含糊的說一句：「旅途愉快！」便將我打發去了。

我輕輕的帶上房門，呼吸著第一口甚而還有些寒冷的空氣，心情不知怎的就那麼踏實歡喜起來。

很少在清晨散步，除了住在撒哈拉的那一陣經常早起之外，以後可以說沒有在極早的時光裏生活過。

早晨是一日的開始，心情上，有一日的負擔和算計，迎接未知的白日，總使人緊張而戒備。黃昏便是不同，它是溫柔的夜的前奏，是釋放、舒暢，教人享受生命最甜美的一段時光。這兩年多來，無論住在哪裏，家總是安置在近海的地方，黃昏長長的漫步成了生活裏不可或缺的習慣。

在丹娜麗芙島，現在的住家，我每日漫遊的路途大致是相同的。後山下坡，穿過海也似的芭蕉園，繞過灌溉用的大水池，經過一排極華麗的深宅大院，跟「水肺」站著談一會閒話，再下坡，踏過一片野菊花，轉彎，下到海岸線，沿著海邊跑到古堡，十字港的地區就算是到了，穿進峽谷似的現代大旅館，到漁港看船，廣場打個轉，圖書館借本書，這才原路回來。

每日經過女友黛娥的家，她總是抱了孩子想跟我一塊去遊蕩，有時候看見她近乎委屈的巴望著我，總覺得自己拒絕得有些殘忍。

總是哄她，用各種理由不帶她去，有時候遠遠看見她向我走來，乾脆裝著不看見，掉頭就跑，這樣無情的一次一次甩掉她，她居然也不生氣。

我喜歡適度的孤單，心靈上最釋放的一刻，總捨不得跟別人共享，事實上也很難分享這絕對個人的珍寶，甚至荷西自願留在家裏看電視，我的心裏都暗藏了幾分喜悅。

清風明月都應該是一個人的事情，倒是吃飯，是人多些比較有味道。

每次散步，那條鄉間小路上可以說是碰不到一個人影的，只有「水肺」，像是赴約會似的等在他華夏的大門口，苦盼著我經過。

「水肺」是一個八十多歲生病的德國老頭子，跟他單身的兒子住在一幢極大的房子裏，父子兩個長得一模一樣，兒子中年了，好似也病著似的。

這一家異鄉人沒有朋友，也不外出做事，種了一園的玫瑰花。老人因為肺水腫，已經不太能動了，天天趴在花園的門上，見我去了，老遠的就一步一步將我吞下去似的望。

第一次經過老人的門口，就是被他喂喂的叫過去的。我過去了，他隔著鑲花鐵門，把手驀然伸出來牢牢捉住人不放，手指冰冷的，骷髏似的大眼洞瞪著人，肺裏風箱似的響，總是說：

「上個月醫生就說要死了，可是這個月都快完了，還沒有死。」

「水肺」是我自己心裏給老人叫的名字，他們姓什麼從來不知道，散步去了，每天被他捉住，隨他亂扯什麼我都忍著聽，後來日子久了，究竟是煩了，常常堅決的抽開他的手，轉身逃開去。

有一次老人突然問我：「妳窮不窮？妳先生窮不窮？」

我不知道他為什麼這麼唐突的問我，站著不響，沒有回答他，帶些慍怒的微笑著。

他又突然說：「我唯一的兒子，死了不放心他，訂婚兩次，結果都給人跑掉了，如果，如果妳肯跟他——我們是有錢的人，將來都是妳的，不信妳進來看，進來看呀——」

我靜靜的看著老人，說了一句莫名其妙的話：「我不為錢結婚。」

「可是也可以為錢結婚，是不是，是不是？」

老人又伸出手來急切的死拉住我，我悄悄抬眼往他身後望去，老人那個蒼白沉默的中年兒子正躲在窗簾後面的一角偷看我。

後來我告訴荷西老人的事，荷西將我罵了一頓，說：「妳已經結婚了，怎麼還去跟人家爭為不為金錢出嫁的事情，乾脆把他罵過去才是。」

我也想過要罵這個老人，可是一經過他們的家門，看見那一園寂寂的玫瑰，心裏總有些說不出的不忍和悲涼，便又和顏悅色的對待他了。

前幾天老人真的死了，晚上死的，第二天清早就搬去葬了，好方便的，大概早就預備著等他死的。

聽見了這個消息的黃昏，一樣在散步，經過死去老人的門口，發覺跟他長得那麼相像的兒子，居然代替了父親的位置，穿了一件鮮明的紅毛衣，一色一樣的趴在家門口。我看見了他，本想上去說幾句哀悼的話，沒想到他先對我喂喂的叫了起來，那個姿勢和聲音，就像他父親第一次看見我時死命的把我叫過去一個樣子，我被他這怪異的舉動，嚇得頭髮根根豎了起來，青著臉往山下沒命的逃，一回頭，那個兒子的半身，還掛在門外向我招手。身後如此華麗的洋房，卻像個大墳似的，埋葬著一個喂喂呼叫的寂寞的活人，也是夠殘忍的了。

這幾天還是經過死去老人的家門前，那個兒子不掛在門上了——他在窗後面看我。不知是忌什麼，總是加快了腳步，怕一個那麼堪憐的人，也算是生命的無奈吧。

我是不喜歡芭蕉園的，一走進去，再好的夕陽都幽暗曖昧起來，無風的時候四周靜得要窒息，稍稍吹過一點點微風，芭蕉葉又馬上誇張的沙沙亂響。

從小聽帶我長大的女工人玉珍說鬼，她每說鬼時，總要順手一指過去在父母家中院裏的一叢芭蕉樹，說：「鬼啊，就在那種樹下面，還會哭哦！女的，抱了小孩吱吱慘哭！」

我的童年被鬼故事嚇得很厲害，直到現在，看見芭蕉心裏還是不自在。

散步的路，不經過密密的蕉林就到不了海邊。這一段長路，總是跑的，有時候天氣陰暗，出門之前總再三拜託荷西：「過十五、二十分鐘左右請你站出來在陽台上給我看看，好少怕一點。」

跑過一段蕉園，抬起頭來往老遠高崗上的家裏望，荷西如果站在那兒，哪怕是個小黑點，心裏也好過些。後來我天天叫他出來站一站，他不耐煩了，不再理我，我就一口氣跑下去，兩邊樹影飛也似的掠過，奔出林子，海邊的路來了，這也就過了，可惜的是，芭蕉園裏從來沒有停下來看看是不是可以吃它一根綠蕉，總是太怕了些。

從海岸一直走到古堡那一條路是最寬敞的，沒有沙灘，只有碎石遍地，那麼長一條灘，只孤零零一棵松樹委委屈屈的站著，樹下市政府給放了條長木椅。

這兒沒有防波堤，巨浪從來不溫柔，它們幾幾乎總是灰色的一堆堆洶湧而來，復仇似的擊打著深黑色怪形怪狀的原始礁岩，每一次的沖擊，水花破得天一般的高，驚天動地的散落下來，這邊的大海響得萬馬奔騰，那邊的一輪血紅的落日，淒豔絕倫的靜靜的自往水裏掉。

這兩種景象配合起來，在我的感動裏，竟是想像中世界末日那份攝人心魂的鬼魅和怪異，又想到日本小林正樹導演的《怪談》中的幾場片景。這樣的畫面，總有一份詩意的兇惡，說不出是愛還是不愛，可是每天經過那張松樹下的木椅，還是忍不住被吸引過去，坐下來看到癡了過去。

過了古堡，進入街道、商店、大旅館……混入各色各樣的外籍遊客裏去，這本是個度假的勝地，冬暖夏涼，雖是小街小巷，人世的鮮明活潑畢竟比大自然的景象又多了一層溫柔。

經過小小的漁港，船都拉上了灘，沒有預備出海的跡象，有些面熟的年輕人坐著釣魚，老人在補網，穿熱褲的金髮遊客美女在他們身邊譁笑走過，這麼不同的生活和人種同住在彈丸大小的十字港，卻平靜得兩不相涉，亦是有趣的畫面。

港口的椅子上，一個外國老太太，一個西班牙老漁夫，兩個人話也不通，笑咪咪的靠在一起坐著，初戀似的紅著臉。

過了那麼多年，《巴黎最後的探戈》才在西班牙解禁了。港口電影院的隊伍排到另外一條街。

一看是這部電影，連忙跑上去看掛著的劇照，人群裏卻有人在叫著：「喂，三毛，三毛！」

發覺另外一個女友卡門居然打扮得花枝招展的擠在買票的隊伍裏，跑了上去問她：「妳幹麼？」

她曖昧的笑，神經兮兮的問我：「妳看不看？看不看？」

「像妳這種小氣巴拉的樣子，我就不看。」我拍拍她的頭，斜斜睇著她，她一下氣得很。

「這不是色情片，它有它本身的意義。」她十分嚴肅的分析起來，聲音也大了。

「啊！這麼嚴重？我更不要看了。」我又笑她，她氣得想掐我又不敢離開隊伍。

「我去買冰棒，妳吃不吃？」我問她，她搖搖頭，用手指指遠方，原來是她的攝影家先生慢慢晃來了。

在廣場向老祖母買冰棒，向她要檸檬的，她必定給人鳳梨的，要鳳梨的，她一定弄成檸檬的，跟她換，她會罵人。

很喜歡向她買冰棒，總得站好，專心想好，相反的要，得來才是正的。

我一向是向她要檸檬，得來正是我要的鳳梨。有一次想，如果向老太婆買桔子冰棒，不知她弄成什麼，結果她沒弄錯，我大大失望一番，以為桔子會變草莓的。

荷西叫我順便去圖書館借海洋方面的書。

我跑進去拿了一本緒威格，一本衛斯特，這是荷西最受不了的兩個作家，他自己不下來借，結果便是如此活該。

夜來了，黃昏已盡，巷內一家家華麗高貴的衣飾店看花了人的眼，看痛了人的心，繁華依然引人，紅塵十丈，茫茫的人世，竟還是自己的來處。

回程下雨了，將借來的書塞進毛衣裏面，發狂的往家裏跑。一日將盡，接著來的，將是漫漫長夜，想到雨夜看書的享受，心裏又充滿了說不出的喜悅和歡欣，夜是如此的美，黑夜淋雨，更是任性的豪華。

跑過蕉園的外圍，先去守園老夫婦的小瓦房，老婆婆正在屋內搬了空罐頭預備接漏雨呢。坐了一會，老公公回來了，跳上去捉住他，叫他陪著穿過蕉林，天越走越黑，雨卻不大了，老公公一再的問，荷西怎麼不捉魚給他吃了。

快到家門了，開始小跑，這是一天的運動，跑到家裏，衝進門去，愉快的喊著：「回來啦！」

那時候，荷西看見我總很高興的樣子。

我們十點鐘吃簡單的晚飯。

夜間十二時上床開始看書，我嘆了口氣，對荷西說：「散步太快樂了，這麼快樂，也許有一天散成神仙，永遠不再回家了，你說好不好？」

荷西不置可否。

結婚四年了，我也知道，這種鬼話，只有神經不正常的人才能回答我。

「如果我成仙去了，你不要忘了吃東西，蛋炒飯冰箱裏總是有一盤的。」

荷西還是專心做他的填字遊戲，咿咿啊啊的假裝聽著。

我又自說自話了好一陣，這才拿起書來，默默的看了下去。

看了一看，還是擱下書來想了一下——荷西不知道會不會找不到蛋炒飯。

巫人記。

——永遠的夏娃之三

居住在迦納利群島不覺已有兩年了。

一直很想將這兒親身經驗的一些「治療師」用巫術治病的情形記錄下來。

知道《皇冠》在這個群島上擁有可觀的訂戶和讀者，住在這兒的僑胞，看了以下的文字時，很可能會覺得奇怪，為什麼不肯介紹這個美麗而現代的北非觀光勝地的旅遊事業，偏偏要去寫些旁門左道的巫術，好似這兒是個無比落後荒謬的地區一般。

我因為去年曾經給這個群島寫了一個中篇遊記，收錄在《哭泣的駱駝》[1]那本書裏，因此有關迦納利群島的其他，無心再在這兒重述了。

有興趣寫的還是幾次接受土地郎中治病的經過情形。

第一次聽說迦納利人相信巫術是在沙漠裏居住的時候。

那時，許多迦納利島的工人過海去沙漠的小鎮討生活，他們或多或少總會說說自己故鄉的事情。

我們的朋友之一馬諾林是大迦納利島去的，他可以說是同鄉們中的知識份子，本身極愛思考，也很喜歡心靈學方面的知識，據說，他的養父，過去一度是做巫人的，後來娶了他的母親，才改在香煙廠去做事了。

馬諾林在性格方面有他的神秘性，思想有時候十分的怪異，我跟他很談得來，而荷西就比較沒有辦法進入這個人的心靈領域裏去。

當時，我們的撒哈拉威鄰居的男孩子，一個名叫巴新的，不知為什麼迷上了一個沙漠裏的妓女，幾個月來鬼魔附體似的，白天糊塗到家人也不太認識，可是只要黃昏一來，他的步子就會往女人住的那個方向走。家裏的東西不但偷出去賣，連鄰居那兒都紅著嚇人的眼睛死賴著借錢，錢一到手，人就搖搖晃晃的被吸去了，好似那個妓女勾著他的魂一般。

有一天巴新晃進來借錢，我看他實在可憐，給了他三百，這點錢上女人那裏去自然是不夠的，他又可憐巴巴的求。馬諾林當時恰好在我們家，也給了他兩百，他才低著頭走了。

「這個孩子可憐，中了蠱。」馬諾林說。

我一聽，全身寒毛豎立，不知道他為什麼會講這麼可怕的話。

「中的還是迦納利群島那邊人搞過來的鬼東西。」馬諾林又說。

「迷女人呀？」我又嚇嚇的探了一句。

【本書註解皆為原書註】

1. 此為舊版《三毛全集》書名，收入新版《三毛典藏》系列《稻草人的微笑》中。

「不小心，吃下了一點別人放的不該吃的東西，就回不了頭了。」

「你怎麼曉得？」荷西很不以為然的問。

「這種東西，發起來一個樣子，沒有那個女人，就是死路一條，妓女常常用這種方法去教人中迷的。」

本想反駁馬諾林這過分荒謬無知的說法，後來想到他家庭的背景——養父是巫人，母親開過酒吧。在他生長的環境裏，這樣的迷信可能還是存在的。我因此便不說什麼，笑笑的看著他，可是心裏是不相信這一套的。

「巴新也真可憐，十六歲的小傢伙，愛上那個女人之後完全變了，有一次三更半夜來敲門借錢，好像毒癮發作的人一樣，我們開慢了一點，他就瘋了似的一直敲一直敲，真開了，他又不響了，呆呆的站在月光裏，好可怕好可怕的紅眼睛瞪著人看。」我越說越怕，聲音也高昂起來了。

馬諾林聽了低頭沉思了好一會。

「他們家是保守的回教家庭，出了這樣個兒子，真是傷心透了，上禮拜巴新還給綁起來打，有什麼用，一不看好，又逃出去了。」我又說。

這時候馬諾林抬頭很奇異的抹過一絲微笑，說：「可以解掉的嘛！」

「巴新是初戀狂，性格又內向，所以這個怪樣子，不是你說的中了什麼蠱。」我很簡單的說。

馬諾林也不爭辯，站起來，穿過我們的天台，到巴新家裏的樓梯口去。

「要巴新的媽媽來跟我談。」馬諾林對我說。

雖是沙漠女人，為了談兒子，匆匆忙忙就跑過來了，馬諾林低低的對她不知講什麼，巴新的母親猛點頭，一句一句答應著，又擦眼淚，不停的擦淚。

沒過第三天，巴新意外的好了，人也精神起來了，很快活的坐在大門口，黃昏也不出去，接連十多天都沒再出去，以後完全好了。

我心裏奇怪得不得了，又不能問巴新。

馬諾林來了，我自是逼上去死死追問，可是他也不肯講，只說：「這種事只有巴新的媽媽可以化解，如果沒有母親，就難了。」

「可是做了什麼呢？」我又追問著。

「小魔術。」馬諾林仍是笑而不答。

我們是不相信的，看了巴新仍不相信。直到來了丹娜麗芙島，發覺連鄉下女人要抓住丈夫的心，都還相信這些巫術，真教人有不知身在何處之感，慢慢的也聽習慣了這些事。

當然，我說的這些只是一般少數沒有知識的鄉下女人男人，並不能代表大半的迦納利民風，這些事在城市裏是不常聽講的。

個人第一次接觸到一個治療師，是在兩年前的冬天。那時候，我得了一次惡性感冒，初來這個島上，沒有一個相識的朋友，那時候荷西又單獨去了半年沙漠，我一個人居住在海邊生病。

感冒了近乎一個多月，劇烈的咳嗽和耳痛將人折磨得不成樣子，一天早午要兩次開車去鎮上打針，可是病情始終沒有絲毫進展。

醫生看見我那副死去活來的樣子非常同情，他驚異的說：「開給妳的抗生素足足可以殺死一隻大象了，妳怎麼還不好呢？」

「因為我不是那隻象。」我有氣無力的答著。

藥房的人看我一次又一次的上門，也是非常不解，他們覺得我吃藥吃得太可怕了。

「這種東西不要再用了，妳啊，廣場上那個賣草藥的女人去試試看吧！」藥劑師無可奈何的建議著。

我流著冷汗，撐著走了幾十步，在陽光下找到了那個被人叫「治療師」的粗壯女人。

「聽說妳治病？」那一陣真是慘，眼前金星亂冒的虛弱，說話都說不動。

「坐下來，快坐下來。」治療師很和氣，馬上把我按在廣場的一把椅子上。

「咳多久了？」

「一個多月了，耳朵裏面也很痛，發燒。」

女人一面聽一面很熟練的抓了一把草藥。

「來，把手給我，不要怕。」治療師把我的雙手合起來交握在她手掌裏抱在胸前，閉上了眼睛喃喃有詞的說了一段話，又繞到我背後，在我背上摸摸，在耳朵後面各自輕輕彈了一下，雙手在我頸下拍拍，這就算治過了。

我完全沒有被她迷惑，排拒的斜望著這個鄉下女人，覺得她很滑稽。陽光下，這種治療的氣氛也不夠吸引人。

那份藥，收了相當於三塊美金的代價，念咒是不要錢的，總算是很有良心了。

說也奇怪，熬了三次草藥服下去，人不虛了，冷汗不流了，咳出一大堆穢物，纏綿了近四十天的不適，一夜之間消失得無影無蹤。

我想，那還是以前服的抗生素突然有了作用。治療師的草藥不過是也在那時候服了下去，巧合罷了。

雖然那麼說，還是去買了一包同樣的草藥寄給台北的父母收藏。

治療師笑著對我說：「其實，這只是一種煮肉時放進去用的香葉子，沒有什麼道理，治好妳的，是上面來的力量。」她指指天上。

我呆呆的看著她，覺得很有趣，好在病也過了，實在不必深究下去。

「妳怎麼學的？」我站在她攤子邊東摸西看，草藥的味道跟台灣的青草店差不多，很好聞的。

「老天爺賜的特別的天賦，學不來的呀！」很樂天的笑著。

「妳還會什麼？」又問她。

「愛情，叫妳先生愛妳一輩子。」女人粗俗的惡狠狠的對我保證，我想她這是在開人玩笑了，掉頭笑著走開去。世上哪有服藥的愛情。

迦納利群島一共大小七個島，巫風最盛的都說是多山區的拉芭爾瑪島，據說一般居住在深山裏的鄉民萬一生了小毛小病，還是吃草藥，不到真的嚴重了不出來看醫生的。

有的甚而連草藥都不用，只用巫術。

荷西與我曾經在這個多山的島上，被一個來歷不明的女人搶拔了一些毛髮去，她拉了我一小撮頭髮，荷西是鬍子。這件事去年已經寫在遊記裏了。至今不明白，這個女人搶我們的毛髮是有什麼作用。

很有趣的是，我們被拔了毛髮那日回旅社去，不放心的請教了旅館的主人，問他們有沒有拔毛的風俗。

旅館主人笑說：「是巫術嘛！」

我們沒說什麼，心裏很不是滋味，那種不愉快的感覺過了好多天都縈繞在心裏，揮之不去。

在拉芭爾瑪島居住又住了十數日。一天旅館樓下隔鄰的人要請巫師來家裏，清潔工人就來跟我們說了。

「治什麼？」

「那家太太癱在床上好多年啦！還送到馬德里去治過，沒有好。」

我馬上跑去請旅社主人帶我去看，他很乾脆，當時便答應了，並且說，癱在床上的是他堂嫂嫂，有親戚關係的。

下午五點多鐘吧，他們打電話上來叫我，說巫師來了。當然，為了尊敬對方，他是說：「治療師來了！」

這位治療師也真有意思，聽說他平日在市政府上班，兼給人念咒治病，穿得很時髦，體格十分魁偉，很有自信的樣子，怎麼看都沒有陰氣，是個陽間的人物。

我跟去樓下這家請巫師的人家時，那個癱著的女人居然被移開了，只有空床放著，這不免使我有些失望，人總是殘忍的，對悲慘的事，喜歡看見了再疼痛，看不見，就不同了。

治療師在房內大步走來走去，好像散步一樣，也不作法，不念咒，然後簡單的說：「把床換到這頭來。」又說：「從今天起，這扇門關上，走另外一邊出入。」

說完他走掉了，我什麼也沒看見。

跟在旅社主人後面走出來時，我不解的問他：「你想床換了位置，再開開門關關門，癱女人就會走路了嗎？怎麼可能呢？」

他停下來很奇怪的看著我，說：「誰說她會走路來的？」

「不是明明請人來醫她的嗎？」我更不懂了。

「誰有那麼大的法力叫癱子走路？那不過是個兼差的治療師而已呀！」他叫了起來。

「他來到底是做什麼？」

「來治我堂嫂嫂的傷風感冒，妳看吧，不出一星期一定好，這個人在這方面很靈的。」

「就這樣啊？」

「就這樣？妳以為巫術是做什麼，是給妳上天下地長生不老的嗎？」

去年荷西遠赴奈及利亞去工作，我一個人住在家裏。有一天，因為滂沱大雨，車子在鄉間小路上熄了火，我不顧一切下來死命推車，一時過去車禍受傷過的脊椎又大痛了起來。我一連去看了七八次醫生，睡在硬地上，都不能減輕那劇烈的痛。

那時家中正在油漆，工人看見我痛得那個樣子，馬上熱心的要開車送我上山去找「治療師」。

當時不知為什麼那麼無知，竟然表示肯去試試，跟油漆匠約了次日一同去看那個傳說中的瞎子治療師。

一個受傷的脊椎必然需要時間給它復元，而我去痛心切，大意的將身體那麼重要的部位去交給一個瞎子老人，實在是不可饒恕的愚昧。

這個瞎子很著名，鄉下人相信他，我們社區的油漆匠也有脊椎的毛病，所以才把我給帶去看。

去了原來是給脊椎痛的人「拔火罐」，跟中國的老方法差不多。有趣的是，瞎老人用個馬鈴薯放在脊椎上，馬鈴薯上再插一根火柴，火柴由他的助手女兒一燃上，馬上從上面罩個玻璃杯，這一來，開始貼著肉推，痛得差不多要叫，治療也好了。治好的人，也是助手來，拿長條的寬緥帶將胸口到下腰緊緊的綁起來，這個在醫學上有沒有根據我不知道，可是我個人綁了幾天之後，痛減輕了很多。

當我回到自己的醫生處去檢查時，跟他說起瞎子治療師的事，當然被他大罵了一頓，我也就沒有再回去給放馬鈴薯了。

今年換了居處，來了美麗的丹娜麗芙島，這兒景色非常美麗，四季如春，冬不冷，夏不熱，而我，在這麼宜人的島上，居然一連發了數個月的微燒，醫生查遍身體，卻找不出毛病。

在這種情形之下，又有人好意來帶我去找「治療師」了。

據說，那是一個極端靈驗的南美委內瑞拉遠道而來的治療師，專治疑難病痛。我女友的母親因為手腿麻木，要去看，把我也一同捉了去。

治療師住在山裏面，我們清晨幾點到，已經有一長隊的人在等著了，等待的人，絕大多數是沒有知識的鄉村婦女們。她們說，這一個比較貴，多少要放五百、一千西幣。雖然照習俗，治療師本人是不定價不討錢的，因為這天賦治病的異能，是該用來解除眾生的苦痛，所以不能要錢。說是這麼說的，可是每一個都拿。

南美來的術師長得非常動人，深奧的眼睛攝人心魂似的盯住每一個哀愁的女人。他是清潔的，高貴的，有很深的神學味道，在他的迫視下，一種催眠似的無助感真會慢慢的浮升上來。

每一個病人到他面前，他照例舉木十字架出來在人面前一左一右的晃，然後輕輕的禱告，靜靜的聽病人傾訴。當時場內的氣氛有若教堂，每一個窮苦的女人受了他的催眠，走出去時，綠綠藍藍的大鈔票就掏出來了。

這是個江湖術士，草藥都不用了。輪到我時我退開了，不肯給他看。

同去的女友的母親接受治療之後大概一時感動得十分厲害，出門還流下了眼淚。

最假的治療師最會賺錢，也最受人們愛戴，這是我的一大發現。

比較起來，我喜歡市政府那個叫人搬床的治療師，他什麼氣氛都不製造，連病人也不必看，多麼乾脆。

西班牙本土人愛孩子，迦納利群島人也愛孩子，更愛男孩子。荷西與我結婚四年，沒有生育，在這兒簡直被鄉下人看成人間悲劇，他們一再的追究盤問，實在使人啼笑皆非。

有一天，打掃女工馬利亞匆匆的跑上樓來激動的問我：「要不要一個男娃娃？」

我被這突如其來的問話嚇了一跳，馬上想到一定是個棄嬰，叫了出來：「在哪裏？」

「什麼在哪裏，我打聽到一個治療師，治好了不知其數的不孕婦人，生的都是男娃娃。」她愉快的向我宣佈。

我聽了嘆了口氣。這些愚民村姑，怎麼會無知可憐到這個樣子。

「什麼嘛！我不去。」我很無禮的回答。

「妳去，妳今天下午去，明年這個時候請我參加孩子受洗典禮。」馬利亞有這麼固執的信心。

「我不相信，不去，不去。」簡直神經嘛。

馬利亞走了，過了一下，帶來了我很面熟的一個希臘鄰居太太，手裏抱了個小嬰兒。

「真的，妳一定要相信我，我結婚幾年沒有孩子，也是別人介紹我去那個治療師那裏治了幾次，現在有了這麼可愛的一個孩子，妳如果肯去，我下午可以帶路。」那個太太很溫柔的說。

「我們還沒有決定要不要小孩。」我硬著頭皮說。在一旁聽的馬利亞做了一個昏倒的表情，她三十六歲，有四個小孩，最大的十七歲。

「千萬不要這麼說，妳去試試，太多的女人被這個老人醫好了。」希臘太太又說。

「痛不痛？」我動搖了。

「不痛，要拉手臂，兩手交抱，治療師從後面抱起來拉，脊椎骨頭一節節響，就好了。」

「嘎！」我聽了脊椎馬上真痛起來。

「我們都是要幫助妳，去一次怎麼樣？」

我開始惱怒起來，覺得這兩個女人太討厭了。

到了下午，希臘先生熱情的來了，不由分說，就拿了我的毛衣皮包自說自話的下樓了。

我無可奈何，強忍了怒，鎖了門，走下樓時，他們這對過分熱心的夫婦已在車內等著我了。

治療師也是個老人，他很得意的說，連葡萄牙那邊都有不孕的女人慕名來找他，結果都懷孕了，而且生男孩。

接著老人站在一格高樓梯上，叫我雙手交抱，手臂盡量往背後伸，他從後面抱住我，將我凌空舉起來亂晃，骨頭果然咔啦啦亂響，我緊張得尖叫了起來，他又將我上下亂頓，這一來，受傷過的脊椎馬上劇痛，我幾乎是打架似的從老人手臂裏又叫又喊的掙脫下地。

在一旁看的希臘夫婦很不甘心，一齊叫著：「這不算，再摔一次，再摔一次。」

「差不多啦，下次再來，下星期六早晨來最好。」老人被我亂叫得有些不樂，門外候診的另外幾個女人馬上露出了害怕的神情來。

我送了治療師兩百塊錢，那麼少，他還是謝了又謝，這一點使我十分喜歡他，可是我再也不會回去找他了。還是把時間讓給葡萄牙女人去吧。

治療師，我們背地叫他們巫師，在這兒還有很多很多，我去過的還有其他三四個，不過都沒有什麼過分特別，不值得記述，比起我所見過的奈及利亞與貝寧國（早先稱做達荷美），真正非洲叢林裏的巫師又更是厲害恐怖邪門了千萬倍，我在奈及利亞看過一次女巫對當地女神「水媽咪」的獻祭，當時身受的驚嚇可能一生也不能忘懷，這是迦納利群島之外的故事，放在以後再說了。

餃子大王。

——永遠的夏娃之四

我個人在日常生活上的缺點很多，優點卻很少。

比較認識我的人都會發覺，就因為我做任何無關緊要的小事情都過分專注的緣故，因此在大事上反倒成了一個心不在焉的糊塗人。

套一句西班牙的說法，我是一個「常常在瓦倫西亞的月亮裏的人」，也就是說，那個地方的月色特別的美，對月的人，往往魂飛天外，忘了身在何處，而成了嫦娥一枚也。

當那日我極專心的提了兩大包重重的食物和日用品從小舖子裏走出來時，雖然覺得眼前寂寂的窄街上好似有個影子擋在我面前，可是我連無意識的抬頭望一下的想法都不曾有，茫茫的越過這個人往我的車子走去。

雖然當時正是烈日當空，可是我一向是踏在月亮裏走著的人，心沒帶在身上是十分普通的事。

走了幾步，這個人卻跟了上來，居然又猶猶豫豫的在側面看我，再看我，又打量我。

我一樣茫茫然的開車門，彎下身將手裏的東西丟進去，對身邊的人沒有什麼知覺。

「請問妳是三毛嗎？」這個人突然用國語說。

聽見自己國家的語言多少使我有些意外，很快的站直了身子，微笑著客氣的說：「是啊！您也是中國人嗎？」

不知為什麼，這個人聽到我那麼客氣而有禮的回答，居然露出窘氣不堪的表情來，斜斜的側過頭去，自言自語的用鄉音長嘆了一聲：「唉——莽記塌啦！」

一個長久失鄉的人突然聽到鄉音，心裏的震動是不能形容的，雖然我們家自小講國語，可是父母親戚之間仍然用家鄉話。眼前這個人一句話，轟開了我久已不去接觸的另一個世界，那個世界裏的人、物，像火花一般在腦海裏紛紛閃爍起來。而我，張大著眼睛呆望著來人，卻像被點穴了一般不能動彈也不能言語。

「這個人我認識的呀！」我心裏喊了起來。

「哎呀！表姐夫啊！」終於尖叫了出來。

這個姐夫將手一攤，做了個——「這不就是我嗎！」的表情，默默上前來接過我手裏另一包東西放進車裏去，我呢，仍然歇斯底里的站在一邊望著他，望著他，吶吶不能成言。

我的表姐，是父親嫡親大姐的第六個孩子，所以我們稱她六表姐。多年前，表姐與現在的表姐夫如何認識，如何結婚，我都在一旁看過熱鬧，跟這位表姐夫並不生疏。當時家族裏所有的小孩都喜歡這個會開船又會造船的人，跟著他四處亂跑，因此我們總是叫這表姐夫是「孩子王」。

想不到十一年的歲月輕輕掠過，相逢竟成陌路。

表姐夫猶猶豫豫不敢認我，而我，比他更驚人，居然笑問他是不是中國人。

相見之後快快開車帶姐夫回去，心緒雖然稍稍平靜下來，卻又再生感觸，但覺時光飛逝，人生如夢，內心不由得湧出一絲悵然和嘆息來。

這一次表姐夫從紐約運高粱來丹娜麗芙島，船要泊一個星期，他事先寫給我的信並未收到，停了兩天碼頭仍不見我的影子。這一下船，叫了計程車，繞了半個島找到我們住的地方來，來了卻沒有人應門，鄰居說，三毛是去買菜了，就在附近呢。表姐夫在街上轉著等我，卻在路上碰到了。

這幾年來，我一直以為表姐夫仍在日本造船，卻不知他為了航海年資，又回到船上去工作了。多年前的他，是個日本回來的平頭小伙子，而今的他，卻已做了五年的船長，頭髮竟然也星星的花白了。

十一年不見，這中間有多少滄桑，坐定了下來，卻發覺我這方面，竟沒有太多過去值得再去重述。

表姐夫一向是話不多的，我問，他答，對話亦是十分親切自然。

先問家族長輩們平安健康，再問平輩表姐妹兄弟事業和行蹤，又問小輩們年齡和學業，這一晃，時間很快的過去了。

說著說著已是午飯時分，匆匆忙忙弄了一頓簡單的飯菜請姐夫上桌，同時心裏暗忖，這星期天還得好好再做一次像樣的好菜請請遠客才是。

說著閒話，正與姐夫商量著何處去遊山玩水，卻見荷西推門進來了。

這荷西，但見他身穿一件藍白棋子布軟綢襯衫，腰紮一條髒舊不堪牛仔短褲，腳踏脫線穿底涼鞋，手提三五條死魚，懷抱大串玉米，長鬚垢面，面露恍笑，正施施然往廚房走去——他竟沒看見，家裏除了我還有別人坐著。

平日看慣了荷西出出入入，倒也沒有什麼知覺。今日借了表姐夫眼光將他打量了三數秒，不禁駭了一跳——他那副德行，活脫是那《水滸傳》裏打魚的阮小七！只差耳朵沒有夾上一朵石榴花。

這一看，微微皺眉，快快向他喊了過去：「荷西，快來見過表姐夫！」

荷西回頭，突見千山萬水那邊的親戚端坐家中，自是嚇了天大的一跳。

表姐夫呢，見到表妹千辛萬苦，尋尋覓覓，嫁得的妹夫卻是如此這般人物，想來亦是驚愕交織，面上不由得浮出一絲悲涼之色來。

三人驚魂甫定，表姐夫與荷西相談之下，發覺在學校裏念的竟是差不多的東西，這一來，十分歡喜，下午便結伴遊山玩水去也。

說了上面那麼多家務事，還是沒有一個跟題目相干的字寫出來，這實在也不奇怪。天下的事，總有因果，所謂姐夫來訪正是因的一面的講述，而餃子的出現，卻是由這個原因而帶來的結果，所以沒有法子不把這些事情扯進去。

話說當天夜晚將表姐夫送回船去，相約週末再去船上參觀，又約週日表姐夫與船上同仁一同再來家中聚餐。

臨去時，順便問了姐夫，可否帶女友上船，姐夫滿口答應，並說：「好呀！歡迎妳的朋友來吃餃子，餃子愛吃嗎？」

荷西中文雖是聽不懂，可是這兩個字他是有印象的，別了姐夫之後，在車內他苦惱的說：「怎麼又要吃餃子，三吃餃子真不是滋味。」

這不能怪荷西，他這一生，除了太太做中國菜之外，只被中國家庭請去吃過兩次正正式式的晚飯，一次是徐家，吃餃子，一次是林家，也吃餃子，這一回自己表姐夫來了，又是餃子。

我聽了荷西的話便好言解釋給他聽，餃子是一種特別的北方食物，做起來也並不很方便，在國外，為了表示招待客人的熱忱，才肯包這種麻煩的東西。這一次船上包餃子更是不易，他們自己都有多少人要吃，我們必要心懷感激才是。

我的女友們聽說週末荷西和我要上大船去，羨慕得不堪，都想跟去湊熱鬧。

我想了一會兒，挑了瑪麗莎和她三歲的小女兒瑪達。原因很簡單，瑪麗莎長住內陸馬德里，從來沒有上過一條大船，這一次她千里迢迢來丹娜麗芙看望我，並且來度假一個月，我應該給她這個難得的機會的，還有一個理由，這個女友在馬德里單身時，跟我同租過房子，住了一年，她愛吃中國菜。

為了不肯帶丹娜麗芙的女友黛娥和她的丈夫孩子同去，這一位，在努力遊說失效之餘，還跟我嘔了一場好氣。

船上的同胞，對我們的熱忱和招待令我有些微激動，雖然面上很平靜的微笑著，心裏卻是熱熱溼溼的，好似一場濛濛春雨灑在乾燥的非洲荒原上一般，懷鄉的淚，在心裏漫漫的流了個滿山遍野，竟是舒暢得很。

荷西說是南方女婿，不愛吃餃子，飯桌上，卻只見他埋頭苦幹，一口一個，又因為潛水本事大，可以不常呼吸，別人換氣時，他已多食了三五十個，好大的胃口。

瑪麗莎是唯一用叉子的人，只見她，將餃子割成十數小塊，細細的往口裏送，我斜斜睇她一眼，對她說：「早知妳這種食法，不如請廚房別費心包了，乾脆皮管皮，餡管餡，一塌糊塗分兩盤拿上來，倒也方便妳些。」

我說話一向直率，看見荷西那種吃法，便笑著說：「還說第三次不吃了，你看全桌山也似的餃子都讓在你面前。」

「這次不同，表姐夫的餃子不同凡響，不知怎麼會那麼好吃。」荷西大言不慚，我看他吃得那樣，心中倒也跟著歡喜起來。

時間飛快的過去，我們要下船回家了，表姐夫才說，臨時半夜開船巴西，次日相約到家吃飯的事已經沒有可能了。

「可是我已經預備了好多菜。」我叫了起來。

「你們自己慢慢吃吧！哪！還有東西給妳帶回去。」表姐夫居然提了大包小包，數不清多少珍貴的中國食物塞給荷西。

廚房伙委先生還挑出了台灣常吃的大白菜，硬要我們拿去。

跟船出海的唯一的大管輪先生的夫人，竟將滿桌剩下的餃子也細心的用袋子裝好了，廚師先生還給特意灑上麻油。

離船時，雖然黃昏已盡，夜色朦朧，可是當我揮手向船舷上的同胞告別時，還是很快的戴上了太陽眼鏡。

表姐夫送到車門邊，荷西與他熱烈的擁抱分手，我頭一低，快快坐進車內去，不敢讓他看見我突然淚水瀰漫的眼睛。

多少年離家，這明日又天涯的一霎那間的感觸和疼痛，要控制起來仍是相當的困難，好在也只有那麼短短的一霎那，不然這世上大半的人會是什麼情形，真是只有天知道了。

世上的事情，真要看它個透徹，倒也沒有意思，能哭，總是好事情。

我是個B型的人，雖然常常晴天落大雨，可是雨過天青亦是來得個快。

夜間荷西睡下了，我坐在地上，將表姐夫給的好東西攤了一樣一樣細細的看——醬油、榨菜、辣蘿蔔、白糟魚、麵條、檸檬茶、黃冰糖、大包巧克力、大盒口香糖，甚至殺蟲粉、防蚊油、李小龍英文傳記，他都塞給了我們。

這一樣一樣東西，代表了多少他沒有說出口來的親情，這就是我的同胞，我的家人，對他們，我從來沒有失去過信心、愛和驕傲。

看到最後，想到冰箱裏藏著的餃子和白菜，我光腳悄悄跑進廚房去，為了怕深夜用廚房吵到荷西和鄰居，竟然將白菜輕輕切絲，拌了醬油，就著冷餃子生吃下去，其味無窮。

數十個胖胖的餃子和一顆白菜吃完，天已快亮了，這才漱漱口，灑些香水，悄悄上床睡覺。冰箱裏就剩了五個餃子，在一只鮮紅的盤子裏躺著，好漂亮的一幅圖畫，我禁不住又在四周給排上了一圈綠綠的生菜。

第二日吃中飯，荷西跟瑪麗莎對著滿桌的烤雞和一大鍋羅宋湯生氣。

「做人也要有分寸，妳趁人好睡偷吃餃子也罷了，怎麼吃了那麼多，別人還嚐不嚐？妳就沒想過？自私！」荷西嚕嚕囌囌的埋怨起來。

「來來，吃雞。」我笑著往瑪麗莎的盤子裏丟了三隻烤雞腿去。

「啊！妳吃光了餃子，就給人吃這個東西嗎？」瑪麗莎也來發話了，笑吟吟的罵著。

「三毛，我要吃餃子。」小傢伙瑪達居然也湊上一腳，將雞腿一推，玫瑰色的小臉可愛的鼓著。

「吃餃子又不犯死罪，不成叫我吐出來？」

我格格的笑著，自然也不去碰雞腿，經過昨晚那一番大宴，誰還吃得下這個。

失去的愛情，總是令人懷念的，這三個外國人，開始天天想念餃子，像一群失戀的人般曾經滄海起來，做什麼菜伺候都難為水哦。

我生長在一個原籍南方的中國家庭裏，雖然過去在父母膝下承歡時，連豬肉和牛肉都分不清楚，可是為人妻子以來，普通的中國菜多少也摸索著做得差強人意。荷西因此很不愛去中國飯店吃飯，他總說我做得比飯店裏的口味好，卻不知道，國外的中國飯店有他們的苦衷，如果不做漿糊和雜碎，那批外國人會說吃的不是中國菜，可能還會鬧著不付錢呢。

這一回，荷西說著不吃的餃子吃出了味道，我心裏卻為難了起來。

餃子皮到底是怎麼出來的，我知道是麵粉。

麵粉要摻涼水，熱水，還是溫水？不知道。

摻水揉麵要不要放鹽？更沒聽說過。

聽說饅頭是要發的，那麼餃子麵發不發？

真買了麵粉回來，是篩是不篩？多揉了會不會揉出麵筋來呢？

我跑到小店裏去張望，架子上排著一大排蔬菜，這不行呢，沒聽說用番茄、玉米、青椒、洋蔥，還有南瓜做餃子餡的。

我站著細細的想了一想，打長途電話去問馬德里的徐伯伯要怎麼和麵應該是個好主意，可是他老人家年紀大了，用這個長途電話去嚇他，總是不禮貌。再說，我自己有個毛病，旁人教的，不一定學得來，自己想的，倒是不會太錯。

愛迪生不是小學四年級就給學校趕了出來嗎？我的情形跟他亂像的呢。

求人不如求己，我來給這餃子實驗實驗，就算和不出餃子皮，錯和個小麵人出來烤烤，吹口氣，看它活不活，不也很有趣嗎？

那一陣我是很忙的，女友瑪麗莎來此度假，部分是為了來看我。我堅持她頓頓在家裏吃，好叫她省了伙食費。全家才四個人吃飯，可是荷西吃得重，瑪麗莎吃得輕，瑪達是個小娃娃，又得另外做營養的食物，我自己呢，吃這些人多下來的，跟母親的習慣一色一樣。

第一頓餃子開出來，我成了個白麵人，頭髮一拍，蓬一下一陣白煙往上冒。

這次的成績，是二十七個洋蔥牛肉餃，皮厚如城牆，肉乾如廢彈，吃起來洋蔥吱吱響。大家勉強吃了一兩個，荷西變得好客氣，直說做的人勞苦功高，應該多吃。倒是瑪達小娃娃並不挑剔，一旁吃得好高興，荷西看她那個樣子，惡作劇的對瑪麗莎說：「三毛這些餃子皮是用茶杯擀出來的，當心吃下玻璃渣。」

瑪麗莎本來就是個神經質的母親，這一唬，拎了瑪達便往洗手間跑，掏她的脖子，硬迫她把口裏的餃子給吐出來。

這些人這麼不給人面子實在令人嘆息，也因為他們如此激將，激出了我日後定做餃子大王的決心來。

一個人，大凡肯虛心反省自己的過失，將來不再重蹈，成功的希望總是會有的。不再犯同樣的錯誤固然是好，動腦筋改正自己的錯誤更是重要，小如做菜，大如齊家、治國，其實都是一樣的道理。

我初次的餃子皮是用溫水和出來的。第二次便知道可以用冷水了，因為不是做蒸餃，是做水餃。

外國的蔬菜大半跟他們的人一般，硬邦邦的多，那麼由我來以柔克剛像對荷西一樣。再硬的粗脆包心菜，都給細細的切成碎末，再拿熱水來煮軟，然後找出一雙清潔的麻紗襪子，將包心菜倒進去，擠掉水分，摻進碎肉裏去。

瑪麗莎堅持三歲的小孩吃豬肉太油膩，我便用牛肉餡，趁她不注意，給它混進了一大匙豬油，她竟也吃不出來，還說這個小肉牛又嫩又滑，吃起來一包香油呢！

開始時，我的餃子們是平平的，四周用叉子壓壓好，東一個西一個躺在滿桌細細的乾麵粉上，如同一群沙灘上的月亮，有上弦月，也有下弦月。

再實驗幾次之後，它們站起來啦，一隻隻胖胖的，有若可愛的小白老鼠排著隊去下鍋。

擀麵棍這個東西外國自然也有，可是我已習慣了用細長優美的長杯子做餃子皮，沒有再去換它的必要，再說，用久了的東西，總多了一份感情。

一個多月的時光飛逝而去，瑪麗莎和瑪達已經從馬德里來了兩封好親熱的信，而我這個廚房裏，也是春去秋來，變化很多，不消一個鐘頭，一百個熱騰騰的餃子可以面不改色的馬上上下鍋去燙死。

桌。連粗手粗腳的荷西，也能包出小老鼠來了，他還給牠們用小豆子加眼睛，看了不忍心給丟

我的餃子，終於有了生命。

這個十字港遊客那麼多，我開始日日夜夜譜狂想曲，想用餃子把這些人荷包裏的錢全騙過來——一個餃子二十塊，十個餃子兩百塊，一百個餃子兩千塊……如果我一天做八小時，賣八小時，還有八小時可以數錢。

餃子這個東西，第一次吃可能沒有滋味，第二次吃也不過如此，只要顧客肯吃第三次，那麼他就如同吃了愛情的魔藥，再也不能離開我的餃子攤了。

我不敢說全世界的人都會吃餃子吃上癮，可是起碼留大鬍子的那一批，我是有把握的。

荷西每天望著空蕩蕩的電鍋，幸福而又驚訝的嘆道：「三毛，我們這兩個南方人，都給餃子換了北方的胃了，可怕呀！」

天天說要去賣餃子，可也沒有實現過。

以前荷西和我賣過一次魚，小小受了一點教訓，做夢的事，可以天花亂墜，真的要美夢變成鈔票，還是需要大勇氣和大犧牲的。

雖說錢是決心不用餃子去換了，可是我的手藝那麼高明了，總還是希望表現一次，滿足這小小的虛榮心。

機會終於來了，去年我在大迦納利島上班的某國領事館的老闆給我來了一封信，說是她近

日裏要陪馬德里來的總領事到丹娜麗芙來巡視一天，同來的還有幾個總館裏的人，說想見我這半途脫逃的秘書呢。

她的信中又說，這一次來，完全是很輕鬆的觀光，沒有認真的西班牙官方的人要會面，問我丹娜麗芙有什麼不氣派而菜扎實的小飯店可以介紹大夥吃一餐。

這還用說嗎！丹娜麗芙最好的館子就開在我們家的陽台上嘛！名字叫「餃子大王」。

我一再的對荷西說：「小子，你不要怕，這些人再怎麼高貴，也挑剔不了我的餃子，何況我從前做秘書的那個月，打字錯得自己都不認識，郵票把加洛斯國王倒過來貼，他們眼睛都不眨一下，是一群見過世面的人。這次招待他們，是我心甘情願，順便也證實一下，我這個人啊，是美食大師，當初做那個秘書，實在是大材小用，所以逃了，不是上司虐待了我。」

「妳能嗎？」荷西十分憂愁。

吃一頓飯又不是什麼大事情。盲目的自誇自滿只有愚人才會，展示自己的真本實力，便不應拿愚昧來做形容。我雖是謙虛的人，可是在給人吃餃子這件事上，還是有些驕傲的，畢竟我是一步一步摸索著才有今天的啊！

你看過這樣美麗的景色嗎？滿佈鮮花的陽台上，長長一個門板裝出來的桌子，門上鋪了淡桔色手繡出來滚著寛米色花邊的桌布，桌上一瓶怒放的天堂鳥紅花，天堂鳥的下面，一隻隻小白鶴似的餃子靜靜的安眠著。

這些餃子，有豬肉的，有牛肉的，有石斑魚的，有明蝦的，有水芹菜的，還有涼的甜紅豆沙做的，光是餡便有不知多少種。

在形狀上，它們有細長的，有微胖的，有絞花邊的，有站的，有躺的。當然，我沒有忘記在盤子的四周，放上一些青菜紅蘿蔔來做點綴，紅蘿蔔都刻成小朵玫瑰花。

當這些過去的上司們驚嘆著拿著盤子繞長桌轉圓圈的時候，我衣著清潔美麗的交臂靠在柱子上安然的微笑著。

「三毛，妳實在太客氣了，今天妳為我所做的一切，我一生都會記住。」

我的頂頭上司，那個美麗的婦人真誠的悄聲謝我。

我呢，跑到洗手間去哈哈大笑起來。

我哪裏是為誰做這些事情呢，我不過是在享受我的生命，拿餃子當玩具，扮了一桌童年時便夢想著的貨真價實的家家酒罷了。

赤足天使——鞋子的故事。永遠的夏娃之五

我們的朋友，開小飯店的亞當，在上個月意外的中了一張獎券，獎金大約是一百多萬西幣，折合台幣五十多萬的樣子。

這個數目，在生活這麼高的地方，要置產是不太可能，如果用來買買生活上的小東西，便是足足有餘了。

在我碰到亞當的太太卡門時，我熱烈的恭喜了她一番，最後很自然的問她：「妳買了些什麼新的東西嗎？」

卡門非常愉快的拉我回家，向我展示了她一口氣買下的二十八雙新鞋子，我蹲下去細細的欣賞了一番，竟沒有一雙是我敢穿在腳上的，尤其可怕的是，她居然買了一雙花格子布做的細跟高統長靴——真難為她找得到這麼難看的東西。

我告辭了卡門出來，心裏一想再想，一個多了一些金錢的人，在生活上，精神上，通往自由之路的理想應該更暢通些才是，她不用這些錢去享受生命，竟然買下了二十幾雙拘束自己雙腳的東西回來，實在不明白這是出自什麼心理。

其實我個人對鞋子一向亦是十分看重的，回憶起童年時代的生活，我常常搬了小板凳坐在陽光下，看家中老傭人替我納鞋底，做新鞋，等不及的要她挑一塊小花布做鞋面。

那時候，抗戰已經勝利了，我們家住在南京鼓樓。一幢西式的大房子裏，有前院有後院，還有一個停車的偏院。童年的生活，所記得的不外是玩耍的事情，玩耍又好似與奔跑總脫不開關係，雖然不過是三四歲吧，可是當年如何跨了大竹竿圍著梧桐樹騎竹馬，如何在雪地裏逃不及吃了堂哥一顆大雪彈，如何上家中假山採桑葉，又如何在後院被鵝追趕，這種種愉快的往事，全得感謝我腳下那雙舒服的純中國鞋子。

那時候我們家的孩子們，夏天穿的是碎布襯底，縫上鞋面，加上一條布絆扣橫在腳面上，如同蠶豆瓣似的舒服布鞋。冬天的棉鞋便沒有橫絆扣，它們的形狀是胖胖的如同元寶似的一種好玩的東西，穿著它好似踏進溫暖的厚棉被似的，跑起路來卻不覺得有什麼重量。

記得有一年耶誕節，母親給我穿上了一雙硬邦邦的小皮鞋，我吃了一驚，如同被套了個硬殼子一般的不舒服，沒有幾天，新鮮的感覺過了，我仍是吵著要回舊布鞋來穿，還記得母親嘆了口氣，溫柔的對我說：「外面多少小孩子飯都沒得吃，你們有皮鞋穿，還要嫌東嫌西的吵。」

到了台灣，大人背井離鄉，在離亂的大時代裏，丟棄了故鄉一切的一切，想來在他們的內心是感觸極深的。可是做孩子的我們，哪懂那些天高地厚的道理，當我從中興輪上下來，進了台北建國北路那幢小小的日式房子，發覺每一個人都要脫鞋才能上榻榻米的地時，簡直沒將我高興得發狂，跟著堂哥和姐姐盡情的又叫又跳，又低頭看著自己完全釋放的光腳丫，真是自由得心花怒放，又記得為了大家打赤足，堂哥竟亂叫著：「解放了！解放了！」為了這一句可怕的共產黨才用的字，我們這些也跟著亂喊起解放來的小孩子還被大人打了一頓，喝叱著：「以後再也不許講這句話，再喊要打死！」天曉得我們只是為了光腳在高興而已。

初進小學的時候，我姐姐是三年級，我是一年級。

我們班上的同學大部分不穿鞋子，這使我羨慕得不堪，每天下了課，打掃教室的時候，我便也把鞋襪脫了，放在書包裏，一路滴滴答答的提著水桶潑進教室去玩。下課回家時，踏著煤渣路和雞糞，一步一刺的慢慢走著，再怎麼也不肯穿上鞋子，快到家之前，舒蘭街的右邊流著一條小河，我坐下來洗洗腳，用裙子擦擦乾，這才穿上鞋襪，衣冠整齊的回到母親面前去給她看。

小學生的日子，大半穿的是白球鞋，高小時比較知道愛美了，球鞋常常洗，洗清潔了還給塗上一種鞋粉，曬乾了時，便雪也似的白亮，襯上白襪子，真是非常清潔美麗的，那時候我的鞋子就是這一種，上學的路也仍是那一條，小小的世界裏，除了家庭、學校之外，任何事都沒有接觸。社會的繁華複雜，人生的變化、歡樂和苦痛都是小說裏去看來的，我的生活，就像那雙球鞋似的一片雪白。

球鞋也是布做的，布的東西接近大自然，穿著也舒適，後來不知為了什麼，大家都改穿起皮鞋來了，連小孩子都逃不掉，如果我穿了球鞋出門，母親便會說：「新鞋子擱著不穿嗎？再放著又要小了。」

我的回答照例千篇一律：「新鞋磨腳呢！再說穿新鞋天一定下雨。」

少女時代的我是個非常寂寞的怪物，念書在家，生活局限在那一幢寂寂的日式房子的高牆裏，很少出門，沒有朋友，唯一的真快樂，就是埋頭狂啃自己喜愛的書籍，那時候我自卑感很重，親友間的聚會大半都不肯去。回想起來，在那一段沒有身分也沒有路走的黯淡時代裏，竟想不起自己穿過什麼式樣什麼顏色的鞋子，沒有路的人，大概鞋子也沒有什麼用處了。

再想起我的鞋，已是十六歲了，那時候，我在顧福生老師的畫室裏開始學畫，每星期去兩次，因為遇見了這位改變我一生的恩師，我的生活慢慢的找到了光明和希望，朦朦朧朧的煙霧逐漸的散去，我的心也甦醒了似的快樂起來。

有一陣，母親帶我們去永和鎮父親的朋友鄭伯伯的鞋廠裏定做皮鞋，姐姐挑了黑色的漆皮，那幾年我一向穿得非常素暗，可以說是個鐵灰色的女孩，可是，我那天竟看中了一塊明亮柔和的淡玫瑰色的皮革，堅持要做一雙紅鞋。鞋子做好了，我踏著它向畫室走去，心情好得竟想微笑起來，那是我第一雙粗跟皮鞋，也是我從自己藏著的世界裏甘心情願的邁出來的第一步，直到現在回想起來，好似還在幽暗而寂寞的光線裏神秘的發著溫柔的霞光。

灰姑娘穿上了紅鞋，一切都開始不同了。

因為顧老師給我的啟發和幫助，我慢慢的認識了許多合得來的朋友，潛伏了多年的活潑的本性也跟著逐漸美麗的日子煥發起來。那時候，生活一日一日的複雜廣闊，不知什麼時候開始，我已成了一匹年輕的野馬，在心靈的大草原上快活的奔馳起來，每天要出門時，竟會對著一大堆鞋子發愣，不知要穿哪一雙才好。

那時候流行的鞋子都是尖頭細跟的，並不自然，也不很美麗，可是它們有許多其他的用處，踢人、踩人都是很好的工具。又因為鞋跟一般都做得高，穿上了之後，總覺得自己長大了很多，在迫切渴望成長的年齡裏，它給了我某種神秘的滿足感，那已不是虛榮心可以解釋的了。

我的涼鞋時代來得很晚，如果說木拖板也算某種形式的涼鞋，那便另當別論了。可是在記憶裏，我從來沒有穿木拖板上過街。總覺得將腳趾露出來是在海邊和洗澡時才能做的事情。那時候的社會風氣跟現在不同，越不接近大自然的裝扮，越是一般的覺得好看，也可以說，當時的文明，是那個樣子的。十八歲的時候，做了一件旗袍，上面扣著硬高領不能嚥口水，下面三吋高跟鞋只能細步的走，可是大家都說好看，我那時傻得厲害，還特為去拍了一張照片留念。三吋高跟鞋一生也只穿了那麼一年，以後又回到了白球鞋，原因是什麼自己也不記得了，球鞋從那時候一直到現在，我都極愛穿。

在我進了華岡的校園裏去做旁聽生的時候，我的朋友強尼從遠遠的夏威夷給我寄來了一雙美麗的淡咖啡色的涼鞋，收到那個包裹的時候，真是說不出有多麼新鮮高興，那時候市面上也有空花皮鞋賣了，可是完全平底，簡直沒有什麼鞋面，只有兩條簡單皮革繞過的涼鞋，在那時的台北真是不多見，我在家裏試穿著它們，亂動著完全釋放的腳趾，那份自由的歡欣，竟像回到了兒時第一次在榻榻米上光腳跳上跳下的心情。第二天，我馬上將它穿在腳上跑到學校去了。父親在我放學回來時才看見我那副樣子，他很愣了一會兒，最後才婉轉的對我說：「妳這種像打光腳一樣的鞋子，還是不要穿了吧！別人會誤會妳是中山北路那些陪外國人的吧女呢！」

我聽了父親的話倒是改了一點，從那時候起，我上學總是穿件白襯衫，洗得泛白了的藍卡其布裙，下面，還是那雙涼鞋，就算別人先看我的腳，再一抬頭看我的衣，兩相印證一番，便錯不到中山北路去了。

涼鞋真是自由的象徵，我跟它相見恨晚，一見鍾情，這樣的東西踩在腳下，一個人的尊嚴和自由才真正流露了出來，人生自然的態度，生命的享受，竟然因為簡簡單單的腳下釋放，給了我許多書本裏得不到的啟示。

當時，為了這份涼鞋的感動，我死命鼓勵我的姐姐和大弟也來試試這種東西，大弟說得有趣，一個大男人，把腳趾露出來是多麼難為情的事情，如果要他穿這種鞋子，他裏面還是要加襪子。姐姐在當年是人人必爭的淑女，更是不肯如我一般亂來，而今，她的孩子都上初中了，姐姐寄來的照片裏，居然也是一雙早年死也不肯穿的涼鞋，真是滄海桑田。這個世界變化得真快，我們還沒有老，鞋子卻打了好幾十個圈子在流行了。

離家以後我一直不再穿什麼高跟鞋，那種東西，只是放在架子上，也許一年一度去聽歌劇了，去參加別人的婚禮了，為了對他人的敬重和禮貌，我才勉強把自己放入那不合自然的鞋子裏去忍耐幾個小時。好在我這一生也只聽過不到十次歌劇，婚禮嗎，只有我自己那次，穿的是一雙涼鞋，我是新娘，不必去敬重他人。

雪天來了，靴子又成了我的另一種經驗，高高長統的馬靴，總使我回憶起小時候那雙黃色橡皮長統雨鞋，颱風一過，小孩子們都穿了那種有趣的東西在巷子裏蹚水。這甜蜜的回憶，使我天生的對馬靴產生了好感。在德國，長靴不是時髦，它是生活的必需品，穿著它踏著厚厚的積雪去學校，在教室休息時，雙腳往暖氣管上一放，擱著烘乾，跟同學們談天說地，那份舒適，女皇來了也不換。

馬靴不用來騎馬，沙漠裏的夜晚，竟也用得到它，靴子裏插一把牛骨柄的小刀，外面長裙一蓋，誰也看不出裏面的乾坤來。動刀子我是不會，可是在荒野夜行的時候，那份安全感，就很不相同了。

今年夏天我照例從迦納利群島飛了兩千哩路去馬德里看看朋友們，當年同住的女友全有了小娃娃，拖兒帶女的，一派主婦風味，她們腳下的鞋子，卻失去了風華，半高跟素面，說不出什麼道理來，三個人一個樣的鞋。

那幾日大家不停的見面，在有限的時間裏，恨不能說盡無限平凡生活的哀樂，說著說著話題繞到打扮上去了，這些女友們看我仍是一雙涼鞋，就不甘心了，硬拖了我一家一家鞋店去逛，要我買下一雙四周有東西圍住的「鞋子」，我試了幾次，實在不舒服，她們硬說好看，我無可奈何的買了一雙，還是說了一句：「在我們那群島上，度假的氣氛濃，每個人都悠悠閒閒的，這種鞋，跟當地氣氛是不稱的。」

鞋子買了，我穿了一次，就給丟在旅館裏了，平日仍是幾根帶子綁在腳上，大街小巷的去亂逛。

回家來了，荷西驚見我竟多了一雙高跟鞋，大笑了起來，硬是叫我穿了陪他出去。這種東西，我給取了個名字，叫做「百步鞋」，走一步還可以，走十步已經不耐煩了，走百步必然大發脾氣，只有將它們脫下來光腳走下去來得自在，我喜歡我的心靈和我的肉體都與世無爭，鞋子決定我心情的寧靜和舒泰，這是勉強不來的事。

我常常看見我的女友們在照片中穿著高跟鞋，我想，這是我與她們在社會上的身分不同而造成的差別，在這個社會上，尤其是辦公室裏的婦女，她們的衣著和打扮，不只是為著一己的舒適，也包括了對工作環境和他人的恭敬，也許有一天，這種觀念會慢慢改變過來，舒適自然的打扮，其實才是對個人生命最大的認知和尊敬，那時候，踩一雙平底涼鞋去參加雞尾酒會大概也不會被人視為失禮了。

秋天來了，昨日清晨微微的下了一場宜人的小雨，我出門買菜時，已經脫線的涼鞋踩進一個小水塘裏，鞋底泡了水，每走一步，它們便「吱呀！」的響一聲，我覺著好玩，快走了幾步，它們又接連著響了好幾聲，我再想試試，在空曠無人的街道上狂跑起來，腳下的鞋，竟然不斷的唱起歌來——吱呀！吱呀！吱呀！好有節拍的。我想，無論中不中獎券，腳下的涼鞋又得再買一雙了。

後記

蘭小春給我來信，說起夏日和她的小孩豆豆不喜穿鞋子，每給他上鞋，他可愛的小腳趾總是向裏面拚命縮，努力爭取赤足的自由，結論是——豆豆十分的鄉土！

我真慶幸這世界上還有我的同好，祝小豆豆享受赤足天使的滋味一直到老。

親不親，故鄉人。

——永遠的夏娃之六

你看到的可不是我

去年冬天我的日本朋友莫里在此地濱海大道旁擺小攤子賣東西。我常常跑去看他，一同坐著曬太陽。

有一日我對莫里說：「你知道嗎，我在撒哈拉沙漠住著的時候，為了偷看當地人洗澡的風俗，差點沒給捉去打死。後來有人懷疑到是我，我當然死也不承認，硬賴給你們日本人，嘿嘿，聰不聰明？」

莫里聽我這麼說，壞壞的抿嘴笑著，放下正在做的一條項鍊，向我伸出手來。

我雖不知他是什麼居心，還是跳起來跟他重重的對握了一下，又問：「你幹嘛？」

「呵呵！」

「什麼意思？」我緊張了。

「這個……每當我在國外做了什麼不太體面的事情時，偶爾也會變成中國人哩！」

我聽了莫里這句話吃了一驚，出口罵了他一句：「醜惡的日本人。」又往他坐著的木箱踢了一腳。

這時荷西也下工走了過來，我還在逼問莫里：「到底變了幾次？說！」

莫里苦笑著向荷西求救，指指我，做出不能忍受的表情。

我荷西慢吞吞的說：「中國人日本人有什麼好賴的，要是換了我在做什麼不太好的事情，我一定跟旁觀的人說──噓，注意！你看到的可不是我，你看到的是那個住在我左邊公寓的那個叫做菲力的討厭鬼。」

這一回輪到莫里和我笑得東倒西歪。

總不能老做日本人

政府明令開放觀光的新聞傳來時，我正安安靜靜的在給《皇冠》寫一篇叫做〈小路〉的文章，一打開報紙，發現這條大新聞，只差沒喜得昏了過去，那一個星期裏我給父母親塗去了近五封郵簡，語無倫次。又給蘭小春去了兩次信叫她快存錢好背了小豆豆出來旅行，又寫給很多朋友明信片，總而言之一句話──快來歐洲看看吧，人生幾何！

因為父母來信首肯明年參加旅行團來歐，將在西班牙離團留下來跟荷西及我相聚一月，這個承諾又使我過度興奮而嚴重失眠，整天不停的對荷西嘮叨：「要是爸爸媽媽來了你表現不佳，當心我事後跟你拚命！」

這種心情維持了好多天，那篇正在寫的〈小路〉也給丟掉了，覺得它實在無關緊要。

這一陣中文報上提的總是出國旅遊這件事，看到許多篇有關國人出國之後種種怪異行為的報導，我細細的看，慢慢的在腦子裏印證，覺得報上寫的事情句句屬實，這勾起了我本身的新愁舊恨，再看某大報一位導遊先生口述的〈洋相大觀〉，使我驚出汗來，以為是自己在夢中說的，怎麼跟那人講的一色一樣呢？

想到明年開始有那麼多的同胞要頂著中國人的名字在世界各地參觀遊覽，我在喜過之後反倒心亂如麻起來，鎮日思潮起伏，極度的憂念和愛國情操混成一條濁流在我的心裏沖激著，人卻變得沉默不堪。每當與荷西對看時，我總是故作輕鬆的笑笑，一開口話題又繞著我過去對出國同胞的所聞所見講個不完。

荷西見我如此憂心忡忡，很不以為然的說：「人，是獨立的，一個中國人不代表整體的中國人，妳這麼擔心同胞在外的言行，就是變相的侮辱他們。」

「可是我是有根據的，我看過太多次像報上〈洋相大觀〉裏說的事情，天平一樣公正的心，難道自己的同胞還會冤枉他們嗎？」

「少數幾個不算的。」荷西又說。

「整團的中國人，整團，聽清楚了！」我叫了起來。

我在西班牙看過的國人考察團共有三次，單獨來的朋友反而多，水準也好極了，可是讓我永生難忘的同胞就是那些「團」，相處一次就夠結結實實，荷西不在場，才會說出相反的話來。

「總不能老說自己是日本人吧！」我嘆了口氣。

「妳怎麼可以這麼說自己的同胞？」荷西暴跳起來。

其實我是過分重視國家的榮辱才會有如此的憂念，在外旅行的團體不太可能跟當地人有史深一步的瞭解，別人對我們的印象也是浮面的。吃飯，行路，談話，甚而臉上的表情，都可能是別人衡量我們的標準。我過去所見到的許許多多有辱國體的同胞行為如果不寫出來覺得違背了自己的良知，這篇文字可能絕不討好，連荷西這個看不懂中文的人都不高興我寫，我的同胞們看了又會有什麼樣的反應呢？

我們不是聾子

兩年半以前我回國去探望父母，家人帶我去飲早茶，走進那一幢擠得水泄不通的大餐廳，一陣亂烘烘的吵鬧喧譁撲面而來，幾乎將人襲倒。鄰桌又坐了一群談生意談得拍桌對罵幾乎大打出手的客人，在那樣令人神經衰弱的噪音裏我們全家默默的吃了一頓，彼此沒法交談一句。出來時在街上我生起氣來，臉色僵僵的，父親長嘆一聲對我說：「不要氣，如果這種事也要氣，身體還可能健康嗎？」

「這是消極的說法。」我大不以為然的說。

「咦，妳要怎麼樣？在公共場所說話太大聲的人難道抓去坐牢嗎？」大弟說了。

「不安靜不給他上菜。」我說。

全家笑得一塌糊塗，我的小姪女突然說：「我們在幼稚園就是這樣，誰吵就不給點心吃。」

這些事回想起來心裏還是遺憾，進過幼稚園的人怎麼都不上餐館呢？

在國外，我一共跟三個旅行團體有過接觸（那時候叫考察團），有的是間接的友人跟團來，有次是給拉去做零碎翻譯，還有一次是國內工商界組團來，當時我尚在給一家商業雜誌寫稿，總編囑我去旅館看看寫一篇訪問。

旅館的大廳本來是一個公共場所，偶爾大聲說話並不犯法，可是同胞們一團總是二十多個人，大家目中無人的「喊話」，聲量驚人，四星高級旅館寧靜的氣氛因為同胞的入侵完全破壞，一些原先在看書或閱報的其他旅客在忍無可忍之下，大半向我們輕藐又憤怒的瞪了一眼無可奈何的離去。

有一回我實在是窘迫不下去了，非常小心的微笑著向幾位中年同胞說：「我們小聲一點說話好吧？」這句話說出來我臉就先紅了，覺得對人太不禮貌，可是聽的人根本沒有什麼反應，他們的聲量壓過了我太多，雖然我的性情並不太溫柔，可是總不能出手打人叫他們閉嘴吧！

大聲談話不是人格上的汙點，絕對不是，可是在公共場所我們會變成不受歡迎的一群，所到之處人人側目皺眉，這總不是我們所希望的吧！

為什麼不有備而來

俗語說行萬里路，讀萬卷書，旅行本是增長見聞最直接的吸收方法。現在的世界跟古代不同，有關各國風土人情、名勝古蹟的資料多不勝數。我個人的旅行方法是先看書，看地圖，大略瞭解了要去的國家是怎麼個情形，然後再親身去印證一番，我發覺用這種方法去行路比毫無概念的進入一個陌生國度亂闖的收穫要多得多。

碰見過很多遊遍歐洲再來到西班牙的同胞，交談之下，他們所遊所看的各國印象都很混淆，說不出什麼有見地的感想，更有些人連地理位置都弄不清楚，這當然是因為奔波太烈，過分走馬看花必然的結果。可是如果在家中稍稍念念書本再來，那麼遊覽時間的不夠消化是可以因為事先的充實預備而補足的。

親耳聽過國內帶團來的先生將西班牙最著名的古城多雷托叫做「鄉下」，在旅館宣佈：

「明天要去鄉下旅行，參加的人請繳十五塊美金。」

「鄉下」是什麼地方，離馬德里有多少公里來回，有些什麼古蹟文化和背景，帶隊的人自己都說不清楚。

去了「鄉下」回來的同胞在看過了大畫家格里哥的故居名畫，古城無與倫比美麗的建築、彩陶、嵌金手工藝種種令人感動不已的景象之後，居然沒有什麼感想和反應。這情形令我訝異非常，我覺得這是導遊的失職，他帶領了他的羊群去了一片青草地，卻不跟這群羊解釋——這草豐美，應該多吃，可是羊也極可能回答牧羊人：我們要吃百貨公司，不要吃草。

這只是我看見少數同胞對文化的無感，並不代表我所認識的其他知識份子，這是一定要聲明的。很可惜知識和財富往往並不能兩得，有家產的暴發戶並不一定有家教，而出得起龐大旅費跟團來旅遊的往往是這批人占大多數。

請你一定要給小帳

我的兩個間接又間接的朋友跟團來到馬德里，這是一對年輕的夫婦，兩人都在台做外銷生意。他們一抵達旅館便馬上打電話給我，我一分鐘都沒有耽擱就坐車去了他們下榻的旅館。

當我跟他們見面時，旅館正在分配房間給這群同胞，頭髮已花白了的茶房將這對夫婦的兩個大皮箱提進房間，有禮的平放在擱箱架上。這兩個朋友就管跟我說話，無視於已經稍露窘迫垂手立在一旁等小帳的人。

當時我想他們可能沒有當地錢，所以很快的掏出錢來給了茶房並且謝了他一聲。

「什麼？還要給小帳的，這種習慣不好。」那位太太馬上說了。

「住進來提箱子給一次，搬出去提箱子再給一次，就好了。」我說。

「我們跟團來的，說好一切全包，這種額外的開銷不能加的。」她不但沒有謝我，反而有些怨怪我的口氣。

我突然很討厭這個說話的太太，入境隨俗是天經地義的事，她如此固執，損失的何止是那幾塊錢小帳。

我也是個節儉的人，婚後每年回馬德里去一次，住同樣的旅館，裏面工作的人總還記得我，原因很簡單，我離開的時候總是給小帳，連接線生都不忘記她，因為經常麻煩的人往往是這位小姐。小帳一共加起來也不過幾十塊錢，換來的態度卻是完全不同的。

堅持不付小帳的同胞太多了，我們何苦在這件小事上被人輕慢呢。

大家來捏水果

我赴旅館接兩位太太去逛百貨公司，在大廳裏碰到其他幾位同胞都要去，所以我們大群人就上街了。

途中經過一間小小的店鋪，裏面陳列了成箱成排鮮豔如畫，彩色繽紛的各色水果。同胞們看了熱烈的反應起來。

那位留著小鬍子的胖老闆好端端的在店裏坐著，突然間闖進一群吱吱喳喳的客人，連彼此照個面的時間都沒有，他的水果已經被十幾隻手拚命的又掐又捏又拎起來，無論是水蜜桃、杏子、梨還是西瓜都逃不過那一隻隻有經驗的指甲。

這個老闆好一會兒才回過神志，氣得個發昏，大喊大叫的罵起山門來，我趕快跟他說：「這些捏過的我們買，對不起，對不起！」

這位老闆還是狂怒著，啪一下把同胞手裏抱的一個甜瓜奪了過去，瞪眼大喊了一聲：「野蠻人！」

我聽了這話也動了氣，死命拉了同胞們離開，臨走時對這老闆說：「您太過分了，對顧客是這樣稱呼的嗎？」

他將玻璃門對我臉上重重的關過來，那一次真是灰頭灰臉，大家都掃了興。兩位太太問我那個混蛋西班牙人罵我們什麼醜話，我照實說了，她們也很硬，要再回去對罵，我做翻譯的自然是不肯了——那位水果店的老闆其實是在自衛，不能算太錯，再說先發動攻擊的是我們。

吃飯還是吵架

我替一個考察團做了一點點口頭的翻譯工作，有一次全團吃晚飯的時候便硬要拉我同去，我因見同胞實在是誠心誠意，盛情難卻之下，便欣然答應了。

二樓餐廳並不是我們中國人包下來的，四周還有其他的客人在吃飯。那一夜不知為什麼全體團員相處得非常和諧親密，有人建議唱歌，大家附議，於是大合唱——〈望春風〉，一面拍手一面唱。

一個人，心裏覺得愉快時喜歡唱一唱歌是自然的流露，即使在一個餐廳裏拍手高唱都不是什麼太失禮的事，雖然這是很天真的行為。

望過春風之後，坐在我很遠的兩個不認識的同胞大概是興致太好了，他們哇一聲同時跳叫起來，彼此甩著手臂暴喊著划起拳來。

這一番突然而來的聲勢就像爆炸似的駭慘了全餐廳的人，兩位同胞脹紅著臉叫來叫去，別人初初以為他們是在吵架，又見手臂不停的揮著，茶房們都緊張的聚了過來，等到他們發覺並不是什麼爭吵時，那份藐視又好笑的表情我一生一世都不會忘記。

猜拳是非常有趣的遊戲，可是要看場合，鬧酒更是在私人場合才可做的事。過了一會四周的客人紛紛結帳而去，臨去時厭惡的看著我們，有一個外籍客人的眼光跟我無意間碰到了，我石像似的跟他對著，四周猜拳的叫喊仍像放大龍炮似的起落著，這個人居然悄悄的對我做了一個很頑皮的鬼臉，我沒有幽默感去反應他。在當時，因為過分窘迫，只覺得一切都像在夢境中似的不真實，幾幾乎要流下淚來，後來這頓飯怎麼結束的都不太清楚，只記得臨走時有一個同胞把桌上的煙灰缸摸到口袋裏去。

在國外看同胞划拳也只有那一次，這實在是一次例外又例外的事情，所以記了下來。

我不是好欺負的

又碰過一種同胞，在外步步為營，總覺得外國人要欺生，覺得所有的人都有騙他的可能，一天到晚擔心的事情便是怕吃虧，這種同胞因為心虛的緣故，所以往往露出架子十足，一副凜然不可侵犯的銅牆鐵壁似的表情，望之令人生厭，他好似在對天下人宣告——本人不是好欺負的。好厲害的中國人啊！

有一個朋友單獨來馬德里，過分猜忌他人的心理已使這人成了一個不能快樂的怪物，任何一次付帳，少到相當於台幣一兩百元的數目他都要一再的不放心的追問：「是不是弄錯了？會不會騙我們？妳確定了嗎？剛剛計程車有沒有繞路？」

我因為那幾日一再的被這朋友無止無休的盤算金錢所困，煩得頂了他一場，兩人不歡而散。我呢，吃力不討好，出錢出力出時間，落得是一場不愉快，這真叫傷感情。

在有些古老的高樓建築裏，電梯是只限三個人一起進去的，有一次我的同胞們因為言語不通，擠了四個人，門房看了趕上來阻止，起了一場爭執，其中一位同胞氣著對門房揮拳，指著人家的鼻子說：「怎麼，你看不起我，我揍你！」

我死命的解釋，那個同胞不聽，硬說門房看不起我們。我又解釋，他衝著我來了，說我不愛國，我倒抽一口氣硬是閉上了嘴。這四個人一湧都擠上了電梯露出了勝利的微笑。

愉快的時光

大伯父漢清先生及大伯母來西班牙時都已是七十多歲高齡的人了。那時我在沙漠，千里迢迢的飛回馬德里去陪伴。這一對親人在西班牙相聚的時光可說是一段極愉快的回憶。

我們共遊了許多名勝古蹟，最使我感動的還是他們對藝術的欣賞和好奇，伯父伯母不搶購洋貨，不考究飲食，站在馬德里西比留斯廣場邊，一句一句的謙虛的要我解釋塑像、建築、歷史、淵源……在柏拉圖美術館裏面，大伯父因為已是高齡，我討了一把輪椅請他坐著，由伯母及我推著他一間一間慢慢的去欣賞。這一對中國人，竟然在西班牙大畫家戈耶的一幅幅油畫下面徘徊不忍離去。他們甚至並不冬烘，在國內還在為了裸體畫是不是藝術而爭論的今天，大伯父母特別欣賞的竟是「公爵夫人的裸像」。遇見那麼多的同胞，數伯父的問題最多，他不停的發問，我不斷的回答，西班牙死死板板的歷史地理政治和民情一下子活了出來，這便是行萬里路，讀萬卷書的秘密。當時我們下榻在一家普普通通的三星旅館，不豪華不氣派，可是我相信他們所得的見聞比國內許許多多來搶購西班牙皮貨的同胞多得多。

有一位計程車司機對我說：「你們東方人的謙和氣度真使人感到舒適，請妳翻譯給兩位老人家聽。」

我伯父客氣的回了他一句：「四海一家，天涯比鄰，只要人類還有一絲愛心存在，哪一國的人都是相同的。」

這樣的對話我樂於傳譯，真是有著春風拂面似的感動和平。

這樣的同胞國內很多，怎麼不多來一點呢！

第三類接觸

我看過同胞在飛機上把光腳蹺得老高，也看過大批漁船船員在飛機上硬要兩人擠一個位子，更看過飛機正在起飛，同胞一等空中小姐查看完安全帶馬上站了起來跑到後排同伴扶手上去斜著。還有一次是一大群同胞看別人叫酒，他們也亂叫，喝完了，空中小姐來收錢他們不付，說不知道原來是要付錢的，那一次驚動了全機的乘客，一場好戲。

兩年前我與十六個同胞一起搭機由瑞士經香港回台，這些同胞是合約滿了的遠洋漁民，一路上大家表現都很好，不吵不鬧，一行人中我是唯一的女性，他們也很客氣，不愛吃的瑞士乳酪一律傳來給我保存，這一路到了香港，當我們快要登上中華班機回台北時，一個外國中年旅客一不小心從下降的電動樓梯上絆了一跤，重重的一路滾下來，當時我就在靠樓梯下面的椅子上坐著，本能的一聲驚呼，衝上去要接住這位絆跤的人，萬萬沒有想到，我的同胞們看見別人絆倒，竟然不約而同的哄笑怪叫，甚而大力鼓掌，如同看馬戲一般的興奮起來。

我彎下腰去替那位旅客拾起了旅行袋，又拉了他的手肘問他：「摔傷沒有？你自己動動看？你還好吧？」這位旅客面紅耳赤低聲道謝而去，他後來也上了同班飛機去台北，請問他對我們中國人的第一印象如何？

我一定要說

我認識的一位西班牙朋友洛麗是一位極美麗而聰慧的西班牙女郎，她嫁的是中國丈夫，說的是一口許多中國人都及不上的京片子，去過台灣三次，師大國語中心的高材生。當她與我談起台灣時眉飛色舞喜形於色，顯見她對中國的深情。

有一天我們在一起吃飯，她突然說：「台灣只有一樣事情我不能忍受。」我問她是什麼，她說吃完飯才能講，吃完飯我又問她，她說：「妳猜。」

我很自然的回答她：「餐館內的廁所。」

後來我們都不再講了，因為彼此意見相同，不願再噁心一次。

隱地先生寫過一本《歐遊隨筆》，三年前隱地隨團遊歐數十天，在他的書裏也曾提到一件類似的事情，同團的同胞在飛機上用了廁所不沖水，隱地接著進去看見黃金萬兩幾乎將他駭昏，趕快替前一位同胞做善後工作，又慶幸跟著進去的人恰好是他而不是一個外國人，總算保住一點中國人的顏面。

我個人在大迦納利島上一共看過四次同胞隨地小便的情形，三次是站在漁船甲板上對著串水馬龍的熱鬧碼頭灑水。另一次是在大街上，喝醉了，當街出醜。

我其實並未看清楚，每次都是荷西將我的脖子用力一扭，輕輕說：「別看，妳的同胞在方便。」

「你怎麼知道是中國漁船？」我也悄悄的問。

「國旗在那裏飄呢！」荷西笑了。

他總是笑，我一對自己的同胞生氣荷西就要笑：「三毛，妳真是榮辱共存呀！好嚴重呀！中國人真團結關心呀！」

這種地方我沒有幽默感，一點也沒有。

有一次我們家來了七八個同胞，其中我只認識一位，這些同胞坐了一小時左右，非常有禮的告別了，當我們送客上車再進屋來時，發覺地上許多髒水鞋印，一路由洗手間印到客廳的地毯上，我心思比荷西快了一步，搶先開了洗手間的門，低頭一看——我老天爺!!液體橫流。原來他們沒有用抽水馬桶，錯把歐洲洗腳用的白瓷缸當作了代用品。

荷西不讓我擦地，自己悶聲不響的去提了一桶水和拖把進來，一面發怒一面罵：「為什麼？為什麼？」

我聽他怪我自己人，又反氣了起來，無理的跟他對罵：「在台灣，沒有這種怪瓷缸，這就是為什麼了。」

「他們剛剛上廁所不關門，我好怕妳經過受窘，台灣廁所沒有門的嗎？」他又說。

「荷西，他們是漁船的船員，船上生活那麼苦，舉止當然不會太斯文，你——」

荷西見我傻起來了，便是笑讓下去。

「好啦！榮辱共存又來啦！」總是如此結束爭論。

我們只有一個共同的名字

寫到這裏荷西走了過來，又問我到底寫了些什麼，我說我寫了一些心裏不吐不快的真情，寫了些我親身見到的同胞在外的言行。

荷西又是不快，說：「妳難道就不能寫別的？」

「可是政府明令開放觀光了。」

「妳所見的只是極小部分的中國人呀！怎麼這麼寫出來呢？」

「小部分也是我的同胞。」

「妳不能回過去寫那篇詩意盎然的〈小路〉嗎？」

「不能，〈小路〉可以等，這篇不能等。」

愛之深，憂之切，我以上所寫的事情在每一個民族裏都可能發生，並不只是中國人，可是我流的不是其他民族的血液，我所最關心的仍是自己的同胞和國家。懇請我的故鄉人在外旅行時自重自愛，入境隨俗，基本的行儀禮貌千萬不要太忽略。至於你會不會流利的外語，能不能正確的使用刀叉，是不是衣著時髦流行，反而是一些極次要的問題了——你看郎靜山先生一襲布衣，一雙布鞋環遊世界，那份飄逸的美多麼替中國人風光。

在國內也許你是你，我是我，在路上擦臂而過彼此一點感覺也沒有，可是當我們離開了自己的家園時，請不要忘了，我們只有一個共同的名字——中國人。

浪跡天涯話買賣。

自小以來最大的想望就是做個拾破爛的人，一直到現在都認為那是一份非常有趣而生動的職業。

小時候常常看見巷子裏叫賣竹竿的推車，那個車子豈止是賣幾根竹竿而已，它簡直是把全套家家酒的美夢放在一個小孩子的面前。木屐、刷子、小板凳，賣到篩子、鍋碗、洗衣板，什麼樣的寶貝都擠在那一台小車裏，羨慕得我又迷上了這種行業。

後來早晚兩次來的醬菜車又一度迷惑了我，吃是並不想吃，那一層層的變化對一個小人來說又是一番夢境，大人買，我便站在一邊專心的一盤一碗的顏色去看它個夠，那真叫繽紛。

念小學的時候常常拿用過的練習簿去路邊的小舖子換橄欖，擠在一大群吱吱喳喳的同學裏研究著那些玻璃瓶裏紅紅綠綠的零食，又曾想過，就算不拾破爛，不賣竹竿，不販醬菜，開這麼一家雜食舖也算是不錯的事情。

再後來迷上了中藥房的氣氛，看著那一牆的小抽屜一開又一開，變出來的全是不同的草根樹皮，連帶加上一個個又美又詩意的名字，我又換了念頭，覺得在中藥房深深的店堂裏守著靜靜的歲月，磨著藥材過一生也是一種不壞的生涯。

後來我懂得一個人離家去逛台北了，看見了形形色色的社會，更使我迷失了方向，一下想賣乾貨，一會兒想販花布，還有一陣認真的想去廟裏管那一格一格的籤條——在我看來，它們都是極有趣的謎語。夏天來了，也曾想開個冰果店，紅豆、綠豆、八寶、仙草、愛玉、杏仁、布丁、鳳梨、木瓜、酸梅湯……給它來個大混賣。

總而言之，我喜歡的行業只有一個字可以形容，就是個「雜」。雜代表變化，變化代表一種美，美代表我追求的東西，至於它們哪一種比較賺錢我倒是沒有想過。

小孩子的人生觀是十分單純的，無形的職業如醫生、律師、作家、科學家這些事對我都太遙遠，我看得見的就是眼前街上形形色色的店舖和生計，真是太好看了。

父親常常說我是雜七雜八的人，看手相的人一看我的掌紋總是大吃一驚，興奮得很，因為這麼亂的掌紋他可以多蓋好幾小時。

童年到現在我從來不是個純淨而有定向的小孩，腦子裏十分混亂古怪。父親預言我到頭來必然一事無成，這點他倒是講中了。

離開台灣之前最愛做的事情之一，就是在冷冷的冬天大街小巷的漫遊，有店看店，沒店看街，沒街便去翻垃圾，再有趣的娛樂也不過如此了。

那時候是十一年前的台北，記憶中沒有幾家百貨公司，「南洋」是記得的，別家都沒有印象了。就算是去過，也可能裏面貨色不多，不如小街小巷裏的商店好看，所以說不出什麼道理來。

初次離家時，傻瓜似的帶了大批衣服——大概是預備一輩子「愛用國貨」下去。雖然穿的也是所謂洋裝的東西，可是擠在西班牙同學裏面總覺得自己異國風味得相當厲害，這份不同的情調使我心理上極度的沒有歸屬感，是虛榮或者不是，自己也說不清楚。

當時父親管我每月一百美金的生活費，繳六十美金給書院吃住，還有四十美金可以零花，那時西班牙生活程度低，四十美金跑跑百貨公司足足有餘，那時候一件真毛皮大衣也只需六十美金就可以買下一件了。

馬德里有好幾家極大極大的百貨公司，衣食住行只差棺材沒有賣，其他應有盡有，本該是個大開眼界的好地方，可惜當時的我青春過分，什麼都不關心，下了課書本一丟，坐了地下車就往百貨公司跑，進了電梯，走出來那一層必然是女裝部，傻氣得可以，卻不知道青春少年本身便是光華，哪裏需要衣服來襯托。

那一陣情歌隊夜間老是到宿舍窗口下來唱歌，其中必有一支唱給那個名叫Echo的中國女孩，我自是被寵昏了頭，浸在陽台的月色裏沉醉。回憶起來我的浪漫和墮落便是如此開的頭，少年清明的理想逐漸淡去，在迷迷糊糊的幸福裏我成了一顆大千世界的浮塵。

青春的甜美和迷人而今回想起來仍然不能全然的否定，雖然我的確是個百貨公司裏的常客和俗人。跟百貨公司結了緣也是那一年開始的。

其實小店仍有小店的氣氛和美，可是為了貪圖方便總是喜歡在百貨公司裏流連，在外離家的人一切都不踏實，對生命其他的追求也覺得很可笑，倒是單純物質的欲望來得實實在在，這種事百貨公司最能滿足我的渴求和空虛。

以後我去了西柏林念語文，德國人凡事認真實在，生活的情調相對的失去了很多，我的課業重到好似天天被人用鞭子在背後追著打似的緊張，這使我非常的不快樂。時間永遠不夠用，睡覺吃飯乘車都覺得一個個生字在我後面咻咻的趕。那時學校在鬧區最繁華的Kurfurstendamm大道的轉角處，這條美麗的大道長三公里半，不但是商業的中心，也是藝術家們工作遊樂的街頭，在這條上西柏林最大的數家百貨公司差不多都是排著來的。

總是在上學的途中早一站下車，一面快步的趕路，一面往經過的百貨公司裏去繞路打轉，每天上學進去逛一圈便是我唯一的娛樂了。

換了國家，換了生活程度，父親漲了我五十美金的生活費，日子還是過得東倒西歪。每吃一次新鮮牛排總不知不覺的會寫信回家去報告，母親看得心酸，我卻不太自覺，只等她航空寄來了牛肉乾才駭了我一跳。

那時候我很需要錢，可是從來不去超支銀行的存款，父親說一百五十美金，我便照他的囑咐去生活，百貨公司天天去，都是眼睛吃吃冰淇淋，也就是說，純吃茶式的。

有一日在報紙上看見一個很醒目的廣告，徵求一個美麗的東方女孩替法國珂蒂公司做香水廣告，要拍照，也要現場去推銷香水。當時我要錢心切，雖然知道自己並不合報上要求的標準，可是還是橫著心寄了好多張彩色照片去，沒想到那家公司竟然選中了我，給我相當四十美金一天的馬克，在當時那是很高的薪水了，工作時間是十天，我一算可以賺四百美金，這一大筆金錢使我下定了去工作的決心，學校的課業先去向老師問了來，老師好意的說一天五小時的課，十天是缺課五十小時，這將來怎麼可能趕上同學？我向她力爭夜間可以拚命自修，我非要去賺這一筆大錢。

學校一弄好，我便去跑了好幾家租戲裝的倉庫，租到一件墨綠色緞子，大水袖，鑲淡紫色大寬襟，身前繡了大朵淡金色菊花的「東方衣服」，穿上以後倒有幾分神秘的氣氛，第一日拍了些照片，第二日叫我去上工，當我知道我要去拋頭露面的地方竟是西柏林最大的「西方百貨公司」時，我望著身上那件戲袍哭笑不得。我一定要去！四百美金是兩個半月的生活費，父親可以不再為我伏案這麼久，光是這件事就一定不能退下來。

雖然我不必做店員的工作，而只需要站在香水部門向每一個顧客微笑，噴他們一些叫做什麼米的象徵東方神秘的新出品香水，可是第一天進百貨公司，那個部門的負責人還是給我結結實實的上了一課，強悍的老太婆要我在一天之內記住所有百貨公司貨品的名稱和櫃檯，每一層我都不能弄錯，加上當時是耶誕節之前，又加了大批耶誕貨，這真使我急得要流下淚來，我說我只是來噴香水的，她說妳在這兒就是公司的一分子，顧客問到妳，妳要什麼都答得出來，天曉得當時我不過才學了不到三月的德文，尤其是工具方面的東西那是不可能在一天之內記得住的，她交給我電話簿似的一本貨單便走了。

幾小時的工作可以每四小時休息二十分鐘，那時候我總是躲到洗手間去，脫下絲襪，把發腫的腳浸在冷水裏。

照理說進入一個大如迷城似的百貨公司去工作應是正合我意，可是那些五花八門美不勝收的一切東西就像一個陷阱，天天張著幽暗的大口等我落下去，我雖然虛榮，可是也知道我是失足不起的。

當我看見成千上萬的顧客抱著彩色紙包裝的大批貨品出門，我的心竟然因為這份欠缺而疼痛起來。那麼多穿著皮裘的高貴婦人來買昂貴的香水，我卻為著一筆在她們看來微不足道的金錢在這兒做一場並不合我心意的好戲。那缺著的五十堂課像一塊巨石般重重的壓在胸口，白天站得腿已不是自己的了，夜間回去還得一面啃著黑麵包一面讀書至深夜，下工的時候哪怕骨頭累得都快散了，那幾塊馬克的計程車費總也捨不得掏出來，再渴再冷，公車的站牌下總是靠著捧著一本書的我。

生命有時候實在是一個玩笑。一個金錢和時間那麼拮据的窮學生，竟在耶誕節之前被安置進一幢百貨公司裏去。

在那次累死人的經驗之後，我瞭解了店員罰站的苦痛，也恨透了百貨公司。當那一千六百塊馬克的支票拿到手時，我珍惜得連一雙絲襪都捨不得買。賺錢的不易多少是懂得了一些，內心對父母的感激和歉疚卻是更深更痛。那一陣我渴望快快念完學校出來做事，父親夜深伏案的影像又清清楚楚的浮現出來——不能再拖累他了！

那次百貨公司的工作，並不是我有生以來第一次賺錢，卻是有生以來第一次那麼珍惜的花錢。經過德國生活的磨練之後，我的本性被改掉了許多。至今父親還說德國人有本事，他親生的女兒在家裏，想修改她一絲一毫都不可能，德國人在幾個月之內就將她改成了另一副形象。

幾年前我去撒哈拉沙漠，那一番渺茫的天地又給了我無邊的啟示，物質的欲望越來越淡，心境的清明卻是一日亮似一日。以後雖然離了沙漠又回到繁華的社會裏來，可是百貨公司竟跟我失了緣分，就連普通的店舖都不再吸引我。

唯一沒有使我改變的是童年的夢想，人是返老還童的，去年荷西遠赴奈及利亞工作，一個人在海邊住了快七八個月，那時候的我，最大的快樂就是在高高的天空下，在空曠的沙灘旁，拾我的漂流物和垃圾。

現在要是女友們邀我去逛百貨公司，大半是拒絕的。理由是：「那麼多的東西，看得眼睛也塞住了。」別人總是奇怪：「那不是很好嗎？沒有東西看叫什麼百貨公司呢？」我再對她們說：「那麼多貨品的名字，妳去背背看。」別人一頭霧水，喃喃自語：「奇怪，為什麼要背呢？為什麼……」

這幾日因為荷西的家人來度假，我們開車上了高山，進入國家公園的松林裏去，那日煙霧濛濛，四周白茫茫一片，大家惋惜得很，覺得白來了一場。我脫口而出：「這樣才好。」他們大為不解，掃興嘛！「怎麼還好呢？」「這叫空無一物啊！」我很滿意的嘆了口氣。

迦納利群島是西班牙政府開放的自由港，重稅進口的東西在這兒便宜得多了，家人們自然而然的湧進百貨公司裏去購物，我甘願坐在外面街上的露天咖啡座等候。荷西的姐姐奇怪的說：

「這個人連百貨公司都捨不得逛，怪女人一個呢。」

我照例答了一句：「眼睛會堵住，太雜了。」

「妳難道什麼都不要？」又問。

我笑了笑搖搖頭。真的太雜了，眼花撩亂好沒意思。

百貨公司雖然包括了人生種種不可或缺的生活用品，可是那兒的東西我真的不要了；不是「難道什麼都不要」，我還是要的。可是我要的東西不在那兒，我現在經營的東西太大也太小了，大過百貨公司，又小得一顆跳動的心就可裝滿。它們是什麼我也說不出來，就讓它成為一個我自己也不去猜測的謎吧！

克里斯。

在我居所附近的小城只有一家影印文件的地方，這些個月來，因為不斷的跟政府機關打交道，因此是三天兩頭就要去一趟的。

那天早晨我去複印的卻不是三五張文件，而是一式四份的稿子。等著影印的人有三五個，因為自己的份數實在太多，雖則是輪到我了，卻總是推讓給那些只印一張兩張紙的後來者。最後只剩下一個排在我後面的大個子，我又請他先印，他很謙虛的道謝了我，卻是執意不肯占先，於是我那六七十張紙便上了機器。

「想來妳也能說英語的吧？」背後那人一口低沉緩慢的英語非常悅耳的。

「可以的。」我沒法回頭。因為店老闆離開了一下，我在替他管影印機。

「這麼多中國字，寫的是什麼呢？」他又問。

「日記！」說著我斜斜的偷看了這人一眼。

他枯黃的頭髮被風吹得很亂，淡藍而溫和的眼睛，方方的臉上一片未刮乾淨的白鬍碴，個子高大，站得筆挺，穿著一件幾乎已洗成白色了的淡藍格子棉襯衫，斜紋藍布褲寬寬鬆鬆的用一條舊破的皮帶紮著，腳下一雙涼鞋裏面又穿了毛襪子。

這個人我是見過的，老是背著一個背包在小城裏大步的走，臉上的表情一向茫茫然的，好似瘋子一般，失心文瘋的那種。有一次我去買花，這個人便是癡癡的對著一桶血紅的玫瑰花站著，也沒見他買下什麼。

店老闆匆匆的回來接下了我的工作，我便轉身面對著這人了。

「請問妳懂不懂《易經》？」他馬上熱心的問我，笑的時候露出了一排密集尖細的牙齒，破壞了他那一身舊布似的恬淡氣氛，很可惜的。

看見尖齒的人總是使我聯想到狼。眼前的是一條破布洗清潔了做出來的垮垮的玩具軟狼，還微微笑著。

「我不懂《易經》，不是每一個中國人都懂《易經》的。」說著我笑了起來。

「那麼風水呢？中國的星象呢？」他追問。

在這個天涯海角的小地方，聽見有人說起這些事，心裏不由得有些說不出的新鮮，我很快的又重新打量了他一下。

「也不懂。」我說。

「妳總知道大城裏還有一家日本商店，可以買到豆腐吧？」他又說。

「知道，從來沒去過。」

「那我將地址寫給妳，請一定去買——」

「為什麼？」我很有趣的看著他。

他攤了攤手掌，孩子氣的笑了起來，那份淡淡的和氣是那麼的恬靜。總是落了一個好印象。

「那家店，還賣做味噌湯的材料——」他又忍不住加了一句。

「把地址講給我聽好了。」我說。

「瓦倫西亞街二十三號。我還是寫下來給妳的好——」說著他趴在人家的影印機上便寫。

「記住啦！」我連忙說。

他遞過來一小片紙，上面又加寫了他自己的姓名、地址和電話。原來住在小城的老區裏，最舊最美的一個角落，住起來可能不舒適的。

「克里斯多弗．馬克特。」我念著。

他笑望著我，說：「對啦！Echo！」

「原來你知道我的名字。」我有些被人愚弄了的感覺，卻沒有絲毫不快，只覺這個人有意思。

「好！克里斯，幸會了！」我拿起已經影印好的一大疊紙張便不再等他，快步出門去了。

影印店隔壁幾幢房子是「醫護急救中心」的，可是小城裏新建了一家大醫院，當然是設了急診處的，這個中心的工作無形中便被減少到等於沒有了。

我走進中心去，向值班的醫生打了招呼，便用他們的手術台做起辦公桌來，一份一份編號的稿紙攤了滿台。

等我將四份稿件都理了出來，又用釘書機釘好之後，跟醫生聊了幾句話便預備去郵局寄掛號信了。

那個克里斯居然還站在街上等我。

「Echo，很想與妳談談東方的事情，因為我正在寫一篇文章，裏面涉及一些東方哲學家的思想……」

他將自己的文章便在大街上遞了過來。車水馬龍的十字路口，煙塵彌漫，風沙滿街，陽光刺目，更加上不時有大卡車轟轟的開過，實在不是講話看文章的地點。

「過街再說吧！」我說著便跑過了大街，克里斯卻遲遲穿不過車陣。

等他過街時，我已經站在朋友璜開的咖啡館門口了，這家店的後院樹下放了幾張木桌子，十分清靜的地方。

「克里斯，我在這裏吃早飯，你呢？」我問他，他連忙點點頭，也跟了進來。

在櫃檯上我要了一杯熱茶，自己捧到後院去。克里斯想要的是西班牙菊花茶，卻說不出這個字，他想了一會兒，才跟璜用西文說：「那種花的……」

「好，那麼你寫哪方面的東西呢？」

我坐下來笑望著克里斯。

他馬上將身上背著的大包包打了開來，在裏面一陣摸索，拿出了一本書和幾份剪報來。

那是一本口袋小書，英文的，黑底，彩色的一些符號和數字，書名叫做——《測驗你的情緒》。封面下方又印著：「用簡單的符號測出你，以及他人潛意識中的渴望、懼怕及隱憂。」「五十萬本已經售出」。右角印著克里斯多弗．馬克特。

看見克里斯永不離身的背包裏裝的居然是這些東西，不由得對他動了一絲憐憫之心。這麼大的個子，不能算年輕，西班牙文又不靈光，坐在那張木椅上嫌太擠了，衣著那麼樸素陳舊，看人的神情這樣的真誠謙虛，寫的卻是測驗別人情緒的東西。

我順手翻了翻書，裏面符號排列組合，一小章一個名稱：「樂觀」、「熱情」、「積極」、「沮喪」……

「這裏還有一份——」他又遞過來一張剪報之類的影印本，叫做：「如何測知妳與他之間是否真正瞭解」。

這類的文字最是二加二等於四，沒有游離伸縮，不是我喜歡的遊戲。

「你的原籍是德國，拿美國護照，對嗎？」我翻著他的小書緩緩的說。

「妳怎麼知道？」他驚訝的說。

我笑而不答。

「請妳告訴我，中國的婦女為何始終沒有地位，起碼在你們的舊社會裏是如此的，是不是？」

我笑望著克里斯，覺得他真是武斷。再說，影印文件才認識的路人，如何一坐下來便開始討論這樣的問題呢！

「我的認知與你剛剛相反，一般知書識禮的中國家庭裏，婦女的地位從來是極受尊重的……」我說。

克里斯聽了露出思索的表情，好似便要將整個早晨的光陰都放在跟我的討論上去似的。這使我有些退卻，也使我覺得不耐。喝完了最後一口茶便站了起來。

「我要走了！」我放下兩杯茶錢。

「妳不是來吃早飯的嗎？」

「這就是早飯了，還要再吃什麼呢？」我說。

「要不要測驗妳自己的情緒？」

「既然是潛意識的東西，還是讓它們順其自然一直藏著吧！」我笑了。

「用妳的直覺隨便指兩個符號，我給妳分析……」

我看了書面上的好幾個符號，順手指了兩個比較不難看的。

「再挑一個最不喜歡的。」他又說。

「這個最難看，白白軟軟的，像蛆一樣。」說到那個蛆字，我夾了西班牙文，因為不知英文怎麼講，這一來克里斯必是聽不懂了。

「好，妳留下電話號碼，分析好了打電話給妳——」

我留下電話時，克里斯又說起八卦的事情，我強打住他的話題便跑掉了。

等我去完郵局，騎著小摩托車穿過市鎮回家時，又看見了克里斯站在一家商店門口，手中拎著一串香蕉，好似在沉思似的。

「克里斯再見！」我向他大喊一聲掠過，他急急的舉起手來熱烈的揮著，連香蕉也舉了起來。

我一路想著這個人，一直好笑好笑的騎回家去。

四萬居民的小城並不算太小，可是每次去城裏拿信或買東西時總會碰到克里斯。

若是他問我要做些什麼事，我便把一串串待做的事情數給他聽。輪到我問克里斯時他答的便不同：「我只是出來走走，妳知道，在玩——」

克里斯那麼熱愛中國哲學家的思想，知道我大學念過哲學系，便是在街上碰到了，跟在我身旁走一段路也是好的。

碰巧有時我不急著有事，兩人喝杯茶也是孔子、老子、莊子的談個不停。事實上清談哲學最是累人，我倒是喜歡講講豆腐和米飯的各種煮法，比較之下這種生活上的話題和體驗，活潑多了。

只知道克里斯在城內舊區租了人家天台上的房間為家。照他說是依靠發表的東西維生，其實我很清楚那是相當拮据的。

認識克里斯已有好一陣了，不碰見時也打電話，可是我從不請他來家裏。家是自己的地方，便是如克里斯那麼恬淡的人來了也不免打破我的寧靜。他好似跟我的想法相同，也不叫我去他的住處。

有一陣夜間看書太劇，眼睛吃了苦頭，近視不能配眼鏡，每一副戴上都要頭暈。眼前的景象白花花的一片，見光更是不舒服。

克里斯恰好打電話來，一大清早的。

「Echo，妳對小貓咪感不感興趣呢？」

「不知道，從來沒有開過——」我迷迷糊糊的說。

「小貓怎麼開呢？」他那邊問。

「我——以為你說小賽車呢——」

跟克里斯約好了在小城裏見面，一同去看小貓，其實貓我是不愛的。

在跟克里斯喝茶時他遞過來幾本新雜誌，我因眼睛鬧得厲害，便是一點光也不肯面對，始終拿雙手捂著臉說話，雜誌更別想看了。

「再不好要去看醫生了。」我苦惱的說。

「讓我來治妳！」他慢慢的說。

「怎麼治呢？」我揉著酸澀的眼睛。

「我寫過一本書，簡單德文的叫做《自療眼睛的方法》，妳跟我回去拿吧！」

原來克里斯又出過一本書。可是當時我已是無法再看書了。

「講出來我聽好了，目前再用眼會瞎掉的。」

「還要配合做運動，妳跟我回家去我教妳好嗎？」

「也好——」我站起來跟克里斯一路往城外走去。

克里斯住的區叫做聖法蘭西斯哥，那兒的街道仍是石塊鋪的，每一塊石頭縫裏還長著青草，沿街的房子大半百年以上，襯著厚厚的木門。

那是一幢外表看去幾乎已快塌了的老屋，大門根本沒有了顏色，灰淨的木板被歲月刻出了無以名之的美。

克里斯拿出一把好大的古鑰匙來開門，風吹進屋傳來了風鈴的聲響。

我們穿過一個壁上水漬滿佈的走廊，掀開一幅尼龍彩色條子的門簾，到了一間小廳，只一張方形小飯桌和兩把有扶手的椅子便擠滿了房間，地上瓶瓶罐罐的雜物堆得幾乎不能走路，一個老太太坐在桌子面前喝牛奶，她戴了眼鏡，右眼玻璃片後面又塞了一塊白白的棉花。

這明明是中國老太太嘛！

「郭太太，Echo來了！」克里斯彎身在這位老太太的耳旁喊著，又說：「Echo，這是我的房東郭太太！」

老太太放下了杯子，雙手伸向我，講的卻是荷蘭語：「讓我看看Echo，克里斯常常提起的朋友——」

以前在丹娜麗芙島居住時，我有過荷蘭緊鄰，這種語文跟德文有些相似，胡亂猜是能猜懂的，只是不能說而已。

「妳不是中國人嗎？」我用英文問。

「印尼華僑，獨立的時候去了荷蘭，現在只會講荷語啦！」克里斯笑著說，一面拂開了椅上亂堆的衣服，叫我坐。

「克里斯，做一杯檸檬水給Echo——」老太太很有權威的，克里斯在她面前又顯得年輕了。

「這裏另外還住著一位中國老太太，她能寫自己的名字，妳看——」克里斯指指牆上釘的一張紙，上面用簽字筆寫著中文——**郭金蘭**。

「也姓郭？」我說。

「她們是姐妹。其實都沒結婚，我們仍叫她們郭太太。」

「我呀——在這裏住了十七年了，荷蘭我不喜歡，住了要氣喘——」老太太說。

「聽得懂？」克里斯問我。

我點點頭笑了起來。這個世界真是有趣。她說的話我每一句都懂，可是又實在是亂猜的，總是猜對了。

克里斯將我留在小廳裏，穿過天井外的一道梯階到天台上去了。

我對著一個講荷語的中國老太太喝檸檬水。

過了一會兒，克里斯下來了，手裏多了幾本書，裏面真有他寫的那本。

「不要看，你教吧！」我說。

「好！我們先到小天井裏去做頸部運動。」說著克里斯又大聲問老太太：「郭太太，Echo要用我的法子治眼睛，妳也來天井坐著好嗎？」

老太太站了起來，笑咪咪的摸出了房門，她坐在葡萄藤下看著我，說：「專心，專心，不然治不好的，這個法子有用——」

我照著克里斯示範的動作一步一步跟，先放鬆頸部，深呼吸，捂眼睛靜坐十分鐘，然後轉動眼球一百次……

「照我的方法有恆心的去做，包妳視力又會恢復過來——」

我放開捂住的眼睛，綠色的天井裏什麼時候聚了一群貓咪，克里斯站在曬著的衣服下，老太太孩童似的顏面滿懷興趣的看著我。

「講妳的生平來我聽——」老太太吩咐著。

「說什麼話？」我問克里斯。

「西班牙文好啦！郭太太能懂不能講——」

我吸了口氣，抬眼望著天井裏露出來的一片藍天，便開始了：「我的祖籍是中國沿海省分的一個群島，叫做舟山，據一本西班牙文書上說，世界以來第一個有記載的海盜就是那個群島上出來的——而且是個女海盜。我的祖父到過荷蘭，他叫汽水是荷蘭水。我本人出生在中國產珍奇動物熊貓的那個省分四川。前半生住在台灣，後半生住在西班牙和一些別的地方，現在住在你們附近的海邊，姓陳。」

克里斯聽了仰頭大笑起來，我從來沒有看見他那樣大笑過。老太太不知聽懂了多少，也很欣賞的對我點頭又微笑。

「克里斯，現在帶Echo去參觀房子——」老太太又說，好似在跟我們玩遊戲似的粲然。

「房子她看到了嘛！小廳房、天井、妳們的睡房——」克里斯指指身旁另一個小門，門內兩張床，床上又有一堆貓咪蜷著。

「天台上的呢——」老太太說。

克里斯的臉一下不太自在了：「Echo，妳要參觀嗎？」

「要。」我趕快點頭。

我跟著克里斯跑上天台，便在那已經是很小的水泥地上，立著一個盒子似的小屋。

「看——」克里斯推開了房門。

房間的擠一下將眼睛堵住了。小床、小桌、一個衣櫃、幾排書架便是一切了，空氣中飄著一股丟不掉的霉味。不敢抬頭看屋頂有沒有水漬，低眼一瞧，地上都是紙盒子，放滿了零碎雜物，幾乎不能插腳。

我心中默默的想，如果這個小房間的窗子打開，窗台上放一瓦盆海棠花，氣氛一定會改觀的。就算那麼想，心底仍是浮上了無以名之的悲傷來。那個床太窄了，克里斯是大個子，年紀也不算輕了。

「天台都是你的，看那群遠山，視野那麼美！」我笑著說，「黃昏的時候對著落日打打字也很好的！」

「那妳是喜歡的了——」克里斯說。

「情調有餘，讓天井上的葡萄藤爬上來就更好了——」

我又下了樓梯與老太太坐了一下。克里斯大概從來沒有朋友來過，一直在廚房裏找東西給我嚐。我默默的看看這又破又擠卻是恬然的小房子，一陣溫柔和感動淡淡的籠罩了我。兩位老太太大概都九十好多了，克里斯常在超級市場裏買菜大半也是為著她們吧。

那天我帶回去了克里斯的小黑皮書和另外一些他發表在美國雜誌上的剪報，大半是同類的東西。

在家裏，我照著克里斯自療眼睛的方法在涼棚下捂住臉，一直對自己說：

「我看見一棵在微風中輕擺的綠樹，我只看見這棵優美的樹，我的腦子裏再沒有複雜的影像，我的眼睛在休息，我只看見這棵樹……」

然後我慢慢轉動眼球一百次，直到自己頭昏起來。

說也奇怪，疲倦的視力馬上恢復了不少，也弄不清是克里斯的方法治對了我，還是前一晚所服的高單位維他命Ａ生了效用。

眼睛好了，夜間馬上再去拚命的看書。

克里斯的那些心理測驗終於細細的念了一遍。

看完全部，不由得對克里斯的看法有了很大的改變，此人文字深入淺出，流暢不說，講的還是有道理的，竟然不是枯燥的東西。

我將自己初次見他時所挑的那兩個符號的組合找了出來，看看書內怎麼說。深夜的海潮風聲裏，赫然讀出了一個隱藏的真我。

這個人絕對在心理上有過很深的研究。克里斯的過去一直是個謎，他只說這十年來在島上居住的事，前半生好似是一場空白。他學什麼的？

我翻翻小書中所寫出的六十四個小段落的組合，再看那幾個基本的符號——八八六十四，這不是我們中國八卦的排法。

另外一本我也帶回家來的治眼睛的那本書註明是克里斯與一位德國眼科醫生合著的，用心理方法治療視弱，人家是眼科，那麼克里斯又是誰？他的書該有版稅收入的，為什麼又活得那麼傴促呢？

那一陣荷西的一批老友來了島上度假，二十多天的時間被他們拖著到處跑，甚至坐渡輪到鄰島去。島上沒有一個角落，不去踩一踩的。一直跟他們瘋到機場，這才盡興而散。

朋友們走了，我這才放慢步子，又過起悠長的歲月來。

「Echo，妳失蹤了那麼多日子，我們真擔心極了，去了哪兒？」克里斯的聲音在電話中傳來。

「瘋去了！」我嘆了口氣。

「當心樂極生悲啊！」他在那邊溫和的說。

「正好相反，是悲極才生樂的。」我噗的一下笑了出來。

「來家裏好嗎？兩位郭太太一直在想妳——」

克里斯的家越來越常去了，伴著這三個萍水相逢的人，抱抱貓咪，在天井的石階上坐一下午也是一場幻想出來的親情，那個家，比我自己的家像家。他們對待我亦是自自然然。始終沒有請克里斯到我的家來過，兩位老太太已經不出門了，更是不會請她們。有時候，我提了材料去他們家做素菜一起吃。

那日我又去找克里斯，郭太太說克里斯照舊每星期去南部海邊，要兩三天才回來。我看了看廚房並不缺什麼東西，坐了一會兒便也回家了。

過了好一陣在城內什麼地方也沒碰見克里斯，我也當作自然，沒想到去找他。

一天清晨，才六點多鐘，電話鈴吵醒了我，我迷迷糊糊的拿起話筒來，那邊居然是郭太太。

「Echo，來！來一趟！克里斯他不好了——」

老太太從來不講電話的，我的渴睡被她完全嚇醒了。兩人話講不通，匆匆穿衣便開車往小城內駛去。

乒乒乒乒的趕去打門，老太太耳朵不好又不快來開。

「什麼事——」在冷風裏我瑟瑟的發抖，身上只一件單衣。

「發燒——」另外一個老太太搶著說。

那對姐妹好似一夜未睡，焦急的臉將我當成了唯一的拯救。

「我去看看——」我匆匆跑上了天台。

克里斯閉著眼睛躺在那張狹小的床上，身上蓋了一床灰濛濛的橘色毯子。他的嘴唇焦裂，臉上一片通紅，雙手放在胸前劇烈的喘著。我進去他也沒感覺，只是拚命在喘。

我伸手摸摸他額頭，燙手的熱。

「有沒有冰？」我跑下樓去問，也不等老太太回答，自己跑去了廚房翻冰箱。

那個小冰箱裏沒有什麼冰盒，我順手拿起了一大袋冷凍豌豆又往天台上跑。

將克里斯的頭輕輕托起來，那包豆子放在他頸下。房內空氣混濁，我將小窗打開了一條縫。克里斯的眼睛始終沒有張開過。

「我去叫醫生——」我說著便跑出門去，開車去急救中心找值班醫生。

「我不能去，值班不能走的。」醫生說。

「人要死了，呼吸不過來——」我喊著。

「快送去醫院吧！」醫生也很焦急的說。

「抬不動，他好像沒知覺了。你給叫救護車，那條街車子進不去。快來！我在街口等，聖法蘭西斯哥區口那兒等你的救護車——」

克里斯很快被送進了小城那家新開的醫院，兩個老太太慌了手腳，我眼看不能顧她們，逕自跟去了醫院。

「妳是他的什麼人？」辦住院手續時窗口問我，那時克里斯已被送進急診間去了。

「朋友。」我說。

「有沒有任何健康保險？」又問。

「不知道。」

「費用誰負責，他人昏迷呢。」

「我負責。」我說。

醫院抄下了我的身分證號碼。我坐在候診室外等得幾乎麻掉。

「喂！妳——」有人推推我，我趕快拿開了捂著臉的手，站了起來。

「在病房了，可以進去。」

也沒看見醫生，是一個護士小姐在我身邊。

「什麼病？」

「初看是急性肺炎，驗血報告還沒下來——」

我匆匆忙忙的跑著找病房，推開門見克里斯躺在一個單人房裏，淡綠色的床單襯著他憔悴的臉，身上插了很多管子，他的眼睛始終閉著。

「再燒要燒死了，拿冰來行不行——」我又衝出去找值班的護士小姐。

「醫生沒說。」冷冷淡淡的，好奇的瞄了我一眼。

在我的冰箱裏一向有一個塑膠軟冰袋凍著的，我開車跑回去拿了又去醫院。

當我偷偷的將冰袋放在克里斯頸下時，他大聲的呻吟了一下。

醫生沒有再來，我一直守到黃昏。

郭太太兩姐妹和我翻遍了那個小房間，裏面一堆堆全是他的稿件，沒有刊出來的原稿。可是有關健康保險的單子總也沒有著落。克里斯可說沒有私人信件，也找不到銀行存摺，抽屜裏幾千塊錢丟著。

「不要找了，沒有親人的，同住十年了，只妳來找過他。」另一位郭太太比較會講西班牙文，她一焦急就說得更好了。

我問起克里斯怎麼會燒成那樣的，老太太說是去南部受了風寒，喝了熱檸檬水便躺下了，也沒見咳，不幾日燒得神志不清，她們才叫我去了。

我再去醫院，醫生奇怪的說島上這種氣候急性肺炎是不太可能的，奇怪怎麼的確生了這場病。

到了第五日，克里斯的病情總算控制下來了，我每日去看他，有時他沉睡，有時好似醒著，也不說話，總是茫茫然的望著窗外。

兩個老太太失去了克里斯顯得惶惶然的，她們的養老金匯來了，我去郵局代領，驚訝的發覺是那麼的少，少到維持起碼的生活都是太艱難了。

到了第六日，克里斯下午又燒起來了，這一回燒得神志昏迷，眼看是要死掉了。我帶了老太太們去看他，她們在他床邊不停的掉眼淚。

我打電話去給領事館，答話是死亡了才能找他們，病重不能找的，因為他們不能做什麼。

第七日清晨我去醫院，走進病房看見克里斯在沉睡，臉上的紅潮退了，換成一片死灰。我趕快過去摸摸他的手，還是熱的。

茶几上放著一個白信封，打開來一看，是七日的帳單。

這個死醫院，他們收到大約合兩百美金一天的住院費，醫藥急診還不在內。

殘酷的社會啊！在裏面生活的人，如果不按著它鋪的軌道乖乖的走，便是安分守己，也是要吃鞭子的。沒有保險便是死好囉！誰叫你不聽話。

我拿了帳單匆匆開車去銀行。

「給我十萬塊。」我一面開支票，一面對裏面工作的朋友說。

「開玩笑！一張電話費還替妳壓著沒付呢！」銀行的人說。

「不是還有十幾萬嗎？」我奇怪的說。

「付了一張十四萬的支票，另外零零碎碎加起來，妳只剩一萬啦！」

「帳拿來我看！」我緊張了。

一看帳卡，的確只剩一萬了，這只合一百二十美金。那筆十四萬的帳是自己簽出的房捐稅，倒是忘個乾淨。

「別說了，你先借我兩萬！」我對朋友說。

他口袋裏掏了一下，遞上來四張大票。兩萬塊錢才四張紙，只夠三十小時的住院錢。

我離開了中央銀行跑到對街的南美銀行去。

進了經理室關上門便喊起來：「什麼美金信用卡不要申請了，我急用錢！」

經理很為難的看著我。為了申請美金戶的信用卡，他們替我弄了一個月，現在居然要討回保證金。

「Echo，妳急錢用我們給妳，多少？信用卡不要撤了申請——」

「借我十六萬，馬上要——」

總得準備十天的住院費。

經理真是夠義氣，電話對講機只說了幾句話，別人一個信封送了進來。

「填什麼表？」我問。

「不用了！小數目，算我借妳，不上帳的。」

「謝了，半個月後還給你。」我上去親了一下這個老好人，轉身走掉了。

人在故鄉就有這個方便，越來越愛我居住的小城了。

自從克里斯病了之後，郵局已有好幾天未去了，我急著去看有沒有掛號信。

三封掛號信等著我，香港的、台灣的、新加坡的，裏面全是稿費。

城裏有一個朋友欠我錢，欠了錢以後就躲著我，這回不能放過他。我要我的三萬塊西幣回來。

一個早晨的奔走，錢終於弄齊了。又趕著買了一些菜去郭太太那兒。

方進門，老太太就拚命招手，叫我去聽一個電話，她講不通。

「請問哪一位，克里斯不在——」我應著對方。

南部一個大旅館夜總會打來的，問我克里斯為什麼這星期沒去，再不去他們換人了。

「什麼？背冰？你說克里斯沒去背冰？他給冷凍車下冰塊？」我叫了起來，赫然發現了克里斯賴以謀生的方法。

這個肺炎怎麼來的也終於有了答案。

想到克里斯滿房沒有刊登出來的那些心理上的文稿和他的年紀，我禁不住深深的難過起來。

「是這樣的，克里斯，你的那本小書已經寄到台灣去了，他們說可以譯成中文，預付版稅馬上匯來了，是電匯我的名字，你看，我把美金換成西幣，黑市去換的，我們還賺了——」

在克里斯的床邊，我將那一包錢放在他手裏。說著說著這事變成了真的，自己感動得很厲害，克里斯要出中文書了，這還了得。

克里斯氣色灰敗的臉一下子轉了神色，我知他心裏除了病之外還有焦慮，這種金錢上的苦難是沒有人能說的，這幾日就算他不病也要愁死了。

他摸摸錢，沒有說話。

「請給我部分的錢去付七天的住院費——」我趴在他身邊去數錢。

數錢的時候，克里斯無力的手輕輕摸了一下我的頭髮，我對他笑笑，斜斜的睇了他一眼。

克里斯又發了一次燒，便慢慢的恢復了。

那幾日我不大敢去醫院，怕他要問我書的事情。

我在克里斯的房內再去看他的稿件，都是打字打好的，那些東西太深了，文字也太深，我看不太懂。他寫了一大堆。

沒幾日，我去接克里斯出院，他瘦成了皮包骨，走路一晃一晃的，腰仍是固執的挺著。

「什麼素別再吃啦！給你換鮮雞湯吧！」我笑著說，順手將一塊做好的豆腐倒進雞湯裏去。

克里斯坐在老太太旁邊曬太陽，一直很沉靜，他沒有問書的事情，這使我又是心虛了。

後來我便不去這家人了。不知為什麼不想去了。

那天傍晚門鈴響了，我正在院中掃地，為著怕是鄰居來串門子，我脫了鞋，踮著腳先跑去門裏的小玻璃洞裏悄悄張望，那邊居然站著克里斯，那個隨身的大背包又在身上了。

我急忙開鎖請他進來，這兒公車是不到的，克里斯必是走來的，大病初癒的人如何吃得消。他的頭髮什麼時候全白了。

「快坐下來，我給你倒熱茶。」我說。

克里斯在沙發上坐了下來微微笑著，眼光打量著這個客廳，我不禁赧然，因為從來沒有請他到家裏來過。

「這是荷西。」他望著書桌上的照片說。

「你也來認識一下他，這邊牆上還有——」我說。

那個黃昏，第一次，克里斯說出了他的過去。

「你就做過這件事？」我沉沉的問。

「還不夠罪孽嗎？」他嘆了口氣。

二次世界大戰時，克里斯，學心理的畢業生入了納粹政府，戰爭最後一年，集中營裏的囚犯仍在做試驗，無痛的試驗。

一個已經弱得皮包骨的囚犯，被關進隔音的小黑房間一個月，沒有聲音，不能見光，不給他時間觀念，不與他說話，大小便在裏面，不按時給食物。

結果，當然是瘋了。

「這些年來，我到過沙摩阿、斐濟、加州、迦納利群島，什麼都放棄了，只望清苦的日子可以贖罪，結果心裏沒法平靜——」

「你欠的——」我嘆了口氣說。

「是欠了——」他望著窗外的海，沒有什麼表情，「不能彌補，不能還——」

「有沒有親人？」我輕輕的問。

「郭太太她們——」接著他又說，「她們日子也清苦，有時候我們的收入混著用。」

「克里斯，這次病好不要去下冰了，再找謀生的方法吧！」我急急的衝口而出。

克里斯也沒有驚訝我這句話，只是呆望著他眼前的茶杯發愣。

「你的書，不是印著五十萬冊已經售出了嗎？版稅呢？」我很小心的問。

「那只是我謀生的小方法。」克里斯神情黯然的笑笑，「其實一千本也沒賣出去，出版商做廣告，五十萬本是假的——」

「那些較深的心理方面的文稿可以再試著發表嗎？」

「試了五十多次，郵費也負擔不起了——」

「你想不想開班教英文——」我突然叫了起來，「我來替你找學生——」

「讓我先把妳的債還完，南部下星期又可以工作了，他們付得多——」

「克里斯，別開玩笑，那不是我的錢——」

他朝我笑了笑，我的臉刷一下熱了起來。

克里斯坐了一會兒說是要走，問明他是走路來的，堅持要送他。

知道克里斯只為了研究的興趣殘酷的毀過另一個人的一生，我對他仍是沒有惡感。這件事是如此的摸觸不著，對他的厭惡也無法滋長，我只是漠然。

他們家，我卻是真不去了。

過了好一陣，我收到一封信，是丟進我門口的信箱來的，此地有信箱而郵差不來，所以我從沒有查看信箱的習慣，也不知是擱了多久了。

「Echo，我的朋友，跟妳講了那些話之後，妳是不是對我這個人已有了不同的看法。本來我早已想離開這個島的，可是十年來與郭太太們相依為命，實是不忍心丟下高年的她們遠走。

妳為了我的病出了大力，附上這個月所剩的五千元，算做第一期的債款。

出書是妳的白色謊話，在我病中給了我幾天的美夢和希望，誰也明白，我所寫的東西在世上是沒有價值的。

我很明白為什麼妳不大肯再來家裏，妳怕給我壓力，事實上，就算是在金錢上回報了妳，妳所施給我的恩情，將成為我另一個十字架，永遠背負下去。

我也不會再去煩妳，沒有什麼話可說，請妳接受我的感謝！

克里斯上」

我握著那五千塊錢，想到克里斯沒法解決的生活和兩位清苦的老太太，心中執意要替他找學生教英文了。

世上的事情本來便是恩怨一場，怎麼算也是枉然，不如叫它們隨風而去吧！

那天早晨我騎車去小城，在那條街上又見克里斯的格子襯衫在人群裏飄著，我加足油門快速的經過他，大喊一聲：「克里斯再見！」

他慌慌張張的回過頭來，我早已掠過了，遠遠的他正如第一次與我告別時一樣，高高的舉起手來。

荒山之夜。

我們一共是四個人——拉蒙、巧諾、奧克塔維沃，還有我。

黃昏的時候我們將車子放在另一個山頂的松林裏，便這樣一步一步的走過了兩個山谷，再翻一個草原就是今夜將休息的洞穴了。

巧諾和奧克塔維沃走得非常快，一片晴朗無雲的天空那樣廣闊的托著他們的身影，獵狗戈利菲的黑白花斑在低低的芒草裏時隱時現。

山的稜線很清楚地分割著天空，我們已在群山的頂峰。

極目望去，是灰綠色的仙人掌，是遍地米黃的茅草，是禿兀的黑石和粗獷沒有一棵樹木的荒山，偶爾有一隻黑鷹掠過寂寞的長空，這正是我所喜歡的一種風景。

太陽沒有完全下山，月亮卻早已白白的升了上來，近晚的微風吹動了衰衰的荒原，四周的空氣裏有一份夏日特有的泥土及枯草蒸發的氣味。在這兒，山的莊嚴，草原的優美，大地的寧靜是那麼和諧的呈現在眼前。

再沒有上坡路了，我坐在地上將綁在鞋上以防滑腳的麻繩解開來，遠望著一座座在我底下的群山和來時的路，真有些驚異自己是如何過來的。

拉蒙由身後的谷裏冒了出來，我擦擦汗對他笑笑，順手將自己揹著的獵槍交給了他。

這一個小時山路裏，我們四人幾乎沒有交談過。這種看似結伴同行，而又彼此並不相連的關係使我非常怡然自由，不說話更是能使我專心享受這四周神奇的寂靜。於是我便一直沉默著，甚而我們各走各的，只是看得見彼此的身影便是好了。

「還能走嗎？馬上到了。」拉蒙問。

我笑笑，站起來重新整了一下自己的背包，粗繩子好似陷進兩肩肉裏似的割著，而我是不想抱怨什麼的。

「不久就到了。」拉蒙越過我又大步走去。

齊膝的枯草在我腳下一批一批的分合著，舉頭望去，巧諾和奧克塔維沃已成了兩個小黑點，背後的太陽已經不再灼熱，天空仍舊白花花的沒有一絲夕陽。

這是我回到迦納利群島以後第一次上大山來走路，這使我的靈魂喜悅得要衝了出來，接近大自然對我這樣的人仍是迫切的需要，呼吸著曠野的生命，踏在厚實的泥土中總使我產生這麼歡悅有如回歸的感動。跟著這三個鄉下朋友在一起使我無拘無束，單純得有若天地最初的一塊石頭。

事實上那天早晨我並不知道自己會來山裏的。我是去鎮上趕星期六必有的市集，在擠得水泄不通的蔬菜攤子旁碰到了另一個村落中住著的木匠拉蒙，他也正好上鎮來買木材。

「這裏不能講話，我們去那邊喝咖啡？」我指指街角的小店，在人堆裏對拉蒙喊著。

「就是在找妳呢！電話沒人接。」拉蒙笑嘻嘻的跑了過來。

拉蒙是我們的舊識，四年前他給我們做過兩扇美麗的木窗，以後便成了常有來往的朋友。

這次回來之後，為著我開始做木工，常常跑到拉蒙鄉下的家裏去用他的工具，杏仁收成的上星期亦是去田裏幫忙了一整天的。

拉蒙是一個矮矮胖胖性子和平的人，他的頭髮正如木匠刨花一般的鬈曲，連顏色都像松木。兩眼是近乎綠色的一種灰，鼻子非常優美，口角總是含著一絲單純的微笑，小小的身材襯著一個大頭，給人一種不倒翁的感覺。他從不說一句粗話，他甚而根本不太講話，在他的身上可以感覺到濃濃的泥土味，而我的眼光裏，土氣倒也是一份健康的氣質。

在鎮外十幾里路的一個山谷裏，拉蒙有一片父母傳下來的田產，溪邊又有幾十棵杏樹，山洞裏養了山羊。他的磚房就在田裏，上面是住家，下面是工作房，一套好手藝使得這個孤零零的青年過得豐衣足食，說他孤零亦是不算全對，因為他沒有離鄉過一步，村內任何人與他都有些親戚關係。

「不是昨天才見過你嗎？」我奇怪的問。

「晚上做什麼，星期六呢？」他問。

「進城去英國俱樂部吃飯，怎麼？」

「我們預備黃昏去山上住，明天清早起來打野兔，想妳一起去的。」

「還有誰？」

「巧諾、奧克塔維沃，都是自己人。」

這當然是很熟的人，拉蒙的兩個學徒一個剛剛服完兵役回來，一個便是要去了。跟巧諾和奧克塔維沃我是合得來的，再說除了在工作房裏一同做工之外，也是常常去田野裏一同練槍的。

拉蒙是島上飛靶二十九度冠軍，看上去不顯眼，其實跟他學的東西倒也不會少的。

「問題是我晚上那批朋友——」我有些猶豫。

我還有一些完全不相同的朋友，是住在城裏的律師、工程師、銀行做事的，還有一些在迦納利群島長住的外國人。都是真誠的舊友，可是他們的活動和生活好似總不太合乎我的性向。

我仍在沉吟，拉蒙也不特別遊說我，只是去櫃上叫咖啡了。

「你們怎麼去？」我問。

「開我的車直到山頂，彎進產業道路，然後下來走，山頂有個朋友的洞穴，可以睡人。」

「都騎車去好嗎？」我問。因為我們四個人都有摩托車。

「開車安穩些，再說以後總是要走路的。」

「好，我跟人家去賴賴看，那種穿漂亮衣服吃晚飯的事情越來越沒道理了。」我說。

「妳去？」拉蒙的臉上掠過一陣欣喜。

「下午六點鐘在聖璜大教堂裏找我，吃的東西我來帶。要你幾發子彈，我那兒只有四發了。」

回到家裏我跟女友伊芙打電話，在那一端可以聽出她顯然的不愉快：「倒也不是為了妳臨時失約，問題是拿我們這些人的友情去換一個鄉下木匠總是說不過去的。」

「不是換一個，還有他的兩個學徒和一隻花斑狗，很公平的。」我笑著說。

「跟那些低下的人在一起有什麼好談的嘛。」伊芙說。

「又不是去談話的，清談是跟你們城裏人的事。」我又好笑的說。

伊芙的優越感阻止了她再進一步的見識，這是很可惜的事情。

「隨妳吧！反正妳是自由的。」最後她說。

放下了電話我有些不開心，因為伊芙叫我的朋友是低下人，過一會兒我也不再去想這件事情了。生命短促，沒有時間可以再浪費，一切隨心自由才是應該努力去追求的，別人如何想我便是那麼的無足輕重了。

事實上我所需要帶去山上的東西只有那麼一點點：一瓶水，一把摺刀，一段麻繩和一條舊毯子，為了那三個人的食物我又加添了四條長硬麵包，一串香腸，兩斤炸排骨和一小包橄欖，這便是我所攜帶的全部東西了。

我甚而不再用背包、睡袋及帳篷。毛毯團成一個小筒，將食物捲在裏面，兩頭紮上繩子，這樣便可以背在背上了。

要出門的時候我細細的鎖好門窗，明知自己是不回來過夜，臥室的小檯燈仍是給它亮著。

雖然家中只有一個人住著，可是離開小屋仍使我一時裏非常的悲傷。

這是我第一次晚上不回家，我的心裏有些不慣和驚惶，好似做了什麼不討人歡喜的事情一般的不安寧。

在鎮上的大教堂裏我靜悄悄的坐了一會兒，然後拉蒙和奧克塔維沃便來會我了。

我的車彎去接鄉下的巧諾，他的母親又給了一大包剛剛出鍋的鹹馬鈴薯。

「打槍要當心呀！不要面對面的亂放！」老媽媽又不放心的叮嚀著。

「我們會很小心的，如果妳喜歡，一槍不放也是答應的。」我在車內喊著。

於是我們穿過田野，穿過午後空寂的市鎮向群山狂奔而去。

車子經過「狩獵人教堂」時停了一會兒，在它附近的一間雜貨店裏買了最便宜的甜餅。過了那個山區的教堂便再也沒有人煙也沒有房舍了。

其實我們根本已是離群索居的一批人了。

我在海邊，拉蒙在田上，巧諾和奧克塔維沃的父母也是莊稼人。可是進入雄壯無人的大山仍然使我們快活得不知如何是好。

難怪拉蒙是每星期天必然上山過一整天的。這又豈止是來獵野兔呢！必然是受到了大自然神秘的召喚，只是他沒有念過什麼書，對於內心所感應到的奧秘欠缺語言的能力將它表達出來罷了。

我真願意慢慢化作一個實實在在的鄉下人，化作泥土，化作大地，因為生命的層層面貌只有這個最最貼近我心。

「Echo，山洞到啦！」

草原的盡頭，我的同伴們在向我揮手高喊起來。

我大步向他們走過去，走到那個黑漆漆的洞口，將背著的東西往地上一摔便逕自跑了進去。

那是一個入口很窄而裏面居然分成三間的洞穴。洞頂是一人半高的岩石，地下是鬆軟的泥土。已經點上了蠟燭。

在這三間圓形的洞穴裏，早有人給它架了廚房和水槽。一條鐵絲橫過兩壁，上面掛著幾條霉味的破毯子，牆角一口袋馬鈴薯和幾瓶已經發黃的水，泥土上丟滿了碎紙、彈殼和汽水瓶。

「太髒了！空氣不好，沒有女人的手來整理過吧？」

說著我馬上蹲在地上撿起垃圾來。這是我的壞習慣，見不得不清潔的地方，即使住一個晚上亦是要打掃的。

「如果這個洞的岩石全部粉刷成純白色，燭台固定的做它九十九個，泥巴地糊水泥，滿房間鋪上木匠店裏刨花做的巨大墊子，上面蓋上彩色的大床毯，門口吊一盞風燈，加一個雕花木門，你們看看會有多麼舒服。」我停下工作對那三個人說著。

這是女人的言語，卻將我們帶進一份童話似的憧憬裏去。

「買下來好囉！主人要賣呢！」拉蒙突然說。

「多少錢？」我急切的問。

「他說要一萬塊。」巧諾趕緊說。

「我們還等什麼？」我慢慢的說，心裏止不住的有些昏眩起來，一萬塊不過是拉蒙半扇木窗的要價，一百五十美金而已，可是我們會有一個白色的大山洞——

「我是不要合買的哦！」我趕快不放心的加了一句。旁邊的人都笑了。

「以後，只要下面開始選舉了，那些擴音機叫來叫去互罵個不停的時候，你們就上山來躲，點它一洞的蠟燭做神仙。如果你們幫忙抬水泥上來，我也同意分給一人一把鑰匙的，好不好呢？」

「就這麼給妳搶去了？」拉蒙好笑的說。

「我是真的，請你下星期去問清楚好嗎？」我認真的叮嚀了一聲。

「妳真要？」奧克塔維沃有些吃驚的問。

「我真想要，這裏沒有人找得到我。」

也不懂為什麼我的心為什麼只是尋求安靜，對於寧靜的渴求已到了不能解釋的地步，難道山下海邊的日子靜得還不夠刻骨嗎？

我跑出洞口去站著，太陽已經完全下山了，一輪明月在對面的山脊上高懸著，大地在這月圓之夜化作一片白茫茫的雪景，哪像是在八月盛夏的夜晚呢。

這兒的風景是肅殺的，每一塊石頭都有它自己蒼涼的故事。奇怪的是它們並不掙扎亦不吶喊，它們只是在天地之間沉默著。

那樣美的洞兒其實是我的幻想，眼前，沒有整理的它仍是不能吸引人的。

「你們不餓嗎？出來吃東西吧！」我向洞內喊著。

不遠處巧諾和奧克塔維沃從洞裏抬出來了一個好大的紙匣，外面包著塑膠布，他們一層一層的解開來，才發覺裏面居然是一個用乾電池的電視機。

我看得笑了起來，這真是一樁奇妙的事。

天還不算全暗，我拔空了一個圓圈的草地，跑去遠處拾了一些乾柴，蹲在地上起了一堆烤香腸用的野火，又去洞裏把毯子拉出來做好四個躺鋪，中型的石塊放在毯子下面做枕頭。

那邊兩個大孩子踏在地上認真的調電視機，廣告歌已唱了出來，而畫面一直對不好。

「Echo，妳小時候是在鄉下長大的？」拉蒙問。

「鄉下長大的就好囉！可惜不是。」我將包東西的紙捲成一個長筒趴下來吹火。

「老闆，叫他們把電視搬到這邊來，我們來吃電視餐。」我喊著一般人稱呼拉蒙的字眼愉快的說。

火邊放滿了各人帶來的晚餐，它們不是什麼豪華精緻的東西，可是在這麼鄉野的食物下，我的靈魂也得到了飽足，一直在狂啃拉蒙帶來的玉米穗，倒是將自己的排骨都分給別人了。

影片裏在演三藩市警匪大戰，裏面當然有幾個美女穿插。我們半躺著吃東西、看電視，彼此並沒有必須交談的事情，這種關係淡得有若空氣一般自由，在這兒，友誼這個字都是做作而多餘的，因為沒有人會想這一套。

月光清明如水，星星很淡很疏。

夜有它特別的氣息，寂靜有它自己的聲音，群山變成了一隻隻巨獸的影子，蠢蠢欲動的埋伏在我們四周。

這些強烈隱藏著的山夜的魅力並不因為電視機文明的侵入而消失，它們交雜混合成了另外一個奇幻的世界。

巧諾深黑的直短頭髮和刷子一般的小鬍子，使他在月光、火光及電視螢光的交錯裏顯得有些怪異，他的眼白多於瞳仁，那麼專心看電視的樣子使我覺得他是一隻有著發亮毛皮的野狼，一隻有若我給他取的外號——「銀眼睛」一般閃著兇光露著白齒的狼。

奧克塔維沃的氣質又是完全不同的了，他是修長而優美的少年，棕色的軟髮在月光下服貼的披在一隻眼睛上，蒼白的長手指托著他還沒有服兵役的童稚的臉。

在工作室裏，他不只幫我做木框，也喜歡看我帶去的一張一張黑白素描，他可以看很久，看得忘了他的工作。

我盯著他看，心裏在想，如果培植這個孩子成為一個讀書人，加上他生活的環境，是不是有一天能夠造就出迦納利群島一個偉大的田園詩人呢？

而我為什麼仍然將書本的教育看得那麼重要，難道做一個鄉村的木匠便不及一個詩人嗎？

我又想到自己，我不清楚我是誰，為什麼在這千山萬水的異鄉，在這夏日的草原上跟三個迦納利群島的鄉下人一起看電視。我的來處跟這些又有什麼關係呢！

拉蒙在遠處擦槍，我們的四把槍一字排開，槍筒發出陰森的寒光來。他做事的樣子十分專注而仔細，微胖的身材使人誤覺這是遲鈍，其實打飛靶的人是不可能反應緩慢的，他只是沉靜土氣得好似一塊木頭。

「拉蒙！」我輕喊著。

「嗯！」

「幹什麼要打野兔，你？」

「有很多呢！」

「幹什麼殺害生命？」

拉蒙笑笑，也講不出理由來。

「明天早晨我們只打罐子好不好？」

「不好。」

「我覺得打獵很殘忍。」

「想那麼多做什麼。」

我怔怔的看著拉蒙慢吞吞的樣子，說不出話來。我們之間最大的不同就是在他這句話裏，還是不要再談下去的好。

電視片演完了，巧諾滿意的嘆了口氣，都二十多歲的人了，電視裏的故事還是把他唬得怪厲害的。

我收拾了殘食去餵戈利菲，其實牠已經跟我們一塊兒吃過些了。
我們拿出自己的毛毯來蓋在身上，枕著石頭便躺下了。
「誰去洞裏睡？」巧諾說。
沒有人回答。
「Echo去不去？」又問。
「我是露天的，這裏比較乾淨。」我說。
「既然誰都不去洞裏，買下它又做什麼用呢。」
「冬天上來再睡好了，先要做些小工程才住得進去呢！」我說。
「冬天禁獵呢！」拉蒙說。
「又不是上來殺兔子的！」我說。
這時我們都包上了毛毯，巧諾不知什麼地方又摸出來了一個收音機。反正他是不肯諦聽大自然聲音的毛孩子。
「明天幾點起來？」我問。
「五點半左右。」拉蒙說。
我嘆了口氣，將自己的毯子窩窩緊，然後閉上了眼睛。
收音機放得很小聲，細微得隨風飄散的音樂在草原上迴盪著。
「Echo！」奧克塔維沃悄悄的喊我。

「什麼？」

「妳念過書？」

「一點點，為什麼？」

「書裏有什麼？」

「有信息，我的孩子，各色各樣的信息。」

稱呼別人——「我的孩子」是迦納利群島的一句慣用語，街上不認識的人問路也是這麼叫來叫去的。

「做木匠是低賤的工作嗎？」又是奧克塔維沃在問，他的聲音疲倦又憂傷。

「不是，不是低賤的。」

「為什麼讀書人不大看得起我們呢？」

「因為他們沒有把書念好呢！腦筋念笨了。」

「妳想，有一天，一個好女孩子，正在念高中的，會嫁給一個木匠嗎？」

「為什麼不會有呢！」我說。

我猜奧克塔維沃必是愛上了一個念書的女孩子，不然他這些問題哪裏來的。

奧克塔維沃的眼睛望著黑暗，望著遙遠遙遠的地方。這個孩子與巧諾，與他的師父拉蒙又是那麼的不相同，他要受苦的，因為他的靈魂裏多了一些什麼東西。

「喂！塔維沃！」我輕輕的喊。

「嗯！」

「你知道耶穌基督在塵世的父親是約瑟？」

「知道。」

「他做什麼的？」

「木匠。」

「聽我說，兩件事情，瑪利亞並沒有念過高中。一個木匠也可以娶聖女，明白了嗎？」我溫柔的說。

奧克塔維沃不再說什麼，只是翻了一個身睡去。

我幾幾乎想對他說：「你可以一方面學木工，一方面借書看。」我不敢說這句話，因為這個建議可能造成這孩子一生的矛盾，也可能使世上又多一個更受苦的靈魂，又是何必由我來挑起這點火花呢！

這是奧克塔維沃與我的低語，可是我知道拉蒙和巧諾亦是沒有睡著的。

火焰燒得非常微弱了，火光的四周顯得更是黑暗，我們躺著的地方幾乎看不到什麼，可是遠處月光下的山脊和草原卻是蒼白的。

天空高臨在我們的頭上，沒有一絲雲層，浩渺的清空呈現著神秘無邊的偉大氣象。

四周寂無人聲，灌木叢裏有啾啾的蟲鳴。

我們靜默了，沒有再說一句話。

電台的夜間節目仍在放歌曲，音樂在微風裏一陣一陣飄散。

我仍然沒有睡意，捲在毯子裏看火光如何靜靜的跳躍，在做熄滅前最華麗的燃燒。

對於自己的夜不歸家仍然使我有些驚異，將一己的安全放在這三個不同性別的朋友手裏卻沒有使我不安，我是看穩看準他們才一同來的，這一點沒有弄錯。

「拉蒙！」我輕輕的試著喊了一聲。

「嗯！」睡意很濃的聲音了。

「月亮太大了，睡不著。」

「睡吧！」

「明天可不可以晚一點起來？」

他沒有回答我。

收音機在報時間，已是子夜了。有高昂悲哀的歌聲在草上飄過來：

我也不梳頭呀！我也不洗臉呀！直到我的愛人呀！從戰場回來呀！

……

……

我翻了一個身，接著又是佛蘭明哥的哭調在迴盪：

啊……當我知道妳心裏只有另外一個人的名字，我便流淚成河——

我掀開毯子跑到巧諾那兒去關收音機，卻發覺他把那個小電晶體的東西抱在胸口已經睡著了。

我拉了兩張毯子，摸了拉蒙身畔的打火機進入黑黑的洞穴裏去。

泥地比外面的草原溼氣重多了，蠟燭將我的影子在牆上反映得好大，我躺著，伸出雙手對著燭光，自己的手影在牆上變成了一隻嘴巴一開一合的狼。

我吹熄了火，平平的躺在泥土上，溼氣毫不等待的開始往我的身體裏侵透上去，這麼一動不動的忍耐睡眠還是不來。

過一會兒我打了第一個噴嚏，又過了一會兒我開始胸口不舒服，然後那個可惡的胃痛一步一步重重的走了出來。

我又起身點了火，岩洞顯得很低，整座山好似要壓到我的身上來，順著胃的陣痛，巖頂也是一起一伏的在扭曲。

已經三點多了，這使我非常焦急。

我悄悄的跑出洞外，在月光下用打火機開始找草藥，那種滿地都有的草藥，希望能緩衝一下這沒法解決的痛。

「找什麼？掉了什麼？掉了什麼東西嗎？」拉蒙迷迷糊糊的坐起身來。
「露易莎草。」我輕輕的說。
「找到也不能吃的，那個東西要曬乾再泡。」
「是曬枯了，來時看見的，到處都有呢。」
「怎麼了？」
「胃痛，很痛。」
「多蓋一床毯子試試看。」
「不行的，要嚼這種葉子，有效的。」
拉蒙丟開毯子大步走了過來，我連忙做手勢叫他不要吵醒了另外兩個睡著的人。
「有沒有軟紙？」我問拉蒙。
拉蒙摸了半天，交給我一條潔白的大手帕，我真是出乎意外。
「我要用它擤鼻涕！」我輕輕的說。
「隨便妳啦！」
拉蒙睡意很濃的站著，他們都是清晨六點就起床的人，這會兒必是太睏了。
「你去睡，對不起。」我說。
這時我突然對自己羸弱的身體非常生氣，草也不去找了，跑到洞內拖出自己的毯子又在外面地上躺下了。

「不舒服就喊我們。」拉蒙輕手輕腳的走了。

雖然不是願意的，可是這樣加重別人的心理負擔使我非常不安。我再湊近錶去看，的確已經三點多鐘了，可是我的胃和胸口不給人睡眠，這樣熬下去到了清早可能仍是不會合眼的。

想到第二天漫山遍野的追逐兔子，想到次日八月的豔陽和平原，想到我一夜不睡後強撐著的體力，想到那把重沉沉的獵槍和背包，又想到我終於成了另外三個自由人的重擔……

這些雜亂的想法使我非常不快活，我發覺我並不是個好同伴，明天拖著憔悴的臉孔跟在這些人後面追殺兔子也不是很有意思的事情了。

那麼走了吧！決定回家去！山路一小時，開車下山一小時半，清晨五點多我已在家了。

我是自由的，此刻父母不在身邊，沒有丈夫，沒有子女，甚而沒有一條狗。在這種情形下為什麼猶豫呢！這樣的想著又使我的心不知怎麼的浸滿了悲傷。

家裏什麼藥都有，去了就得救了，家又不是很遠，就在山腳下的海邊嘛！

我坐起來想了一下，毯子可以留下來放在洞穴裏，水不必再背了，食物吃完了，獵槍要拿的，不然明天總得有人多替我背一把，這不好。

我要做的只是留一張條子，拿著自己的那一串鑰匙，背上槍，就可以走了。

我遠望著那一片白茫茫的草原，望過草原下的山谷，再翻兩座沒有什麼樹林的荒山便是停車處了。產業道路是泥巴的，只有那一條，亦是迷不了路。

我怕嗎？我不怕，這樣安靜的白夜沒有鬼魅。我是悄悄的走了的好。沒有健康的身體連靈魂都不能安息呢！

我忍著痛不弄出一點聲音，包香腸的粗紙還在塑膠袋裏面，我翻了出來，拉出鑰匙圈上的一支小原子筆，慢慢的寫著：

「走了，因為胃痛。

我的車子開下去，不要擔心。下星期再見！謝謝一切。」

我將字條用一塊石頭壓著，放在巧諾伸手可及的地方，又將明早要吃的甜餅口袋靠著石塊，這樣他們一定看見了。

如果他們早晨起來看不見我，沒發覺字條，焦急得忘了吃甜餅便四野去找人又怎麼辦？我不禁有些擔心了，這一掛心胃更是扭痛起來。

於是我又寫了兩張字條：「你們別找我，找字條好了，在甜餅旁的石頭下。」

我將這另外兩張字條很輕很細微的給它們插進了巧諾的領口，還有拉蒙的球鞋縫裏。

再看不到便是三個傻瓜了。

於是我悄悄的摸到了那管槍，又摸了幾發子彈，幾乎彎著身子，弓著膝蓋，在淡淡的星空下丟棄了沉睡在夢中的同伴。

「噓！妳。」拉蒙竟然追了上來，臉色很緊張。

「我胃痛，要走了。」我也被他嚇了一跳。

「要走怎麼不喊人送。」他提高了聲音。

「我是好意，自己有腳。」

「妳這是亂來，Echo，妳嚇得死人！」

「隨便你講，反正我一個人走。」

「我送妳！」拉蒙伸手來接我的槍。

「要你送不是早就喊了，真的，我不是什麼小姐，請你去睡。」

拉蒙不敢勉強我，在我的面前有時他亦是無可奈何。

「一來一回要五小時，就算你送到停車的那個山腳回來也要兩小時，這又為了什麼？」

「妳忘了妳是一個女人。」

「你忘了我有槍。」

「送妳到停車的地方。」拉蒙終於說。

我嘆了口氣，很遺憾自己給人添的麻煩，可是回去的心已定了，再要改也不可能。

「拉蒙，友誼就是自由，這句話你沒聽過嗎？如果我成了你們的重擔，那麼便不好做朋友了。」

「隨妳怎麼講也不能讓妳一個人走的。」

「分析給你聽，島上沒有狼，沒有毒蛇，山谷並不難走，車子停得不遠，月光很亮，我也認識路，如果你陪我去，我的胃會因為你而痛得更厲害，請你不要再糾纏了，我要走了。」

「Echo，妳是驕傲的，妳一向看上去溫和，其實是固執而拒人千里的。」

「講這些有什麼用嘛！我不要跟你講話，要走了！」我哀叫起來。

「好！妳一個人走，我在這邊等，到了車子邊放一槍通知，這總可以了吧！半路不要去吃草。」

我得了他的承諾，便轉身大步走開去了。

不，我並不害怕，那段山路也的確不太難走，好狗戈利菲送了我一程，翻過山谷時滑了一下，然後我便走到了停車的地方，我放了一槍，那邊很快的也回了一槍，拉蒙在發神經病，那麼一來巧諾和奧克塔維沃必是被吵醒了。

我甚而對這趟夜行有些失望，畢竟這是我有生以來第一次深夜裏穿過群山和幽谷，可是它什麼也沒有發生，簡單平淡得一如那晚並不朦朧的月光。

在產業道路上我碰到了另外一輛迎面開來的車子，那輛車倒了半天才擠出來一塊空路給我開過去。

交錯時我們都從窗口探出上半身來。

「謝啦！」我喊著。

「怎麼，不打獵了嗎？」那邊車上一個孤零健壯的老人，車內三條獵狗。

「同伴們還在等天亮呢！」我說。

「再見啦！好個美麗的夜晚啊！」老人大喊著。

「是啦！好白的夜呢！」我也喊著。

這時我的胃又不痛了，便在那個時候，車燈照到了一大叢露易莎草，我下車去用小刀割了一大把，下次再來便不忘記帶著曬乾的葉子上來了。[2]

永遠的馬利亞。

當我從蘭赫先生的辦公室裏出來時，恰好看見荷西正穿過對面的街道向我迎了上來。

「可不可怕，蘭赫說，那邊公寓非派一個清潔工給我們呢，難怪房租要貴那麼多。」我晃著已拿到手的新家鑰匙，報告大新聞似的說著。

「啊！」荷西無所謂的漫應了一句。

「說是房租內有三千塊是工人錢，三十家人，攤了四個工人，每天來家一兩小時。我跟蘭赫說，這種事情我可不喜歡，他竟然說不喜歡也沒辦法，這是規定。」我不太高興的又在嚕嚕囌囌，一面用力打了一下路旁的一棵玫瑰花。

荷西並沒有回答我，在空曠無人的路上，他開始對著空氣，做著各種奇形怪狀的可怖表情，手掌彎彎的舉著，好似要去突擊什麼東西似的，口中微微的發出好兇的聲音，狠狠的說著：

「小時候，幾乎每一個帶我的傭人都知道怎麼欺負我，屁股上老是給偷掐得青青紫紫的，

2. 過去亦曾寫過一篇叫做〈荒山之夜〉的文字，那已是幾年前在沙漠的事了。這次的紀錄也是在一座荒山上，同樣是在夜間，因此我便不再用其他的題目，仍然叫它〈荒山之夜〉了。

那時候膽子小，吃了她們多少苦頭都不敢告狀。嘻嘻——想不到二十年後也有輪到我回掐女傭人的一天，要來的這一個，不知是肥不肥，嘿嘿——」

荷西說出這樣神經而又輕浮的話來實在令人生氣，我斜瞪了他一眼也不說什麼，想不到他竟在無人的草坪上張牙舞爪的往我嘿嘿冷笑的欺了上來。

「正經一點，人家不是你的傭人，要來的不過是個清潔工人罷了。」我厲喝著，跳開了一步。

「哈哈，都一樣——都一樣。」荷西又用恐怖片內復仇者的聲音低喊著，假裝笨重的搖晃著身體。

我空踢了荷西一腳，轉身很快的逃回家去。

那一天我們在理搬家的雜物，荷西一直很興奮的樣子。

「蘭赫有沒有說，這個工人到底做什麼事情？」他有趣的問著。

「吸塵、換床單、擦洗澡間，還有什麼事就隨我們了，反正每天來一下。」

「給她做了這些事，那妳呢？」荷西驚奇的喊著。

「我嗎？買菜、煮兩頓飯、洗衣、燙衣、洗碗、澆花、理衣櫃、擦皮鞋、改衣服、烘蛋糕、寫信、畫畫、看書，還要散步、睡覺，很忙的。」

「三毛，妳真會說話。」荷西做了一個難以置信的表情笑著我。

我憤怒的向他舉舉雙手作狀要撲過去，又蹲下櫃子裏去找東西了。

「那麼忙，有一個人來，不是正合妳心意嗎？」他又說。

「自己的事自己做，又不是爛掉了。」我反感的叫起來。

荷西並不理會這些，他整日為著復仇的美夢恍恍惚惚的微笑著。

我們最初租下的公寓，是一個非常小巧美麗的房間，廚房、浴室是一個個大壁櫃，要用時拉開來，用完門一關上便都消失了。

因為家裏的活動空間實在太小，跟荷西彼此看膩了時，另一個只有到陽台上站著看山看海看風景去。

又有時候，日子本來過得好好的，竟會為了誰在這個極小的家裏多踩了誰幾腳，又無聊的開始糾纏不清，存心無賴吵鬧一番，當作新鮮事來消遣。

這種擁擠的日子過了三四個月，我打聽到在同一個住宅區的後排公寓有房子出租，價錢雖然貴了些，可是還是下決心去租了下來，那兒共有兩間，加上一個美麗的大陽台對著遠山，荷西與我各得其所自然不會再步步為營了。

搬家的那一日，我們起了個早，因為沒有笨重的家具要搬，自然是十分輕鬆的。

當荷西將書籍盆景往車上抬的時候，我抱起了一大堆衣服，往不遠處的新家走去，幻想著，在這陽光和煦的春日裏，我正懷抱著一大批五顏六色的萬國旗，踏著進行曲，要去海灘佈置一個節日的會場。這麼一亂想，天，藍得更美麗了，搬家竟變成了驚人有趣的事情。

當我拖拖絆絆的爬上三樓，拿出鑰匙來時，才發覺新家的房門是大開著的。

客廳裏，一個斜眼粗壯的迦納利群島的女人正扠腰分腳定定的望著我，臉上沒有什麼表情，嘴巴微微的張著，看上去給人一種癡呆的感覺。

「日安！」我向她點點頭，想來這個便是蘭赫強迫我們接收的清潔工人了。

我將衣服丟在床上，自己也撲下去，大大的呻吟了一聲。

「床剛剛鋪好。」背後一聲大吼襲來，我順勢便滑了下床，趴在床邊望著跟上來的人發呆。

「對不起。」我向她有些惶惑的微微一笑，她不笑，仍然盯住我，我一看，又連忙將衣服它們也拉了起來，一件一件掛進衣櫃裏去。

「您叫什麼名字？」我客氣的問著這個外型粗陋不堪的人，她也正在上下打量著我。

「馬利亞。」死樣怪氣的答著。

「這麼好聽的名字，跟聖母一樣嘛！」我又愉快的向她說。

這一回沒有回答，翻了一個大白眼。

「妳家幾個人？」輪到她發問了。她出口便是「妳」字，沒有對我用「您」，這在西班牙文裏是很不禮貌的。

「兩個，我先生和我，很簡單的。」

「做什麼的？」又說。

「潛水。」我耐著性子回答。

「什麼！拳手？」她提高了聲音。

「潛，不是拳。」我聽了笑了起來。

這一回她很輕率的望著我哼了一聲，不知是什麼意思。

「妳呢？妳不上班？」又稱我「妳」字，刺耳極了。

「我在家。」我停下掛衣服的手，挑戰的冷淡起來。

「好命哦！」微微又睇了我一眼。

「對不起，還要去搬東西。」我輕輕側身經過被這馬利亞擋了大半邊的房門，望也不再望她就跑下樓去了。

半路上碰到慢慢開車來的荷西，我湊上去笑著對他說：「恭喜你，倒是個肥肥的，不過你還是小心點好，刀槍不入的樣子呢！」

新家堆滿了雜物，這個清潔工人無禮的順手亂翻著我們的書籍、照片和小擺設，一副目中無人的神情。

我幾次想請她出去，可是話到口邊，又因為做人太文明了，與荷西對看一眼，彼此都不願給馬利亞難堪，最後看她開始拉開衣櫥，將我的衣服一件一件用手拉出一角來欣賞，我便放下了工作，很客氣的對她講話了。

「馬利亞，今天我們很忙，請您明天再來好嗎？」

「我今天也不是來打掃的，也不能掃嘛，都是東西。」她回答著，手可沒停，又在拎一條我的長裙子。

「我倒是有些小事情請您做，替我去樓下小店買鹽酸好嗎？」既然她不走，我便要力阻她再放肆下去。

「買什麼？」茫茫然的。

「買鏹水，明天請您洗洗抽水馬桶，我看了一下，都發黃了。」改用一個俗字，她便懂了。

「明天洗明天再買好了嘛！」

她這一頂我，令人為之語塞。

這時荷西在外面叫我，我走了出去，他將我一把拖到陽台上，小聲的說：「第一天，不要就輕慢了她，這些人，要順著她們的毛摸啊！」

「為什麼？我跟她是平等的，為什麼要順她？」我掙脫了荷西，很快的又跑進屋去了。

「你們怎麼沒有結婚照？一般人都有一張擱著，你們沒有。」馬利亞像法官似的瞪著我。

我不睬她，自去做事。

「不要是同居的吧！」她的口氣簡直嚴重到好似連帶她也汙染了一般，臉色好凝重的。

「是啊！我們是同居的。」荷西捉住這個惡作劇的機會，馬上笑嘻嘻的回答起來。

我怒目瞪著荷西，這一來馬利亞更確定了她的疑惑。荷西怕我找他算帳，施施然裝作沒事似的踱到陽台上去了。

「沒事做我得走了。」馬利亞懶洋洋的又睇著我，看見書架上一包搬家帶過來的口香糖，她問也不問，順手拿了一片，剝開紙，往口裏塞。

「拿錢去，明天請帶一瓶鏹水來。」我交給她一百塊錢。

「女孩子，洗馬桶我是不幹的哦！」她又翻了一次白眼。

「明天開始，請您叫我太太。」我很和氣的對她微笑著，眼睛卻冷淡得像冰一樣了。

她聽了倒吸一口氣，掃興透了的說了一句：「罷了！」再見也懶得再說，一抽我手裏的錢就走了出去。

當我確定這個馬利亞已經走下樓去了，馬上關上房門，找出荷西來怒喊過去：「你瘋了嗎？什麼同居的，那種人腦筋跟我們不一樣，以後再怎麼解釋都沒有用了。」

「就是要她心裏梗上一塊刺，何必解釋呢，上當啦！」荷西得意非凡的大笑著。

「昨天不是還說要去掐她嗎？怎麼不上去把她掐走，嗯，問你，我問你！」

我又對荷西大喊了一陣，把一隻玩具小熊狠狠一腳踢到牆角去。

荷西看見我發怒的樣子更加高興了，抱起我來硬打著轉，口裏還高唱著：「馬利亞，馬利亞，我永遠的，馬利亞——」

等新家差不多理好了，想來想去不願這樣的一個女人闖進我們平靜的生活裏來，又跑到這個公寓管理處的蘭赫先生那裏去說：「請您還是退我一點錢吧，我不要工人來打掃。」

蘭赫是一個看上去溫和，事實上十分狡猾的德國人，我們以前的公寓也是向他租的，我知道，一旦錢進了他的口袋，再要他拿出來是不太可能的了。

「這是公寓清潔維持費啊，有人幫您做家事不是很好嗎？聽說您常常會生病呢。」

「生病又不是做家事做出來的。」我頂了他一句，向他點點頭，就大步走了開去。

「喂，蘭赫先生，換一個給我怎麼樣？不要那個叫馬利亞的來。」已經走了，又想通一個辦法，這又跑了回去。

「四個都叫馬利亞呢，妳要換，來的還是馬利亞呢！」他無可奈何的向我攤攤手。

原先，我是一個愉快的主婦，荷西從來不給我壓力，我也盡責的將家事做得很好，這個家，始終彌漫著自由自在的氣氛，一切隨心所欲，沒有誰來限制誰的生活。

自從我們家中多了一個馬利亞之後，因為她早晨九點鐘開始要來打掃，我便如臨大敵似的完全改變了生活的習慣。

夜間再好看的書想一口氣念完它，為著怕第二天早晨起不了床，強迫自己閉上眼睛睡覺。

抽水馬桶馬利亞早已聲明是不洗的。我又不能請她洗衣、燙衣，所以她能做的事情，便是吸塵了，平日無論請她做什麼，都說不在工作分內的。

從來不敢輕慢她，她來了，先是坐下來喝咖啡，再吃一些給荷西做的玉米甜餅，然後我洗早飯杯盤，她打開吸塵器隨便吸吸，十五分鐘吧，就算了。

當我們有一天發覺，兩個人竟是同年歲時，彼此都嚇了天大的一跳。

「老天爺就是不公平，妳看我。」她氣忿的拍拍自己肥胖的身軀嘆了口氣。

「很公平的，您有四個孩子，十六歲結的婚，這就是付出的代價，也是收穫。」我說。

「可是妳呢？妳呢？妳在付出什麼？」她兇巴巴的反問我。

「各人的選擇不同，這跟您無關嘛！」

我走了開去，總覺得馬利亞潛意識裏在恨我，怎麼對待她都不能改變她的態度。

馬利亞常常向我要東西，家裏的小擺設、盆景、衣服、鞋子、雜誌，吃了半盒的糖她都會開口要，有時說：「已經用了很久了，給我好嗎？」

有時候她乾脆說：「這半盒糖想來你們不再吃了，我拿走了。」

最氣人的是她拿我的盆景，只要我辛苦插枝又插活了一盆小葉子，她就會說：「妳有兩盆嘛！我何不拿一盆去。」

有時我會明白的告訴她不能拿，可是大部分的時間，實在掛不下臉來為一點不足道的東西跟一個沒有廉恥的人去計較，總是忍了下來，而心裏卻是一日一日的看輕了這個不自重的女人。

有一天，看馬利亞照例吃完了早飯將盤子丟在水槽裏開始吸塵時，我一陣不樂，再也忍耐不住了，乾脆叫住了她。

「不用掃了，我看您還是每星期來一次吧，好在蘭赫那兒薪水合約都是一樣的。」

她一聽，臉色也變了，滿臉橫肉，兇悍的對我叫起來：「女孩子，妳這是什麼意思？我可沒有做錯事。」

「對啊！幾個月來，您根本沒有做過事嘛，怎麼會錯。」我好笑的說。

「妳沒有事給我做嘛！」她有些心虛了，口氣卻很硬。

「沒有事？廚房、洗澡間每天是誰在擦？陽台是誰在掃？您來了，是誰在澡缸邊跪著洗衣服，是誰在一旁坐著講話喝咖啡？」

「咦，我又不是妳全用的，妳只有兩小時一天呀！難道還要我洗衣服嗎？」她氣得比我厲害。

「別說了，馬利亞，對不起，我發了脾氣，請您以後每星期三來，徹徹底底的替我掃一次，就夠了，好嗎？」

「好吧！我走了，將來共產黨當選執政了，就不會有這種事情了。」她喃喃的說。

本來不應該跟一個沒有知識的女人這麼計較，可是一聽她如此不公平的說著，還是將我氣得發暈，一腳提起來，攔住了門框，非要她講個清楚不可。

「我們是平等的，為什麼要替妳做事？」她倔強的說。

「因為您靠這個賺錢，這是您分內的工作，不是平不平等的問題。」我盡力解釋給她聽。

「有錢人就可以叫窮人做事嗎？」

「荷西難道不也在替人做事？我們的錢，也是勞力換來的呀！」

「他比我賺得多。」她喊了起來。

「您怎麼不到水裏去受受那個罪看？」

那一場沒有結果的爭執，使我對馬利亞更加敬而遠之了，她每週來打掃時，我大半是下山去十字港，不跟她碰面。

她的工作態度跟以前差不多，有時打掃完了我回去一看，連窗戶都沒打開，好在也真是不靠她做事，我又恢復了往常安靜的日子。

每個月付房租時，我總是要對蘭赫大人抗議一場：「馬利亞根本連廚房的地都不擦，我付她錢做什麼，您不能講講她嗎？」

「我知道啦！老天爺，我知道啦！她掃我的房子也是一樣亂來的呀！」他無可奈何的嘆著氣。

「這種沒有敬業精神的女人，換掉她嘛！」

「我能辭她就好囉！這年頭沒有天大的理由不能辭人呢！工會保護很周全的。」蘭赫苦笑著。

在超級市場買菜時，那個結帳的女孩子見了我就不管三七二十一的叫了起來：「難怪問妳有沒有小孩，總是說沒有，原來是不結婚同居的，嘖，嘖，真新派哦。」

我當然知道是誰跟她說的是非，當時等著結帳的鄰居很多，大家都有趣的看著我，我一句也沒有解釋，拿起東西就走了。

有一天，女友黛娥照例跑來了，一進門就說：「快給我看看妳的金子，好朋友！」

「什麼金子？」我莫名其妙的問。

「藏在茶葉罐子內的呀！」

「我自己都忘掉了，妳怎麼會曉得的？」我更不明白了。

「馬利亞講給妳樓下那家聽，樓下的傳到黛安娜家去，黛安娜告訴了奧薇，奧薇在天台上曬衣服，順口講給卡門聽，我們娃娃在天台上玩，回來說，媽媽，三毛有一塊金子放在茶葉裏，叫她拿出來看。」

「什麼金子，不過是我們中國人傳統的一塊金鎖片，小孩子掛的東西。」

我氣忿的將茶葉倒了滿桌，露出包著鎖片的小手帕來。

「哪！拿去看！三毛茶葉裏的金子。」我啪一下，將小手帕丟在黛娥面前。

「三毛，馬利亞這人不能不防她了，下次她來打掃，妳還是不出去的好。」黛娥說。

「唯一值錢的東西都被她翻出來，還有什麼好擔心的呢。」我苦笑起來。

下一個星期三我真是在家等著馬利亞。

「馬利亞，請您下次不要再翻我的東西了，不然我對蘭赫去說。」我重重的說著她。

她第一次訕訕的，竟脹紅了臉沒有說什麼。

對人說了重話，自己先就很難過，一天悶悶不樂。我喜歡和平的事情。

「有時候討厭馬利亞，可是想想她有老母親，生肺病的丈夫，四個孩子要靠她養，心裏又很同情她，不能怪她有時太魯莽。」

吃晚飯時我跟荷西說起馬利亞的事情，自己口氣便溫和了下來。

「她先生的確得過一次輕微的肺病，可是社會福利金是不能少他的，病假一年，收入職位都不能賴他的，這是勞工法，肺病療養院也是社會福利，不收錢的，他生病還是領百分之百的錢呢！」荷西說。

「兩個人賺，七個人用，還是不夠的。」

「法蘭西斯自己說的，他岳母每月在領過世岳父的退休金，再加社會福利金，收入比馬利亞還要多，馬利亞一個月是兩萬[3]不是？」

「誰是法蘭西斯？」我驚奇的說。

「馬利亞的先生嘛！天天在土地旁邊那家有彈子房的酒館裏，他呢，喝一百幾十塊錢一公升的葡萄酒，妳先生呀，難得跟朋友去一次，只喝得起六十八塊一公升的，法蘭西斯倒是大方，聽說馬利亞替我們打掃，還請我喝了一杯呢。」荷西說。

「那個家一共三個人有收入？」我問他。

「五個。大兒子在旅館做茶房，大女兒在印度人的商店做店員，他們的車，是英國摩里斯進口轎車，住的是國民住宅，一個月只要付三百五十塊，二十五年以後就是他們的了。」

我聽了十分感觸，反倒同情起自己來了，很小心的問荷西：「你為什麼沒有這種保障

3. 約合一萬台幣。

呢？」

「我們的工作是看工程的，跟固定的公司不同，再說，我沒有參加任何工會。」荷西很安然的說。

「為什麼不參加？」我嘆了口氣。

「有事找律師嘛，一樣的。」

「馬利亞常常恨我呢，聽了去年共產黨競選人的話，總是叫我——資方、資方呢！」我咬牙狠狠的說著。

馬利亞並不是個過分懶散的人，她只是看人做事而已。

有一天我看見她掛在二樓那家人家窗外殷勤的擦玻璃窗，我有趣的站住了。

「馬利亞，我住了半年了，玻璃窗一直是自己擦呢，什麼時候輪到您來幫幫忙。」我笑著說。

「這家人每月另外給我小帳的。」她不耐煩的說。

這家的太太聽見我們談話就走了出來，對我點點頭，又在走廊上輕輕跟我說：「太苦啦，孩子又多，是幫助她的。」

我抿嘴一笑跑掉了。

也許馬利亞看透了我是拿她沒有辦法的人，有什麼事情仍是大大方方的來找我。

「女孩子，法蘭西斯的車今天送去保養了，沒人送我回家，妳送我去怎麼樣？」她要求人的時候，臉就軟了，笑得一塊蛋餅似的。

我望著她，說：「不去。」

「我從來不求妳的。」她的臉色僵了。

「上禮拜我發燒，黛娥到處找您，請您來換床單、掃地，您跟她怎麼說的？您說，我是一個星期掃一次的，多了不去。」我好笑的說。

「本來就是嘛！」她聳聳肩。

我咬著原子筆，看了一眼這個沒有良心的女人，再也不理她了，低下頭來看書。

走廊那頭荷西吹著口哨過來了。

馬利亞馬上跑上去求他，荷西無所謂的說：「好啊！我們送您回家。」又叫著：「三毛，快出來。」

「我不去。」我冷淡的說。

「我送了她就回來。」荷西喊著。

「不必回來了。」我大叫起來。

荷西過了很久才回來，說法蘭西斯請他喝酒呢。又形容了馬利亞的房子，四房一廳，有這個，有那個，前有小花圃，後有天井，最後又說：「還有，她有一樣妳做夢都在想的東西。」

「什麼？」我好奇的問。

「全新電動，可以繡花的縫衣機，三萬九買下的。」

我聽了苦笑了起來。

「荷西，一公斤新鮮牛肉是四百六十塊，馬利亞的國民住宅大概每月分期三百五十塊買下的，可是下次選舉她還要選共產黨，你我要投什麼黨才能把她的縫衣機搶過來，問你？」

夏天來了，我有事去了馬德里半個月。

回來時順口便問荷西：「馬利亞有沒有常常來？我託了她的。」

「不知道，我上班呢，下班回來也看不出。」

「做了家事總是看得出的嘛！」

「奇怪就是看不出呢！」荷西抓抓頭。

我去菜場買菜，那個算帳的小姐一見了我，當大消息似的向我說：「妳不在的時候，馬利亞在妳床上睡午覺，用妳的化妝品擦了個大花臉，用妳的香水，切荷西吊著的火腿，下班時還把妳的披肩圍在身上回家，偷看你們的文件房契，還拿了妳的防曬油去海邊擦。」

「她自己講的？」我帶笑不笑的說。

「她自己誇出來的，我跟她說，當心三毛回來我告訴她，馬利亞說，啊，三毛是傻瓜，說了也是一樣的，才不在乎呢。」

「謝謝您，再見！」我笑了起來，好高興的。

在路上遇到女友卡門，她尖叫了一聲，愉快的說：「呀！回來啦！以為妳還在馬德里呢！」

「還好回來了，妳不在，荷西帶女人回家，曉不曉得？」她拉拉我，低聲的說。

我一向最厭惡這些悄悄話，聽著臉上就不耐煩了，卡門卻誤會了我，以為我在生荷西的氣。

「馬利亞去給荷西打掃，聽見裏面有女人說話聲，嚇得她馬上逃開了。」卡門說。

「又是馬利亞。」我嘆了口氣。

「好啦！妳可別跟荷西鬧哦，男人嘛！」卡門揚揚手走了。

我跑到黛娥那兒去，氣沖沖的對她說：「馬利亞那個死人，竟然說荷西帶女人回家，如果他會做這種事，我頭砍下來給妳。」

黛娥聽了大笑起來，指著自己：「女人在這裏嘛！就是我呀！埃烏叫我天天去喊荷西來家吃飯，他不肯來，亂客氣的。」

埃烏是黛娥的丈夫，荷西的同事。

「奇怪馬利亞怎麼那麼會編故事，她明明看見是我。」黛娥不解的說。

「妳這一陣看見她沒有？」我問。

「度假去啦！不會來跟妳掃地，妳傻瓜嘛！」

過了十多天，有人按門鈴，門外站著一個全身大黃大綠的女人，用了一條寬的黃絲巾繫在頭髮上，臉上紅紅白白的，永不消失的馬利亞又出現了，只是更豔麗了。

「女孩子，好久不見啦！」她親熱的一拍我的肩，高跟鞋一扭一扭的進來了。

「快給我杯啤酒，熱死人了。」她一向是輕慢我的。
「您算來上工嗎？」我笑著說。
「上工？妳瘋了？我是下來買菜的，順便來看妳。」
「謝謝！」我說。
「妳在馬德里還玩得好嗎？」
我又謝了她，她喝完冰啤酒便走了。
對這個人，她還不配我跟她鬧。
在那天下午，我再度進了蘭赫的辦公室。
「馬利亞不必再替我打掃，這三千塊清潔費我這月起也不再付您了。」我簡單的向他宣佈，這一次不再是商量了。
「這不合規定，早就說過了。」蘭赫自然又來這一套，不很客氣了。
「什麼規定？誰定的？住戶租屋，要強迫合請傭人嗎？請了個無恥的不負責任的工人來，您明明知道得很清楚，管過她嗎？」我冷笑起來。
「妳不付，我薪水平均不過來了。」他臉色也難看了。
「那是您的事情，這十個月來，我一忍再忍，對您抗議了快二十次這個馬利亞，您當我過一回事嗎？」說著說著我聲音就高昂起來了。
蘭赫沒有什麼話好回答，惱羞成怒，將原子筆啪一下擲在桌上，我本來亦是在氣頭上，又看見這人這麼的態度，自己也惡劣起來，完全沒有考慮個人的風度，順手舉起那本厚電話簿，驚天動地的給他摔在桌上。走出去時，想到平日每月準時去付房錢時，親熱的叫著他：「蘭赫先生！蘭赫先生。」自己又是一陣噁心，將他的辦公室門嘭一把推開，昂然走掉了。

好多年沒有對外人那麼粗暴，鬧了一場回來，心跳得要吃鎮靜劑。

沒多久，聽說蘭赫多給了馬利亞半年的薪水算遣散費把她退了。

又聽說馬利亞要告蘭赫悔約。

再聽說馬利亞終於爭取到多一年的薪水，不再鬧了，同時她的社會福利開始給她為期兩年的失業金，金額是原薪水的百分之七十五。

有一日我去後山新的一個住宅區散步，突然又看見馬利亞了，她在一幢白房子的陽台上拚命叫我，樣子非常得意。

「您在上面幹麼？」我喊著。

「看護一個有錢的外國老太太，薪水比以前好，又沒有人管我，這裏政府查不到，失業金照領呢！」她好愉快的說。

「恭喜了！」我無可奈何的說。

這時，一個削瘦的坐輪椅的老太太，正被馬利亞粗魯的一把推出陽台來，快得像砲彈一樣。

老人低著頭，緊緊的抓住扶手，臉上一副受苦受難怯怯的表情。

我別了馬利亞，經過芭蕉園，在一個牆洞裏，發現一座小小的聖母像灰塵滿身的站著。伸手摸摸，是水泥黏住的塑像。

我搬來了一塊石頭做墊腳，拉起自己的長裙子替聖母擦起臉來。望了一下四野，芭蕉樹邊一叢月季花，我跳了下去，採了一朵來，放在聖母空空的手中。

這時好似聽見蘭赫在說，「她們都叫馬利亞，換一個來，又是一個馬利亞，都一樣的。」又好似聽見荷西在高歌：「馬利亞，馬利亞，我永遠的馬利亞——」

我細細的擦著這座被人遺忘了的聖像，在微涼的晚風裏，聖母的臉上彷彿湧出一陣悲慟，我呆住了，再一細看，她仍是低著頭，一樣的溫柔謙卑，手中的月季花，卻已跌在地上了。

相逢何必曾相識。

我的朋友莫里離開這兒已快一個夏季了。

每看到他那張斜斜插在書架上的黑白照片，心裏總是湧上一陣說不出的溫柔。

窗外的大雪山荻伊笛依舊如昔，襯著無雲的長空。

就在那座山腳下的荒原裏，莫里穿著練武的衣服，在荷西跟我的面前，認認真真的比劃著空手道，每跨出一步，口裏都大喊著——啊——啊——

那個冬日積雪未散，日正當中，包括莫里在內，大地是一片耀眼的雪白。當他凌空飛踢出去的時候，荷西按下快門，留住了這永恆的一霎。

所謂陽剛之美，應該是莫里照片裏那個樣子吧。

這時候的莫里不知飄流在世界哪一個角落裏，他是不是偶爾也會想念荷西跟我呢？

認識莫里是去年十二月初的事情。

冬日的十字港陽光正好，遊人如織。

因為一連串的節日近了，許多年輕人將他們自己手工做出來的藝術品放在濱海的人行道上做買賣，陸陸續續湊成了一條長街的市集。

這一個原先並不十分動人的小漁港，因為這群年輕人的點綴，突然產生了說不出的風味和氣氛。

當我盼望已久的攤販出現在街上的第一日開始，荷西與我便迫不及待的跑下港口去。

五光十色的市集雖然挑不出什麼過分特別的東西，可是只要在裏面無拘無束的逛來逛去，對我們這種沒有大欲望的人來說，已是十二分愉快的事了。

第二次去夜市的時候，我們看中了一個賣非洲彩石項鍊的小攤子，那個攤子上煤氣燈照得雪亮，賣東西的人卻隱在一棵開滿白花的樹下，看不清楚他的樣子。

「請問多少錢一條？」我輕聲問著。

賣東西的人並沒有馬上回答，朦朧中覺著他正在凝望我。

「請問是日本人嗎？」花下站著的人突然說。

在這樣的海島上聽到日語使我微微有些吃驚，一方面卻也很自然的用日語回答起來。

「我不是日本人，是中國人哩！」我笑說。

「啊！會說日文嗎？」這人又驚喜的說。

「一共只會十幾句。」我生硬的答著，一面向荷西做了一個好窘的表情。

在我們面前站著的是一個英俊非凡的日本人，平頭，極端正的五官，長得不高，穿著一件清潔的白色套頭運動衫，一條泛白的牛仔褲，踏著球鞋，昂昂然的挺著腰，也正含笑注視著我呢。

「嗯——要這個，多少錢？」我舉起挑好的兩串項鍊給他看，一說日文，話就少了。

「每條兩百塊。」很和氣的回答著。

「怎麼樣？一共四百。」我轉身去問荷西，他馬上掏出錢來遞了上去。

四周的路人聽見我們剛才在說外國話，都停住了腳，微笑的盯住我們看。

我拿了項鍊，向這個日本人點點頭，拉了荷西很快的擠出好奇的人群去。

走了沒幾步，身後那個年輕人追了上來，拿了兩張百元的票子不由分說就要塞回給荷西，「都是東方人，打折。」他謙虛的對荷西改說著西班牙文，臉上的笑容沒有退過。

荷西一聽要打折，馬上退了一步，說著：「不要！不要！」

這兩個人拚命客氣著，荷西掙扎不過，都想拿了，我在一旁喊了起來：「不能拿，人家小本生意啊！」

路人再度停住了，笑看著我們，我急了，又對日本人說：「快回去吧！攤子沒人管了。」

說完用力一拖荷西，發足奔逃開去，這人才沒有再追上來。

跑了一陣，荷西很快的不再去想這件事，專心在街頭巷尾找賣棉花糖的攤子。

我跟著荷西大街小巷的穿出穿進，最後還是忍不住說了：「不行，一直忘不掉那個人。」

「什麼人？」

「剛才那個日本人。」我嘆了口氣。

荷西在粉紅色的棉花糖後面眨也不眨眼的瞪著我。

「想想看，一個陌生人，對我們會有那樣的情誼。」我慢慢的說。

「可是我們沒有拿他的錢呀！」荷西很乾脆的回答，還做了個好天真的手勢。

「拿，不拿，這份情，是一樣的，這個道理你都不明白嗎？」我再嘆息起來。

「要怎麼樣才能忘記他，妳說吧！」

「流浪的人，也許喜歡吃一頓家常菜，你答應嗎？」我溫柔的求著荷西。

荷西當然是首肯的，拉著我便往回走。

這一回我們繞到那日本人的攤子後面去，輕輕敲著他的肩。

荷西跟我笑著互看了一眼，荷西推推我：「妳說。」

「嗯──中華料理愛吃嗎？」我的日文有限，只能挑會說的用，膽子倒是來得大。

「愛極了，哪裏有吃呀？」果然他歡喜的回答著。

「在我爸爸和我的家裏。」我指指荷西。

說完馬上發覺講錯了，也不改正，站在樹下一個人哈哈的笑。

這個人看看荷西，也笑了起來。

「我叫莫里。」他對我們微微彎了一下身子，並不握手，又慢慢在攤子上用手指畫出一個「森」字來。

「我們是荷西和三毛，請多指教。」說著我對他鞠了一躬，荷西在一旁看呆了。

第二日早晨，我正在泡蝦米和冬菇，女友黛娥抱著孩子興匆匆的跑來了。

「早上碰見荷西，說有同胞來晚飯，要去大菜場嗎？我也跟去。」她好起勁的叫著。

黛娥是西班牙人，因為跟我十分要好，言談之間總是將中國人叫同胞，每次聽她這麼說，總使我覺得好笑，心裏也就特別偏愛她。

「是日本人，不是同胞。」我笑說。

「啊！算鄰居。」黛娥馬上接了下去。

在去菜場的途中，黛娥按不住她的好奇心，一定要我先帶她去看莫里。

「在那邊，我停車，妳自己下去看，不買東西還是不要去擾人家才好。」

黛娥抱了孩子跑了上去，過一會兒又悄悄的跑回車上來。

「這個人我喜歡，沒買他的東西，他看見娃娃，送給她一朵小花，好謙和的，跟妳不一樣呢。」

莫里也是給我那樣的第一印象，謙和誠懇，不卑不亢，他那個攤子，擠在一大群嬉皮打扮的年輕人裏面，鶴立雞群似的清爽。

我們照約定的時間去接莫里，卻發覺他的攤子上生意正旺，擠滿了現訂的遊客，要莫里當場用銀絲繞出他們的名字胸針來。

莫里又要賣又要做手工，忙亂不堪。看見我們去了，馬上跟面前圍著的人說要收攤。那時，我才發現自己弄巧成拙，請莫里回家吃頓飯，卻沒有想到擋掉了他下半夜的財路。一時心裏不知怎的懊悔起來。

在我們溫暖的小公寓裏，莫里對著一桌子的菜，很歡喜的用日文說了一堆感謝的話，這才拿起筷子來。

他的西班牙文很不好，只能說簡單的字，荷西在他筷子旁邊放一支筆，叫他跟我筆談。

「我的父母，是種田的鄉下人。故鄉在日本春日井市。」莫里慢慢的用日語說給我聽。故鄉，竟有個這麼詩意的名字。

「我賺錢，旅遊，一個國家一個國家慢慢走，出外已有好幾年了。」

「喜不喜歡西班牙？」荷西問他。

「喜歡，這裏不但人好，更有生活的情調。」

雖然莫里跟荷西不能暢談，可是我請莫里回家的目的是要他吃菜，他說多說少，對我都是一樣的。

當我看見荷西跟莫里兩個人把一桌的菜都掃光了，還捧著飯碗拌菜汁津津有味的大食時，心裏真是說不出的高興。

「你平常吃什麼？上餐館嗎？」我問莫里。

「館子太貴了，我買蔬菜水果吃。」

「肉類呢？」我又問。

「今天吃了很多。」他雙手放在膝蓋上，坐著又向我微微欠身道謝。

「你沒有廚房，以後在十字港的時間請常常來這兒吃飯。」荷西友愛的對他說。

莫里微笑著，要說什麼又沒說，面上突然有些傷感的樣子，我看那情形趕快站起來收盤子，一下就把話扯開去了。

飯後荷西將他海裏淘出來的破銅爛鐵搬出來獻寶，兩個人又跑到陽台上去看荷西養的海龜。過一會兒莫里又把他整個的攤子從大背包裏傾倒出來，挑了一大堆禮物要送我們。這麼弄來弄去，已是深夜了。

送莫里回港口去的途中，我對他說：「莫里，我們卜星期可能要搬家，下次你來大概是在新家了。」

「這麼好的房子還要搬嗎？」他不解的說。

「現在的公寓只有一大間，做菜的油煙味總是睡著了還不散，新找的地方有兩間，廚房是隔開的。」雖然我很婉轉的解釋著，可是不知怎的覺得自己生活很腐敗，羞恥，一下子湧了上來。

在莫里的指點下，我們開進了港口後面一條安靜的狹街，三層水泥樓房，門口掛著一塊牌子——「床位出租」——這就是莫里在十字港暫時的居處了。

冬天的夜晚仍是凍得人發抖，莫里一進門，我們就跳上車快快回家了。

「三毛，明天把我那件翻領毛衣拿去給莫里，差不多還是新的。」荷西突然說。

「他是穿得單薄，可是——」我沉吟了一下，不同意荷西的做法。

「他沒有廚房，拿吃的去總還有個理由，分衣服給他也許會傷了人家自尊心，不好。」我說。

「我是誠心誠意的，他不會誤會。」

「再說吧！」我還是不肯。

以後莫里沒有再來過家裏。

我只要做了肉類的食物，總是用錫紙包好，拿到莫里的攤子上去給他。多去了幾次，莫里不再客氣了，見我遠遠的向他走過去，就會笑著猜：「是雞肉？還是豬肉？」

有的時候，他也會買一包糖果，叫我帶回去給荷西，我一樣大方的收下叫他心安。

漸漸的，莫里的西班牙文越說越好，四周一起擺攤子的年輕人也熟了。

每當我三兩天經過一趟時，莫里總是很歡喜的向我報帳，昨天賺好多，今天又賺了好多。買了新衣服，馬上背包裏抖出叫我看。

「莫里，錢多了存到銀行去吧！」我勸他。

「反正攤販執照還有二十多天就不再發了，存了又要拿出來麻煩，放在背包裏一樣的。」

「只能再賣二十多天啦？」我有些替他可惜。

「不要怕，這次賺了快合一千三百美金，省省用可以維持很久。」他十二分樂觀的踢踢背包裏藏著的錢。

我見莫里的生活情形慢慢安穩下來了，不由得替他高興，又看他交了一些新朋友，生意仍然很好，原本牽掛著他的心便也相對的淡了下來，以後慢慢的就不常去了。

新年來了，這一年的開始對我沒有什麼特別的感覺。當時因為一時的因緣，我突然拿起久擱的畫筆，跌進畫石頭的狂熱裏去。

雖然我照樣機械的在做家事，也一樣伺候荷西，可是我全部的心懷意念都交給了石頭。只要簡單的家務弄完了，荷西睡覺了，我便如癡如醉的坐在桌前畫畫，不分白晝，沒有黑夜，不眠不休的透支著自己有限的體力，可以說，為了畫石頭走火入魔，沉迷在另一個世界裏不知回頭。

有一日，我辛苦畫出來愛之如命的一批石頭被工人當作垃圾丟掉了，這一場大慟使我石頭夢醒，再覺得還有自己的軀體存在時，已是冬去春來，數十天的時光，不知何時已經消逝得無影無蹤了。

「莫里呢？」我向荷西叫了起來。

「街上沒有攤子了。」

「我忘了去看他，你怎麼不去？」我敲著時時要劇痛的頭，懊惱得不得了。

「三毛，我只管上工，人際關係一向是妳的事情，我怎麼知道妳沒有去看他。」

「我忘了嘛！一畫畫，連自己是誰都不記得，你怎麼不提醒我？」

我是急了，又奇怪莫里怎麼也不來找我們，卻忘了自己早已搬了一個公寓。

「不要急，明後天去他住的地方看看，說不定已經走了。」荷西說著。

想著莫里，卻畢竟沒有馬上去找他，那時，長時間不分日夜的瘋狂畫畫拖垮了我原本不很健康的身體，我開始不停的淌冷汗，不斷的咳嗽，每天發燒，頭劇痛，視線模糊，胸口喘不過氣，走幾步路都覺得天旋地轉。

病，纏纏綿綿的繞上了我，除了驗血，照X光，看醫生這些不能避免的勞累之外，我虛弱得離不開臥室一步，心情也跟著十分消沉，神經衰弱得連偶爾的敲門聲都會驚得跳起來。

有好幾次荷西把我拉起來拖到陽台的躺椅上去靠著，好言好語的勸我：「有時候，撐得起來，也要出去走走，這麼一天一天的躺下去，好好的人也要弄出病來了。」

我哪裏能睬他，一起床人像踏著大浪似的暈，那時候就算是天堂放在前面召喚我，大概也沒有氣力跨進去，更別說出去亂走了。

「振作起來啦！我們下午去找莫里，怎麼樣？」

黛娥也是三天兩頭的跑來，想盡辦法要拖我出門。我病懨懨的閉著眼睛不理她，一任自己的病體自然發展，不去強求什麼。

有一天我發覺黛娥不知什麼時候已經換上了無袖的夏裝。

「這麼久了？」我嘆了口氣看著黛娥。

「夏天快來啦！妳還賴在毯子裏面。」她吼著我。

那麼久足不出戶，再一開窗，窗外已是一片蔭濃，蟬聲叫得好熱鬧。

我的體力慢慢的恢復了，慢慢有興趣做菜了，理家了，漸漸不叫黛娥代我上市場了，有時候還能撐著洗些衣服了，終於，有一天的黃昏，我站在莫里居住的那幢出租床位的房子前了。

「日本人？早就走了，都好幾個月了。」房東太太好奇怪的看著我。

我默默的回來，也不怎麼失望，日子一樣靜靜的過了下去。

十字港庇護漁人們的卡門聖母節漸漸近了，街頭巷尾又張燈結綵起來，那時候，聽說擺攤子的執照又開始發放了。

這一批新的年輕人換了市集的地方，他們在廣場的大榕樹下圍成一個方城，一面乘涼一面做買賣。

黃昏的時候我一個人去走了一圈，大半都是陌生的臉孔，只有那個皮革刻花的小攤子坐著我認識的阿根廷女孩丁娜。

「咦！三毛，原來妳還在十字港。」她見了我興奮的叫了起來。

我停住了腳，笑著，沒有什麼話好講。

「妳去哪裏了？上幾個月莫里找妳快找瘋掉了。」

我詢問的看著她。

「難道莫里找妳妳不曉得呀？」她張大了眼睛問著，一面又拍拍身旁的木箱叫我坐下來。

「我也去找過他，他不住在那兒了。」我坐在丁娜的身旁，看著遠方的海洋輕輕的說。

「難道這幾個月都沒有再看到他呀？」丁娜奇怪的盯著我。

我搖搖頭。

「那妳是不曉得囉！莫里上一陣好慘——

「他呀！幾個月前去了一次南部，回來就只剩了身上那件衣服，什麼貨啊，錢啊，護照啊全部被人偷光了，慘得飯都沒得吃——」

丁娜低頭開始做手工，我在她旁邊心跳得越來越快，好似要炸了出來一般。

「他一回來就去你們家找妳，說是搬了，到處打聽荷西的公司，又沒有人知道在哪裏，莫里天天在他以前擺攤子的地方等妳等妳等妳……我們看不過去，有時候分他一點麵包吃，他等妳等了不知道多少天，妳呢，就此沒有再出現過。後來攤子散了，大家都走了，莫里更慘，沒有工作證，連給人洗碗都沒人要，那一陣他怎麼熬過來的真沒有人知道，睡都睡在小船上——」

我呆看著丁娜靈巧的小手在做皮包，小刀子一刀一刀的割在牛皮上，我的耳朵嗡嗡的響起來，視線開始不規則的一下遠一下近，病後的虛弱又緩緩的淹沒了我全身——

丁娜還低著頭在講，什麼違警啦，坐牢啦，生肝病啦，倒在街上給人送去醫院啦——「好啦，反正最倒楣的幾個月莫里也熬過來了，妳要看他，晚一點來嘛！他就在那邊對面擺攤子。」她笑著指指不遠的大榕樹。

我站起來，低聲謝了丁娜，舉著千斤重負的步子要走開去，丁娜又笑著抬起頭來，說：「我們以前還以為妳是莫里的女朋友呢，他給我們看過那些在大雪山上拍的照片。」

「照片是荷西拍的。」我輕輕的說。

「對不起，妳不要不高興，我亂說的。」丁娜很快的又說。

「沒有不高興，莫里的確是我的朋友。」

我慢慢走到圖書館去，呆呆的坐在桌前，等到窗外的燈都亮了，才發覺順手拿的雜誌連一頁都沒有翻開。

我走出來，下了石階，廣場上，莫里果然遠遠的在那兒坐著，低著頭。

我停住了，羞愧使我再也跨不出腳步，我是一個任性的人，憑著一時的新鮮，認人做朋友，又憑著一時的高興，將人漫不經心的忘記掉。這個孤零零坐在我眼前的人，曾經這樣的信賴我，在生活最困難的時候，將我看成他唯一的拯救，找我，等我，日日在街頭苦苦的盼我，而我——當時的我在哪裏？

我用什麼顏面，什麼表情，什麼解釋才能再度出現在他的面前？我不知道。

他坐牢，生病，流浪街頭的時候，又是什麼心情？該當是很苦的吧！這種苦對我又是那麼陌生，我終其一生都不會瞭解的。

我盯著莫里看，這時候他一抬頭，也看見了我。

街道上川流不息的人群在濛濛的路燈下穿來穿去，莫里和我對看著，中間突然成了一片汪洋大海，幾步路，竟是走得那麼艱難。

我筆直的走到莫里的攤子面前，停住了。

他緩緩的站了起來，人又瘦又黑，臉上雖在微笑著，可是掩不住受傷的表情。

「莫里，我沒有去看你，因為我病了一大場。」

我吶吶的解釋著，眼光一下子看住地上，不知再說什麼。

莫里仍是微笑著，沒有說什麼。

這時，我發覺莫里的攤子變小了很多，以前他的攤子架著木板，上面鋪著一層深藍的絲絨，絲絨上放滿了燦若星辰的項鍊。

現在，他用一塊破的尼龍布，上面擺了一些化學絨做的廉價小貓小狗，布就鋪在水泥地上。

乍一看到他現在潦倒的情景，心情恍如隔世，我的眼睛突然溼了。

「生意怎麼樣？」

「不太好。」輕輕的安詳的回答我。

我們僵立了一會兒，過去那條看不見的線已經斷了，要說什麼都像是在應酬似的格格不入。

莫里對於過去幾個月的遭遇沒有提一個字，更沒有說他曾經找過我們的事。
「聽說前幾個月你的情形不太好。」我吃力的說。
「都過去了。」他輕喟了一聲，眼睛倦倦的望著遠方。
「你生了一場肝病？」我又說。
「是。」
我掙扎了一下，還是很小心的問了他：「要不要錢用？先向我們拿，以後慢慢還。」
他還是耐人尋味的微笑著，輕輕的搖著頭。
「這樣好吧，荷西快下班了，我先去接他，再跟他一起回來找你，我們三個去吃飯。」
他看看他的攤子，猶豫著。
我轉眼看見另一個女友馬利亞正遠遠的在小公園裏看孩子盪鞦韆，急著向莫里點點頭，說了一句：「一言為定哦！等下我們再來。」
我很快的跑到馬利亞旁邊去。
「馬利亞，妳看見那邊那個日本人嗎？妳去，把他攤子上那些東西全買下來，不要多講，東西算妳的。」
我匆匆忙忙塞了一千塊錢給她，跑到莫里看不見的地方去等。
馬利亞很快的回來了，嬰兒車裏堆了一大群小貓小狗。
「總共才六百多塊，統統買了，哪！還剩三百多塊。」她大叫著跑回來。

「謝啦！」我拿了找錢掉頭就往荷西工地跑去。

「什麼！莫里還在這裏啊？」荷西被我拉了跑，我們跑回莫里的地方，本以為他會等著的，結果他已經不見了。

我沉默著跟荷西回去，夜間兩人一起看電視，很普通的影片，我卻看得流下淚來。

我欠負了莫里，從他一開始要打折給我的那天開始，我就一直欠著他。當他毫不保留的信賴了我，我卻可恥的將他隨隨便便的忘了。

那流落的一段日子，他恨過我嗎？該恨的，該恨我的，而今天，他看我的眼光裏，竟然沒有恨，只有淡漠和疲倦，這使我更加疼痛起來。

在一個深夜裏，荷西和我都休息了，門鈴突然輕輕的響了一下。

荷西看看表，已經一點多鐘了。

他對我輕輕的說：「我去。」就奔出客廳去應門。

我靜聽了一會，荷西竟然將人讓進客廳來了。

偷偷將臥房門拉開一條縫，看見莫里和另一個不認識的西籍青年正要坐下來。

我嚇了一大跳，飛快的把睡衣換掉，匆匆忙忙的迎了出去。

「怎麼找到的？我忘了把新家地址給你啊！」

我驚喜的喊著。

「妳的朋友馬利亞給我們的。」
那個還沒有介紹的青年一見如故的說。
「謝謝妳，一次買去了我一天的貨。」莫里很直接的說了出來。
我的臉猛一下脹紅了，僵在原地不知說什麼才好。
「我去拿飲料。」我轉身奔去廚房。
「對不起，我們是收了攤子才來的，太晚了。」我聽見莫里對荷西說。
「這是夏米埃，我的朋友。」他又說。
我捧了飲料出來，放在茶几上，莫里欠了身道謝，又說：「我是來告辭的，謝謝你們對我的愛護。」
「要走了？」我有些意外。
「明天下午走，去巴塞隆納，夏米埃也一起去。」
我呆了一會，突然想到他們可能還沒有吃飯，趕快問：「吃晚飯好嗎？」
莫里和夏米埃互看了一眼，很不好意思的笑，也不肯說。
「我去弄菜，很快的。」我趕快又奔進廚房去。
在心情上，我渴望對莫里有一次補償，而我所能夠做的，也只是把家裏能吃的東西全部湊出來，擺出一頓普通的飯菜來而已。
在小小的陽台，桔紅色的桌布上，不多時放滿了食物。

「太豐富了。」莫里喃喃的說。

這兩個人顯然是很餓，他們風掃殘雲的捲著桌上的食物，夏米埃尤其是愉快非凡。哀愁的人，給他們安慰，饑餓的人，給他們食物，而我所能做的，為什麼總只是後者。

「莫里常常說起你們。」夏米埃說。

我慚愧的低下了頭。

「你們哪裏認識的？」荷西問。

「在牢裏。」夏米埃說完笑了起來。

「兩個人都在街上賣東西，流動執照沒了，被抓了進去。要罰錢，兩個人都沒有，後來警察把我們關得也沒意思了，先放了我，我出去了，想到莫里一個異鄉人，孤零零的關著實在可憐，又借了錢去付他的罰款，就這麼認識的。」

夏米埃很親切，生著一副娃娃臉，穿得好髒，就是一副嬉皮的樣子。

「很慘了一陣吧？」我問。

「慘？坐牢才不慘哪！後來莫里病了，那時候我們白天批了一些便宜玩具來賣，還是跟店裏欠的，賺也賺不足，吃也吃不飽，他呢，不管三七二十一，就倒下來了，倒在街上，我送他去醫院，自己又在外面大街小巷的賣貨張羅錢給他看病，那時候啊，又怕警察再抓，又擔心莫里發神經病，老天爺，怎麼熬過來的真是不知道，莫里啊，有好一陣這裏不對勁——」

說完夏米埃用手指指太陽穴，對莫里做了一個很友愛的鬼臉。

我聽著聽著眼睛一下子溼了，抬頭去看陽台外面，一輪明月正冉冉的從山崗上升出來。

夜風徐徐的吹著，送來了花香，我們對著琥珀色的葡萄酒，說著已經過去了的哀愁，此時，我的重擔慢慢的輕了下來。

如果說，人生同舟過渡都算一份因緣，那麼今夜坐在陽台上的我們，又是多少年才等待得來的一聚。

明月幾時有，把酒問青天。

我舉起杯來，凝望著眼前一張張可親的笑臉，心裏不再自責，不再悵然，有的只是似水的溫柔。

臨去之前，莫里從口袋裏掏出一把一把乒乓球大小的小貓小狗來，夏米埃又抓了一把小黃雞給我們。

「還可以留著賣嘛！」我說。

「我們有自己的路線和手藝，巴塞隆納去添了貨，再從頭來過，這東西不賣了。」莫里說。

「錢夠嗎？」我又關心的問了一句。

「不多，夠了。」

我們執意要送他們回港口去，這一回，他們居然睡在一間打烊的商店裏。

荷西與莫里重重的擁抱著，又友愛的拍拍夏米埃。

輪到我了，莫里突然用日語輕輕說：「感謝妳！保重了。」

我笑著凝望著他，也說：「珍重，再見！」接著向他微微鞠了一躬，一如初見他的時候一樣。

在回家的路上，荷西突然提醒我：「明天約了工地的老守夜人來吃飯，妳沒忘了吧？」

我沒有忘，正在想要給這個沒家的老人做些什麼西班牙好菜。

人生何處不相逢，相逢何必曾相識——

深藍色的夜空裏，一顆顆寒星正向我眨眼呢！

故鄉人。

我們是替朋友的太太去上墳的。

朋友坐輪椅，到了墓園的大門口，汽車便不能開進去，我得先將朋友的輪椅從車廂內拖出來，打開，再用力將他移上椅子，然後慢慢的推著他。他的膝上放著一大束血紅的玫瑰花，邊講著閒話，一邊往露斯的墓穴走去。

那時荷西在奈及利亞工作，我一個人住在島上。

我的朋友尼哥拉斯死了妻子，每隔兩星期便要我開車帶了他去放花。

我也很喜歡去墓園，好似郊遊一般。

那是一個很大的墓園，名字叫做——聖拉撒路。

拉撒路是《聖經》上耶穌使他死而復活的那個信徒，墓園用這樣的名字也是很合適的。

露斯生前是基督徒，那個公墓裏特別圍出了一個小院落，是給不同宗教信仰的外國死者安眠的。其他廣大的地方，便全是西班牙人的了，因為在西班牙不是天主教的人很少。

在那個小小的隔離的院落裏，有的死者睡公寓似的墓穴一層一層的，有的是睡一塊土地。

露斯便是住公寓。

在露斯安睡的左下方，躺著另外一個先去了的朋友加里，兩個人又在做鄰居。

每一次將尼哥拉斯推到他太太的面前時，他靜坐在椅上，我便踮著腳，將大理石墓穴兩邊放著的花瓶拿下來，枯殘的花梗要拿去很遠的垃圾桶裏丟掉，再將花瓶注滿清水。這才跑回來，坐在別人的墓地邊一枝一枝插花。

尼哥拉斯給我買花的錢很多，總是插滿了兩大瓶仍有剩下來的玫瑰。

於是我去找花瓶，在加里的穴前也給放上幾朵。

那時候尼哥拉斯剛剛失去妻子沒有幾個星期，我不願打擾他們相對靜坐的親密。放好了花，便留下他一個人，自己悄悄走開去了。

我在小院中輕輕放慢步子走著，一塊一塊的墓碑都去看看，也是很有趣的事情。

有一天，我在一塊白色大理石光潔的墓地上，不是墓穴那種，念到了一個金色刻出來的中國名字——曾君雄之墓。

那片石頭十分清潔、光滑，而且做得體面，我卻突然一下動了憐憫之心，我不知不覺的蹲了下去，心中禁不住一陣默然。

——可憐無定河邊骨，猶是春閨夢裏人——曾先生，你怎麼在這裏，生前必是遠洋漁船跟來的一個同胞吧！

你是我的同胞，有我在，就不會成為孤墳。

我拿出化妝紙來，細心的替這位不認識的同胞擦了一擦並沒太多的灰塵的碑石，在他的旁邊坐了下來。

尼哥拉斯仍是對著他的太太靜坐著，頭一直昂著看他太太的名字。

我輕輕走過去蹲在尼哥拉斯的輪子邊，對他說：「剛剛看見一個中國人的墳，可不可以將露斯的花拿一朵分給他呢？」

我去拿了一朵玫瑰，尼哥拉斯說：「多拿幾朵好囉！這位中國人也許沒有親人在這兒！」

我客氣的仍是只拿了一朵，給它放在曾先生的名字旁。

我又陪著曾先生坐了一下，心中默默的對他說：「曾先生，我們雖然不認識，可是同樣是一個故鄉來的人，請安息吧。這朵花是送給你的，異鄉寂寞，就算我代表你的親人吧！「如果來看露斯，必定順便來看望你，做一個朋友吧！」

以後我又去過幾次墓園，在曾先生安睡的地方，輕輕放下一朵花，陪伴他一會兒，才推著尼哥拉斯回去。

達尼埃回來了——尼哥拉斯在瑞士居住的男孩子。而卡蒂也加入了，她是尼哥拉斯再婚的妻子。

我們四個人去墓地便更熱鬧了些。

大家一面換花一邊講話，加里的墳當然也不會忘記。一攤一攤的花在那兒分，達尼埃自自然然的將曾先生的那份給了我。

那一陣曾先生一定快樂，因為總是有人紀念他。
後來我做了兩度一個奇怪的夢，夢中曾先生的確是來謝我，可是看不清他的容貌。
他來謝我，我歡喜了一大場。
以後我離開了自己的房子，搬到另外一個島上去居住，因為荷西在那邊做工程。
曾先生的墳便沒有再去探望的機會了。
當我寫出這一段小小的故事來時，十分渴望曾君雄在台灣的親屬看到。他們必然因為路途遙遠，不能替他掃墓而心有所失。
不久我又要回到曾先生埋骨的島上居住，聽說曾先生是高雄人，如果他的親屬有什麼東西，想放在他的墳上給他，我是十分願意代著去完成這份願望的。
對於自己的同胞因為居住的地方那麼偏遠，接觸的機會並不多，回想起來只有這一件小小的事情記錄下來，也算是我的一份心意吧！

後記

上面這篇小文章是朋友、作家小民託付我要寫的，為了趕稿，很快的交卷了。
這件事情，寫完也忘記了，因為文短。
過了很久很久，快一年多了，我有事去《聯合報》，在副刊室內碰到編輯曼倫，她說有人託她找一篇三毛去年在報上發表的短文。

曼倫翻遍了資料，找不到刊過這篇文章的事實。其實，它當時發表在《中華日報》上，並不在《聯合報》。

「有人打電話來報社，說三毛寫過一個在西班牙姓曾的中國人的事情，名字是他失蹤了多年的兄弟，聽說在西班牙失蹤的，妳有沒有這個記憶？」曼倫問我。

我很快的將在西班牙認識的中國人都想了一遍，裏面的確沒有一個姓曾的。

我告訴曼倫，大概弄錯了，沒有姓曾的朋友，也沒聽說有什麼在西班牙失蹤的中國人。沒有想起這篇文章，他們在找的是一個失蹤的兄弟，我完全沒有聯想。

過了不久，收到一封寄去報社轉來的信，拆開來一看，裏面赫然寫著曾君雄的名字，當我看見這個全名出現了時，尖叫了起來：「他家屬找的原來是這個人——他早死了呀！一九七二年還是七一年就死了呀！」

那封家屬的信，是一九八〇年的五月收到的。

高雄來的信，曾先生的兄長和弟弟，要答謝我，要我去高雄講演時見見面，要請我吃飯，因為我上了他們兄弟在海外的孤墳。

面對這樣的一封信，我的心緒非常傷感，是不是我上面的文章，給他家人報了這個死亡的消息？是事實，可是他們心碎了。

見了面，我能說什麼？那頓飯，曾家人誠心要請的，又如何吃得下去？

結果，我沒有再跟他們連絡。

去年夏天，一九八二年，我又回到迦納利群島去。一個酷熱的中午，我開車去了聖拉撒路公墓，在曾君雄先生的墳上，再放了一朵花，替他的大理石墓碑擦了一下。

今年，一九八三年的夏天，我又要重返那個島嶼，請曾君雄先生在高雄的家屬一定放心，我去了，必然會代替曾家，去看望他。

人死不能復生，曾先生的家人，我們只有期望來世和親人的重聚。那個墓，如果您們想以中國民間的習俗，叫我燒些紙錢，我可以由台灣帶去，好使活著的人心安。

因為讀者來信太多，曾家高雄的地址已找不到了，請看見這篇後記的南部朋友代為留意，如果有認識曾家的人，請寫信到皇冠出版社來與我連絡。謝謝！

上墳的事，不必再掛心了，我一定會去的。

背影。

那片墓園曾經是荷西與我常常經過的地方。

過去，每當我們散步在這個新來離島上的高崗時，總喜歡俯視著那方方的純白的厚牆，看看墓園中特有的絲杉，還有那一扇古老的鑲花大鐵門。

不知為什麼，總也不厭的悵望著那一片被圍起來的寂寂的土地，好似鄉愁般的依戀著它，而我們，是根本沒有進去過的。

當時並不明白，不久以後，這竟是荷西要歸去的地方了。

是的，荷西是永遠睡了下去。

清晨的墓園，鳥聲如洗，有風吹過，帶來了樹葉的清香。不遠的山坡下，看得見荷西最後工作的地方，看得見古老的小鎮，自然也看得見那藍色的海。

總是癡癡的一直坐到黃昏，坐到幽暗的夜慢慢的給四周帶來了死亡的陰影。

也總是那個同樣的守墓人，拿著一個大銅環，環上吊著一把古老的大鑰匙向我走來，低低的勸慰著：「太太，回去吧！天暗了。」

我向他道謝，默默的跟著他穿過一排又一排十字架，最後，看他鎖上了那扇分隔生死的鐵門，這才往萬家燈火的小鎮走去。

回到那個租來的公寓，只要母親聽見了上樓的腳步聲，門便很快的打開了，面對的，是憔悴不堪等待了我一整天的父親和母親。

照例喊一聲：「爹爹，姆媽，我回來了！」然後回到自己的臥室裏去，躺下來，望著天花板，等著黎明的再來，清晨六時，墓園開了，又可以往荷西奔去。

父母親馬上跟進了臥室，母親總是捧著一碗湯，察言觀色，又近乎哀求的輕聲說：「喝一口也好，也不勉強妳不再去墳地，只求妳喝一口，這麼多天來什麼也不吃怎麼撐得住。」

也不是想頂撞母親，可是我實在吃不下任何東西，搖搖頭不肯再看父母一眼，將自己側埋在枕頭裏不動。母親站了好一會，那碗湯又捧了出去。

客廳裏，一片死寂，父親母親好似也沒有在交談。

不知是荷西葬下去的第幾日了，堆著的大批花環已經枯萎了，我跪在地上，用力將花環裏纏著的鐵絲拉開，一趟又一趟的將拆散的殘梗抱到遠遠的垃圾桶裏去丟掉。

花沒有了，陽光下露出來的是一片黃黃乾乾的塵土，在這片刺目的，被我看了一千遍一萬遍的土地下，長眠著我生命中最最心愛的丈夫。

鮮花又被買了來，放在注滿了清水的大花瓶裏，那片沒有名字的黃土，一樣固執的沉默著，微風裏，紅色的、白色的玫瑰在輕輕的擺動，卻總也帶不來生命的信息。

那日的正午，我從墓園裏下來，停好了車，望著來來往往的車輛和行人發呆。

不時有認識與不認識的路人經過我，停下來，照著島上古老的習俗，握住我的雙手，親吻我的額頭，喃喃的說幾句致哀的語言然後低頭走開。我只是麻木的在道謝，根本沒有在聽他們，手裏捏了一張已經皺得不成樣子的白紙，上面寫著一些必須去面對的事情——

要去葬儀社結帳，去找法醫看解剖結果，去警察局交回荷西的身分證和駕駛執照，去海防司令部填寫出事經過，去法院申請死亡證明，去市政府請求墓地式樣許可，去社會福利局申報死亡，去打長途電話給馬德里總公司要荷西工作合同證明，去打聽寄車回大迦納利島的船期和費用，去做一件又一件刺心而又無奈的瑣事。

我默默的盤算著要先開始去做哪一件事，又想起來一些要影印的文件被忘在家裏了。天好似非常的悶熱，黑色的喪服更使人汗出如雨，從得知荷西出事時那一刻便升上來的狂渴又一次一次的襲了上來。

這時候，在郵局的門口，我看見了父親和母親，那是在荷西葬下去之後第一次在鎮上看見他們，好似從來沒有將他們帶出來一起辦過事情。他們就該當是成天在家苦盼我回去的人。

我還是靠在車門邊，也沒有招呼他們，父親卻很快的指著我，拉著母親過街了。

那天，母親穿著一件藏青色的襯衫，一條白色的裙子，父親穿著他在倉促中趕回這個離島時唯一帶來的一套灰色的西裝，居然還打了領帶。

母親的手裏握著一把黃色的康乃馨。

他們是從鎮的那頭走路來的，父親那麼不怕熱的人都在揩汗。

「你們去哪裏？」我淡然的說。

「看荷西。」

「不用了。」我仍然沒有什麼反應。

「我們要去看荷西。」母親又說。

「找了好久好久，才在一條小巷子裏買到了花，店裏的人也不肯收錢，話又講不通，爭了半天，就是不肯收，我們丟下幾百塊跑出店，也不知夠不夠。」父親急急的告訴我這件事，我仍是漠漠然的。

現在回想起來，父母親不只是從家裏走了長長的路出來，在買花的時候又不知道繞了多少冤枉路，而他們那幾日其實也是不眠不食的在受著苦難，那樣的年紀，怎麼吃得消在烈日下走那麼長的路。

「開車一起去墓地好了，你們累了。」我說。

「不用了，我們還可以走，妳去辦事。」母親馬上拒絕了。

「路遠，又是上坡，還是坐車去的好，再說，還有回程。」

「不要，不要，妳去忙，我們認得路。」父親也說了。

「不行，天太熱了。」我也堅持著。

「我們要走走，我們想慢慢的走走。」

母親重複著這一句話，好似我再逼她上車便要哭了出來，這幾日的苦，在她的聲調裏是再也控制不住了。

父親母親默默的穿過街道，彎到上山的那條公路去。

我站在他們背後，並沒有馬上離開。

花被母親緊緊的握在手裏，父親彎著身好似又在掏手帕揩汗，耀眼的陽光下，哀傷，那麼明顯的壓垮了他們的兩肩，那麼沉重的拖住了他們的步伐。四周不斷的有人在我面前經過，可是我的眼睛只看見父母漸漸遠去的背影，那份肉體上實實在在的焦渴的感覺又使人昏眩起來。

一直站在那裏想了又想，不知為什麼自己在這種情境裏，不明白為什麼荷西突然不見了，更不相信自己的眼睛——我的父母竟在那兒拿著一束花去上一座誰的墳，千山萬水的來與我們相聚，而這個夢是在一條通向死亡的路上遽然結束。

我眼睛乾乾的，沒有一滴淚水，只是在那兒想癡了過去。

對街書報店的老闆向我走過來，說：「來，不要站在大太陽下面。」

我跟他說：「帶我去你店裏喝水，我口渴。」

他扶著我的手肘過街，我又回頭去找父親和母親，他們還在那兒爬山路，兩個悲愁的身影和一束黃花。

當我黃昏又回荷西的身畔去時，看見父母親的那束康乃馨插在別人的地方了，那是荷西逝後旁邊的一座新墳，聽說是一位老太太睡了。兩片沒有名牌的黃土自然是會弄錯的，更何況在下葬的那一刻因為我狂叫的緣故，父母幾乎也被弄得瘋狂，他們是不可能在那種時刻認仔細墓園的路的。

「老婆婆，花給了妳是好的，請妳好好照顧荷西吧！」

我輕輕的替老婆婆撫平了四周鬆散了的泥沙，又將那束錯放的花又扶了扶正，心裏想著，這個識別的墓碑是得快做了。

在老木匠的店裏，我畫下了簡單的十字架的形狀，又說明了四周柵欄的高度，再請他做一塊厚厚的牌子釘在十字架的中間，他本來也是我們的朋友。

「這塊墓誌銘如果要刻太多字就得再等一星期了。」他抱歉的說。

「不用，只要刻這幾個簡單的字：荷西．馬利安．葛羅——安息。」

「下面刻上——你的妻子紀念你。」我輕輕的說。

「刻好請妳自己來拿吧，找工人去做墳，給妳用最好的木頭刻。這份工作和材料都是送的，孩子，堅強啊！」

老先生粗糙有力的手重重的握著我的兩肩，他的眼裏有淚光在閃爍。

「要付錢的，可是一樣的感謝您。」

我不自覺的向他彎下腰去，我只是哭不出來。

那些日子，夜間總是跟著父母親在家裏度過，不斷的有朋友們來探望我，我說著西班牙話，父母便退到臥室裏去。

窗外的海，白日裏平靜無波，在夜間一輪明月的照耀下，將這拿走荷西生命的海洋愛撫得更是溫柔。

父親、母親與我，在分別了十二年之後的第一個中秋節，便是那樣的度過了。

講好那天是早晨十點鐘去拿十字架和木柵欄的，出門時沒見到母親。父親好似沒有吃早飯，廚房裏清清冷冷的，他背著我站在陽台上，所能見到的，也只是那逃也逃不掉的海洋。

「爹爹，我出去了。」我在他身後低低的說。

「要不要陪妳去？今天去做哪些事情？爹爹姆媽語言不通，什麼忙也幫不上妳。」

聽見父親那麼痛惜的話，我幾乎想請他跟我一起出門，雖然他的確是不能說西班牙話，可是如果我要他陪，他心裏會好過得多。

「哪裏，是我對不起你們，發生這樣的事情……」

話再也說不下去了，我開了門便很快的走了。

不敢告訴父親說我不請工人自己要去做墳的事，怕他拚了命也要跟著我同去。

要一個人去搬那個對我來說還是太重的十字架和木柵欄，要用手指再一次去挖那片埋著荷西的黃土，喜歡自己去築他永久的寢園，甘心自己用手，用大石塊，去挖，去釘，去圍，替荷西做這世上最後的一件事情。

那天的風特別大，拍散在車道旁邊堤防上的浪花飛濺得好似天高。我緩緩的開著車子，堤防對面的人行道上也沾滿了風吹過去的海水，突然，在那一排排被海風蝕剝得幾乎成了骨灰色的老木房子前面，我看見了在風裏，水霧裏，踽踽獨行的母親。

那時人行道上除了母親之外空無人跡，天氣不好，熟路的人不會走這條堤防邊的大道。母親腋下緊緊的夾著她的皮包，雙手重沉沉的各提了兩個很大的超級市場的口袋，那些東西是這麼的重，使得母親快蹲下去了般的彎著小腿在慢慢一步又一步的拖著。她的頭髮在大風裏翻飛著，有時候吹上來蓋住了她的眼睛，可是她手上有那麼多的東西，幾乎沒有一點法子拂去她臉上的亂髮。

眼前孤零零在走著的婦人會是我的母親嗎？會是那個在不久以前還穿著大紅襯衫跟著荷西與我像孩子似的採野果子的媽媽？是那個同樣的媽媽？為什麼她變了，為什麼這明明是她又實在不是她了？

這個憔悴而沉默婦人的身體，不必說一句話，便河也似的奔流出來了她自己的靈魂，在她的裏面，多麼深的悲傷，委屈，順命和眼淚像一本攤開的故事書，向人訴說了個明明白白。

可是她手裏牢牢的提著她的那幾個大口袋，怎麼樣的打擊好似也提得動它們，不會放下來。

我趕快停了車向她跑過去：「姆媽，妳去哪裏了，怎麼不叫我。」

「去買菜啊！」母親沒事似的回答著。

「我拿著超級市場的空口袋，走到差不多覺得要到了的地方，就指著口袋上的字問人，自然有人拉著我的手帶我到菜場門口，回來自己就可以了，以前荷西跟妳不是開車送過我好多次嗎？」母親仍然和藹的說著。

想到母親是在台北住了半生也還弄不清街道的人，現在居然一個人在異鄉異地拿著口袋到處打手勢問人菜場的路，回公寓又不曉得走小街，任憑堤防上的浪花飛濺著她，我看見她的樣子，自責得恨不能自己死去。

荷西去了的這些日子，我完完全全將父母親忘了，自私的哀傷將我弄得死去活來，竟不知父母還在身邊，竟忘了他們也痛，竟沒有想到，他們的世界因為沒有我語言的媒介已經完全封閉了起來，當然，他們日用品的缺乏更不在我的心思裏了。

是不是這一陣父母親也沒有吃過什麼？為什麼我沒有想到過？

只記得荷西的家屬趕來參加葬禮過後的那幾小時，我被打了鎮靜劑躺在床上，藥性沒有用，仍然在喊荷西回來，荷西回來！父親在當時也快崩潰了，只有母親，她不進來理我，她將我交給我眼淚汪汪的好朋友格勞麗亞，因為她是醫生。我記得那一天，廚房裏有油鍋的聲音，我事後知道母親發著抖撐著用一個小平底鍋在一次一次的炒蛋炒飯，給我的婆婆和荷西的哥哥姐姐們開飯，而那些家屬，哭號一陣，吃一陣，然後趕著上街去搶購了一些島上免稅的煙酒和手錶、相機，匆匆忙忙的登機而去，包括做母親的，都沒有忘記買了新錶才走。

以後呢？以後的日子，再沒有聽見廚房裏有炒菜的聲音了。為什麼那麼安靜了呢，好像也沒有看見父母吃什麼。

「姆媽上車來，東西太重了，我送妳回去。」我的聲音哽住了。

「不要，妳去辦事情，我可以走。」

「不許走，東西太重。」我上去搶她的重口袋。

「妳去鎮上做什麼？」媽媽問我。

我不敢說是去做墳，怕她要跟。

「有事要做，妳先上來嘛！」

「有事就快去做，我們語言不通不能幫上一點點忙，看妳這麼東跑西跑連哭的時間也沒有，妳以為做大人的心裏不難過？妳看妳，自己嘴唇都裂開了，還在爭這幾個又不重的袋子。」她這些話一講，眼睛便溼透了。

母親也不再說了，怕我追她似的加快了步子，大風裏幾乎開始跑起來。

我又跑上去搶母親袋子裏沉得不堪的一瓶瓶礦泉水，她叫了起來：「妳脊椎骨不好，快放手。」

這時，我的心臟不爭氣的狂跳起來，又不能通暢的呼吸了，肋骨邊針尖似的刺痛又來了，我放了母親，自己慢慢的走回車上去，趴在駕駛盤上，這才將手趕快壓住了痛的地方。等我稍稍喘過氣來，母親已經走遠了。

我坐在車裏，車子斜斜的就停在街心，後視鏡裏，還是看得見母親的背影，她的雙手，被那些東西拖得好似要掉到了地上，可是她仍是一步又一步的在那裏走下去。

母親踏著的青石板，是一片又一片碎掉的心，她幾乎步伐跟蹌了，可是手上的重擔卻不肯放下來交給我，我知道，只要我活著一天，她便不肯委屈我一秒。

回憶到這兒，我突然熱淚如傾，愛到底是什麼東西，為什麼那麼辛酸那麼苦痛，只要還能握住它，到死還是不肯放棄，到死也是甘心。

父親，母親，這一次，孩子又重重的傷害了你們，不是前不久才說過，再也不傷你們了，這麼守諾言的我，卻是又一次失信於你們，雖然當時我應該堅強些的，可是我沒有做到。

守望的天使啊！你們萬里迢迢的飛去了北非，原來冥冥中又去保護了我，你們那雙老硬的翅膀什麼時候才可以休息？

終於有淚了，那麼我還不是行屍走肉，父親，母親，你們此時正在安睡，那麼讓我悄悄的盡情的流一次淚吧。

孩子真情流露的時候，好似總是背著你們，你們向我顯明最深的愛的時候，也好似恰巧都是一次又一次的背影。

什麼時候，我們能夠面對面的看一眼，不再隱藏彼此，也不只在文章裏偷偷的寫出來，什麼時候我才肯明明白白的將這份真誠，在我們有限的生命裏，向你們交代得清清楚楚呢。

夏日煙愁。

——一九八二年的西班牙

那份電報稿幾乎發不出去，電信局的人和我在簿子上查了又查，並沒有發現那個地名，在這之前，也看過一般的西班牙行車地圖，找不到小村落的位置。

我跟馬德里電信局的人說，試試看，發給村莊附近大約在六十公里距離外的小城，看看能不能轉過去。那發電報的人問我怎麼知道就在那小城附近呢？我說那個山區，是我朋友的故鄉。

於是，就那麼發了電報：「邦費拉達城附近小鎮德爾·席。洛貝斯家庭收。」內容只有一個電話號碼和旅館的名字。叫我的朋友巴洛瑪和她的丈夫夏依米快快與在馬德里停留的我連絡。

說起來，當年在沙漠結婚的時候，夏依米還是我們婚禮時簽字的證人。西屬撒哈拉結束占領之後，這一對夫婦和他們的孩子因為謀職不易，搬了許多次家。最後搬來迦納利群島時，我的丈夫荷西已經過世七個月了。無形中，巴洛瑪和夏依米成了親密的家人，逢年過節總是一起度過。那時候，沙漠老友大半凋零，他們和我都是酷愛那片土地的人，相處起來，總有一份鄉愁和傷感可以瞭解。而，離開沙漠之後的幾年，好似每一個人的日子都加倍艱難。夏依米一直沒有持續的工作都好些年了。他們的日子十分拮据。

等到我在一九八二年由台灣回到迦納利島家中去時，鄰居們一個一個奔來告訴我，說巴洛瑪病重，眼睛瞎了，雙腿麻痹。夏依米匆匆跑來拜託鄰居轉告我，他們無法再付房租，帶著兩個男孩子搬回西班牙本土，巴洛瑪母親有些祖產的小村落去居住了。而我們，平日是不通信的。

知道巴洛瑪的情況之後，我提早離開島上，飛去了馬德里。趕去巴洛瑪父母親在城郊的花園房子，卻發現那兒變成了土地，正在建公寓。

在出於實在找不到人的焦念心態下，發出了那封沒有地址的電報。

第二日清晨，夏依米的長途電話就來了。他說次日一早開車來馬德里接我，一同去鄉下住幾天。本來，那個叫做德爾·席的故鄉，是巴洛瑪每年孩子放暑假必回去度夏的一片夢土，照片裏早已看過許多次，只是沒有跟去過。這一回，想不到是在這種情形和心境下去的。

中午的時候我在旅社的大街上站著，跟認識多年的老門房說，車子一來接，就得趕快幫忙放箱子。那個小旅社在熱鬧的大街上，是絕對不可以停車的，一停警察立即會來罰。

算算車程，如果夏依米清晨六時由故鄉開出來，中午一點左右便可以抵達馬德里。我住的是老地方，朋友們都曉得的。

站到下午一點半，夏依米胖大的身影才一出現，我就跑去搬行李，匆匆忙忙將東西塞進後車廂，跟老門房擁抱了一下，就跳上車去了。以為來接的只是他一個人，進了前座，才發覺巴洛瑪半躺在後車廂。那部老破車子體型大，我從前座趕快爬過手排檔的空隙，擠到後面去。

那麼熱的天氣裏，巴洛瑪卻包著毛毯，用大枕頭墊著。我上去親親她的面頰，拉起她的雙手，將它們放在我的臉上，輕輕的問：「親愛的，看得清楚我嗎？」說時溼了眼睛，可是聲音是安靜的。她不說話，只是笑了笑，剪得亂七八糟的短髮梳也沒梳，如同枯黃了的麥梗。想到當年我們在沙漠時一起用舊布做針線時的情形，我的心裏升起一片滄桑。

「帶我出城去，快點，四周太鬧了。」巴洛瑪說。我在一個比較不擠的街角下車，買了一大口袋飲料、乳酪、火腿和麵包，又上了車。夏依米說一路開車去鄉下，七八小時的路，晚上十點可以到家了。巴洛瑪一直拉住我的手，削瘦的面容使她蒼老了許多。吃了一口三明治，說沒有胃口，叫我接去吃，不一會，沉沉睡去了。

我趴在後座，輕聲和開車的夏依米說話。「怎麼才離開你們不過五個月，病成這樣了？」夏依米嘆了口氣，說：「查不出來，身體上完全健康。焦慮太久搞出來的，妳知道，失業都快兩年了。」我深知巴洛瑪的性格，在沙漠時好好的人都在隨時神經緊張的等待一切災禍——她想像出來的。這兩年靠社會福利金過日子，天天迎接一個找事無著而回家的丈夫，必然承擔不下。

「怎麼發生的？」我悄聲問。

「福利金停了，積蓄眼看快要貼光，她天天在家發脾氣。有天打了孩子，自責很深，到下午說一隻眼睛看不清楚。過了幾天，我又沒找到事，回到家看見她在地上爬，問她怎麼了，說腿沒有知覺，眼睛完全看不見了。將她送到醫院去，從此就不肯講話，也不吃，也不問孩子，拖了一個月完全查不出毛病來，實在撐不下去，就下決心搬回故鄉來。」

「有沒有再找事？」我問。

「也是在找，她要人照顧，孩子的飯我得煮，得去城裏找，村裏沒有事情好做。」說著夏依米突然淚如雨下。我快快回頭看了巴洛瑪一眼，抽了一張化妝紙遞上去，夏依米很大聲的擤鼻涕，吵醒了巴洛瑪。

「我們在哪裏了？」她問。看看窗外烈日下一片枯乾的大平原和不斷出現的古堡，跟她說，還在加斯底亞行政區裏面開呢。加斯底亞的意思，就是古堡。

巴洛瑪要起來，我用身體斜過去給她靠著。她說要看古堡。「妳看！親愛的，妳的眼睛沒有瞎，是心理上給關閉住了，乖！妳靠住我，試一試，去看。」我摸摸巴洛瑪的頭髮，在她耳邊說。「看不見。」說完這話又要躺下，我用枕頭墊著膝蓋，給她枕著。「妳住多久？」巴洛瑪突然張開眼問我。「高興我住？」我問。她點點頭，將臉側過一邊去，慢慢流下了眼淚。

「我來，給妳剪頭髮，洗小孩，煮中國菜，然後說話，講我們的沙漠，還有台灣……」我替她擦眼淚，又輕輕的說。

「那妳住多久呢？家裏房間好多。」巴洛瑪問。

不敢講台灣學校就得開課，要趕回去。也根本沒講決定回台教書的事。我說住一陣再講。

我們由馬德里往西班牙西北部開。在我的觀點裏，阿斯都里亞的山區是人間少有的一片美土。大學時代復活節春假時，開車去過。也是在這一個山區裏，看過一次成群飛躍的野馬，在長滿著百合的原野上奔跑。那一幅刻骨銘心的美，看了劇疼，只想就在那一刻死去。再也無法忘懷的地方，今生這才是第二次回去。

「這一回，可以看到強尼，還有那個神父了！」我說。

強尼是一個白癡，在村裏面做泥土幫工。神父是神父，村落教堂的。這兩個人，是巴洛瑪多年來一再講起的故鄉人。巴洛瑪討厭村裏其他的人，說他們自私、小氣、愛管閒事又愚昧保守和長舌，她不跟他們來往。只這兩個人，白癡心好，神父談得來，是巴洛瑪所摯愛的。她最恨村裏的寡婦，說她們是巫婆變的，一生穿著黑色衣服還不夠，總是包著黑頭巾，老在窗口陰沉沉的偷看別人。而寡婦又偏偏好多個。

其實，巴洛瑪的父母家原是好的，父親是空軍少將，母親是一個畫家。巴洛瑪也學畫，師範畢業了出來教小學生的書，十九歲那年認識了孤兒夏依米——在馬德里的一個教堂聚會裏，沒多久就嫁了。夏依米沒有一技之長，做的是行政工作，婚後連著生了兩個孩子，日子一向艱難，直到去沙漠做了總務方面的事情，才算安定了幾年。這一回，貧病交集，出於不得已，才回到父母度夏的故居來——那個一到冬天就要被雪封去通路的小村。

說起白癡強尼和神父，巴洛瑪噗一下笑了。說強尼分不清時間，必然整天呆站在村子口的泥巴路上等我去。強尼不是西班牙名，是有一天白癡看見電視裏有一個美國兵叫這個名字，他就硬要別人也叫他強尼，如果再叫他「璜」這個本名，就在村裏拿了磚頭追著人打。

講起村裏的事，巴洛瑪話多了些。我說那些寡婦們怎麼啦？巴洛瑪哈哈笑起來，接著突然指著我身上披的一個花綢西班牙披肩說：「妳穿這種顏色的東西，她們馬上罵妳。不要跟她們講妳的事，不要理她們——」

她不自覺，夏依米和我嚇得跳起來——巴洛瑪什麼時候看得見我的顏色了?!她根本沒有瞎。她是要瞎就瞎，要不瞎就不瞎的。視神經絕對沒有毛病，是心理上的巨大壓力造成的白閉。夏依米兩年多的失業將她搞出來的。

「妳看見我了？看見了？」我用力去掐巴洛瑪的肩，拚命搖她。

「啊，啊——」她不承認也不否認，歇斯底里的用手來推我，然後一趴下來，又不說話了。

「媽媽爸爸呢？」我又趴上去跟夏依米講悄悄話。「爸爸在馬德里心臟開刀，不要告訴她。」當然是認識巴洛瑪全家人的，她的母親是一個慈愛又有風韻的女人，巴洛瑪不及媽媽，每天亂七八糟的也不打扮自己，可是她的家仍是極美的，她愛打扮家庭和做蛋糕。我的結婚蛋糕當年就是巴洛瑪做的。因為太敏感，不會出來做職業婦女，人也心氣高傲，看不順眼的人，一句話都不講，看順的，就把心也給了人。

天暗了，原野上的星空亮成那個樣子，一顆一顆垂在車窗外，遼闊的荒夜和天空，又使我的心產生那熟悉的疼痛。對於西班牙這片土地的狂愛，已經十七年了，怎麼也沒有一秒鐘厭倦過它？這樣的事情，一直沒有答案。

氣溫開始變了，一過「加斯底亞」，那夏日的炎熱便也退去，初秋的微涼，由敞開的窗口吹進來。

巴洛瑪好似睡去。夏依米又要我做了第七個厚三明治。他已經很胖很胖了，也不高，都九十六公斤了，還拚命吃。那種吃法，使人覺得他是個自暴自棄的傢伙，很不快樂的胖子。將吃，當成了一種生命欠缺的唯一慰藉。

經過了拍電報上寫的小城「邦費拉達」，看見火車站邊堆著煤山，相當閉塞的一種冷靜，罩著沒有一切活動的城市。

民風保守又沉悶，是我的印象。夏依米每天就開車來這裏找事，而事情不可能太多的。這個城的經濟，可能是守成多於開發，一看就猜到了。城內餐館不多，表示人們不大出來花錢。倒是藥房，看見好幾家。

穿過了城，我們彎進了一條柏油公路，小的，兩旁全是大松林。車子開始爬山，山下小城的燈火，暗暗淡淡。山區裏，東一盞西一盞燈，距離得那麼遠，使人覺著夜的寂寞和安詳。可是畢竟是寂寞多了太多。

又開了四十多分鐘，來到一個小橋邊，車子向左一轉，柏油路面結束了，真正的泥巴路加上大石頭，顛醒了又不說話的巴洛瑪。她坐起來，靠在我的身上，用手摸索，摸她的毛線披肩。她用摸的。

「教堂到了。」巴洛瑪說。「妳看到？」「不，我知道。從小在這裏度夏天，我知道。」

黑暗中，黃泥巴的老教堂沒有一絲燈火，墳地就在教堂旁邊，十字架成排成排的豎著，不知名的大樹嘩嘩的在風裏亂搖。車燈照過的一幢又一幢老破房子全很大，上面住人，下面住牛馬，那股味道，並不討厭，很農村味。

孩子和白癡，就站在路邊一個交叉口等著。看見那兩個長高了的身影，我的心又痛起來。當年小的那個費南度，我們叫他「南」，總在沙漠裏騎在我先生荷西的肩上，那時他才二歲多。而今，一個高高瘦瘦的長髮大眼少年在車燈下靜靜的站著。也不迎上來。

「南——」我向他叫了起來，他抿抿嘴，不動。倒是那個微胖的哥哥叫西撒的，喜出望外似的一臉傻笑衝向車子。

我要下車，夏依米也不停，說家還得要開山路上去。我說孩子呢？叫他們上車，還有強尼。說時，那等的三個根本不走山路，斜斜的向樹林裏爬，抄近路跑了。

這是巴洛瑪鄉村的家，白白的竹籬笆後面，是一個大院子，三幢有著厚木窗的尖頂小房子，建在院子的坡上。院內野花遍地。一盞小燈亮著，恰好射在一樹結實纍纍的蘋果樹上。

我下車，動了一下僵硬的腳，白癡不上來打招呼，搶著行李就走，也不敢看我。夏依米下了車，將巴洛瑪抱起來，用毯子蓋好，送進了一幢小房子的客廳。

是夏天，可是山區涼，白癡拿個大鋸子進來，又沒鋸什麼，對著壁爐揮了揮，這才出去抱了一堆柴進來。

「巴洛瑪，我們煮好了一鍋馬鈴薯給Echo吃。」大的那個西撒奔到廚房去。這家人，只叫爸爸，不叫媽媽的——除非是在生氣。孩子一向叫巴洛瑪的名字，叫得那麼自然又親愛。

兩個孩子臉上都是泥巴，衣服也髒，倒是那個家，火爐一點上，四周的藝術風味——巴洛瑪的風格，全顯出來了。

「我來弄。」我快速進了廚房。開始煎蛋。南沒有說什麼，在身後圍上來一條圍裙。我忍不住轉過身去，抱住了他。「乖不乖？」我說。他深深的看了我一眼，那雙眼睛裏，有一份比年齡長了太多的痛。我親親他，拍了南一下屁股，催他開飯去了。

三幢小屋，巴洛瑪說另外兩小幢也是空的，隨我住。我挑了孩子們的閣樓。南和西撒擠一個床，另外一個床分給我。我們仍然住同一幢。那天太累了，碗也沒有洗，就上床了。夜很靜，風吹過山岡，帶來嗚咽的調子。院子裏不時有聲音，砰一下砰一下的發出聲響。我問孩子，那是什麼，他們說是蘋果在掉。

黑暗中，西撒問我：「荷西的鬼來不來看妳？」我說來的，偶爾來。我問西撒：「媽媽怎麼了？」西撒說：「我們快要沒飯吃了，爸爸有一天說銀行還有六萬多塊（台幣兩萬塊左右）。巴洛瑪馬上出去找事，去推銷花被單，去了一天回來，沒有賣掉一塊。後來，她慢慢病了，瞎了，也不會走路，我們就搬回來這裏了。」

夜，阿斯都里亞的夏夜，有若深秋似的涼。我起床給孩子掖好毯子，叫他們睡了。閣樓上的斜窗看出去，山巒連綿成一道道清楚的稜線，在深藍色的穹蒼下，也悄然睡去。

蘋果樹下的小桌子邊坐著南和西撒，南耐心又友善的在考哥哥：「那麼，安達露西亞行政區又包括哪幾省呢？」西撒亂七八糟的給答，連北部的省也搞到南部去了。

我從廚房的窗口望出去，淡淡陽光透過樹梢，金錢斑似的光影落在兩兄弟的臉上。西撒已經留級過一年，跟南同班了，今年又是四科不及格。山區的小學不在附近，要走一個多鐘頭的路才能到，眼看九月下旬要開學了，西撒的補考還不知過不過。

洗好了碗，我跟巴洛瑪說，我們去院子裏曬太陽，夏依米馬上過來抱她，我向他輕輕一搖頭，兩人蹲下去架巴洛瑪，不用抱的。巴洛瑪的腳沒有力，可是拖著也拖了幾步。

「啊！巴洛瑪走路了。」西撒睜大了眼睛微微張著口。

「我累。」巴洛瑪講完就躺下了，躺在一張長椅上。

家在村落的最高處，鄰居用斜斜的屋頂層層節節的迤邐到小坡下。天那麼高，遠山的松林裏冒著一串黑煙也沒將天染灰。院子裏爛果子掉了一地，花是野的，自己會開，老狼狗懶懶的躺著，也不理人。是老了，沙漠裏抱來餵的，許多年來巴洛瑪不肯棄牠，帶來帶去的。

「有沒有看見光？」我將巴洛瑪的臉輕轉一下，叫她對著太陽。「有，感覺亮。」我跪下去，拿一枝樹枝看準巴洛瑪腳底中樞神經反射的位置，用力給她刺下去。她沒有叫痛。

「南，去揀石頭，比你拳頭小的，要上面鼓，下面平的那種。」小孩立即跑開了，一會兒抱了一小堆回來。

「妳把我做什麼?!」巴洛瑪問。「撐妳站起來。」我把石頭放在地上，彎身抱她，小孩也來幫忙，撐住巴洛瑪叫她站在石頭上。才一上去，她就喊起痛來。「我看不見的！Echo，為什麼弄痛我？放我去躺呀！我看不見——」「西撒，去壓巴洛瑪的肩。」這一下，她狂叫起來，兩手向空中抓。就在那個時候，年輕的神父推開院子進來了。

「貝尼！來幫忙！」我向他喊過去，也沒介紹自己。我們當然知道誰是誰了。巴洛瑪痛出了冷汗，我不忍心，扶她躺下，叫神父用樹枝壓她中樞神經反射的地方。那時夏依米從坡下上來了，抱著一手臂的硬長麵包。「好，你做。」貝尼就讓給夏依米了。我們都已經知道在做什麼了，台東吳若石神父的治療法其實去年就彼此講過了。巴洛瑪在寂靜的院子裏哀叫。

我和貝尼對看了一眼，笑笑，我向屋後的大樹林偏一下頭，說：「我們去散步？有話問你。」我們走了，聽見巴洛瑪在跟南說：「你跟在他們後面遠一點，一有村子裏的人走進樹林，就吹口哨，叫神父跟Echo分開走，去——」

貝尼氣狠狠的說：「這些死保守黨的活寡婦，連巴洛瑪跟我多講話，村裏人都會亂猜——」

我笑了，踩著葉子往森林裏去。

「他們怎麼生活？」我問貝尼，開門見山的。

「房子不要錢，妳也知道。牛奶嘛，我父親每天會留一桶給孩子，蔬菜有人拿去的。他們買麵包，還有雞蛋，不吃肉，孩子念書不用錢——水電要付，兩個月收一次，唉——」貝尼嘆了口氣，掏出一支煙來。「你知道，我要回台灣了，巴洛瑪只有請你多照顧了，很對不起——」

我很掛心，放不下這家人。

走出了林子，另一個山谷出現了，那一幅一幅田野，如同各色的棋盤，夢一樣在眼前展開。貝尼跳起來，往栗子樹上拉，我們剝掉青栗子的芒刺，就生吃起來。第一次才見面的，卻十分自然而友愛。

「村裏一共幾個人？」我說。「三十幾家，五十多個吧！年輕人都走了，田產不值錢，活不下去。」「望彌撒的多不多？」「星期天早晨全會來。妳知道巴洛瑪和夏依米最恨教堂，說是虛偽。她不來的，小孩也不來，可是她又是有信仰的。」

「虛偽嗎？」我反問。「村裏人的確虛偽，上教堂來坐著打瞌睡，講鄰居壞話，這是一種習慣，不是信仰。」「你到底在這個死氣沉沉的村裏做什麼？」貝尼笑了笑，說：「做神父啊！」那副神情，十分淡漠。他是因為家貧，自小送去小修院的，是母親硬送進去的，就成了這一生。「可以再多做一點事？」我說。他笑笑，說：「人們不大需要我，臨死的時候，才想起來要一個神父，平日要的是麵包。這東西，我自己也要，一份薪水養爸爸、媽媽還有三個弟妹，妳說我們在吃什麼？」

我不說話。貝尼又說：「有幾個月，我去城裏做兼差，主教知道了，說要對教區專心些，後來只有不去上工，才不講了。」我知道，貝尼一個月所得的神父薪水不多，巴洛瑪告訴我的。他也養家。村裏沒有人給教堂奉獻的。

附近有牛鈴的聲音，南的口哨是把手指放在口裏吹的那種，尖銳而急切的傳過來。貝尼一低頭，匆匆走了。

中午吃過馬鈴薯餅，我說要進城去買東西。巴洛瑪要跟，夏依米臉上很快樂，傻子似的。巴洛瑪被我們架上車，她自己走的，很吃力的走，神經質的笑個不停。

那天進城有如提早過耶誕節。火腿、香腸、臘肉、乳酪、蛋、冰淇淋，還有糖、油、醬、醋、咖啡、茶、麵粉、毛衣一大車裝回來……大家都開心得不得了。晚上開了一桶酒，強尼喝醉了，拿起西班牙北部的風笛叭叭叭的吹個不停。

「我們去教堂玩，我們去墳場看鬼火，走嘛走嘛——」巴洛瑪叫起來，我們拿毯子把她包紮好，抱著，開車往坡下衝，一路叫下去，村裏早睡的寡婦一定嚇死了。

「小時候，我們四個姐妹就坐在這一條條板凳上打瞌睡，有一回板凳突然垮了，我跌得四腳朝天，媽媽立即上來打，口裏念著聖母馬利亞、耶穌基督、天啊！巴洛瑪，妳的內褲給人看見了啦呀——」巴洛瑪在教堂裏大笑個不停。幽暗的教堂只有一盞油燈點在聖母面前。我跪下去，急急的禱告，很急，因為白癡在拉人的辮子，不給安靜。一直向聖母喊——繼續叫巴洛瑪看得見，她又看見了，天呀！不要叫她再關閉自己了。行行好，給夏依米一個事情做吧。

貝尼看見我們吵鬧，也沒說聖母馬利亞會生氣，一直要鎖門趕我們出去，說吵醒了村裏的母親，會責罵他的。於是我們抱起巴洛瑪去了墓地。

墓地是全暗的，那些大樹給風颳著，葉子亂響。巴洛瑪就說：「妳看，牆上有一片燐火，是墳場裏的泥巴砌的牆，我的祖宗統統躺在裏面，有沒有藍火？有沒有？」我專心去看，什麼也沒有，可是那風的聲音太怕人了。就在這時候，白癡手上拿的風笛叭一下又響了，我們哇的叫起來往車裏跑，丟下了巴洛瑪。她抱住教堂走廊上的柱子，喊救命。

家裏的必需用品又去城裏買了一滿車，都是可以儲存的食物。那幾日，大家的心情好似都放鬆了。巴洛瑪也不要人抱，每天撐扶在火爐邊壓她的中樞神經。孩子們睡下時，我們在深夜裏起火，圍著壁爐說話，神父和白癡還有老狗，照例是在的。問巴洛瑪眼睛怎麼了，她說看得見人影和光。那一陣，她有時很瘋狂的笑鬧，有時悶悶的坐在門檻上用手剝豆子。

「這麼破費，總是叫我於心不安的。」她說。

「萬一老了，還不是來跟妳住，別講啦！」我給罵一句過去。

說到這裏巴洛瑪突然喊了一聲：「這種無望的日子，要到哪一天？冬天大雪封路，孩子不能上學幾天，他們的教育——」說著說著，撲到膝蓋上去，豆子撒了滿地。而天氣的確已經涼透了，暑假也快過去。

只要那天巴洛瑪哭過，她就什麼都看不見，也不能站起來，只是不響。上廁所也不叫人，用爬的去浴室。

黃昏時我出去散步，村人懷懷疑疑的看我，一些惡狗跳出來作勢要咬。村人看上去很悶，都是些老人。我走過，一位包著黑頭巾的老婦人從家裏出來，說是巴洛瑪的姨婆，硬拉我進去吃自己做的香腸，又問巴洛瑪的病，然後叫我告訴巴洛瑪，明天姨婆要去看她。

「她來做什麼？把門鎖上，不給她進來。」巴洛瑪發怒的叫，「這種樣子，誰也不給看，沒有看過瞎子和失業的，是不是？是不是？」我答應她，姨婆來只我出去應付，這才不鬧了。巴洛瑪不肯見人，除非是她信任的。

我們散步，總是往村落相反的方向走。巴洛瑪一手掛住我，一手撐一根拐杖，走幾步就休息，一直可以走到樹林後面的山岡上去看谷裏的平原。她看不清，可是能看。

那時候，我已在小村住了七天。

姨婆叫我拿幾顆大青椒給巴洛瑪，我收下了，又拿了另外一個老婆婆的包心菜。老婆婆怎麼也弄不清我的名字，姨婆告訴她：「就是跟電視廣告上沖牛奶的那種巧克力粉一個發音，叫EKO，懂了吧！EKO、EKO！」

等我喝完了咖啡提著菜往家裏去時，那個老婆婆追出來，狂喊：「喂！妳，那個叫什麼來的，對——啦——雀巢咖啡——再來玩呀！」

那個晚上，講起這個故事，大家笑得嗆出了淚，只有白癡強尼不懂，可是他看見巴洛瑪笑得叫肚子痛，就歡喜得一上一下的跳。

許多年了，沒有那麼狂笑過，笑著笑著夏依米、巴洛瑪和神父的表情，都很傷感，才知這三個人，在鄉居生活上實在是寂寞的。村裏人，不是壞人，根本不是，他們懂的東西，不在村落之外的世界。我講美國人上了月亮，他們也是拚命笑，哪肯相信。

夏日已經快過去了。火燒山是第一天到村裏就看見的，燒了十天，大家就看看，也不急的。

白天的陽光下，都穿上毛衣了，站在院子裏看那股越燒越近的大火，濃煙升得很高，蔓延成十幾道火了。「還不救！」我說。夏依米望著望著，說：「等一下去敲鐘吧！要燒過來了。」巴洛瑪一直十分泰然，她說她家沒有森林了，燒也不是她的事。

「村裏都是樹——」我也不敢嚇她，可是怕大火來燒屋子。

黃昏時分的火光在暮色裏衝出來了，村莊下的一口鐘這才噹噹、噹噹的敲得緊急。空氣裏，滿天落塵飄下來，我們退到屋子裏去，關上了門窗，將巴洛瑪安頓好才走。

跑到村子口去，看見出來的男人都是老的，只夏依米和神父還算中年。夏依米的膝蓋在兩年前開過刀，裏面有鋼釘的，又胖，去了也沒有什麼用。看看男人肩上扛了一些鏟子和鋤頭，覺得這些工具對待大火實在太弱了。就算去擋，只得二十幾個人。

我嗆著煙塵跑回去看巴洛瑪，她一個人把睡房的門鎖了躺在床上。「看見南和西撒沒有？」我問她。「沒有！好一會兒不見了！」巴洛瑪開始摸她的毛線披肩，急著要掙扎下來。

「我去換球鞋，妳留著，我跑——」我脫掉了靴子，叫了一聲：「把門關好，當心趁火打劫。」就跑了。

也看見直升機在轉，也看見鄰近山區的人三三兩兩的低頭往火光處跑。寒冷的夜裏，找不到神父和夏依米，火，都燒到泥巴路那個小橋邊來了。

我奔到公路上，拚命喘著，才看見原來有開山機一樣的大機器在壓樹林，大約兩百多個人用各種方法鋸火巷。那些人的身邊，不時落下燃燒著的小火枝。火光裏，每個人都被襯成黑紙影般的一片一片晃動著。

「南——西——撒——」我放開喉嚨向人群裏喊。煙太重了，一些人受不了嗆，鋸一回樹就奔到路上來喘氣。

恨這些人的愚昧，真是火急燃眉了才來救。而孩子呢？孩子呢？

「南——」我又忙叫起來，不敢入火林去。

一個不認識的人給我一根大棍子，說：「妳守路這邊，有小火種飛過來，就上去打熄。」

不停的有樹枝著火，那些頂端的不可能搆得到，路邊的小火也來不及打。女人們也來了，我們在這邊打火，男人深入那邊火林裏去了。

「西——撒——」我一面工作一面喊，總沒有回音。火，帶著一種恐怖的聲音，急惶惶的吞過來。

「林務局是死人呀！怎麼只老百姓在救！」我喊。

「怎麼沒有，十幾處在一起燒，他們來不及！」

一面罵一面打火，等到燒得最劇烈的地方被人向相反方向也故意放了火，對燒過去，那條火巷才隔出來了。

夜深了，村裏的女人，對著自己燒焦的樹林，嚎啕大哭起來。

想到巴洛瑪一個人在家，丟掉了棍子慢慢走回去。

夏依米也回來了，已經深夜兩點多，孩子沒有到家。

「如果孩子出事，我也不活了。」巴洛瑪也不哭，就這麼一句。說時兩張烏黑的臉就那麼進門來了。我走上去，捉過來就打，頭上身上給亂打，打完這個追來那個又打。孩子也不抵抗，抱住頭蹲著。

那個晚上，怕餘火再燃，大家都不敢睡沉。閣樓上的南，悄悄問我：「Echo，妳什麼時候走？」我說過幾天。他又說：「如果巴洛瑪死了，妳來不來帶我和西撒一起去台灣？」我跑過去，將他連毯子一起抱在懷裏，下巴頂住他的頭，不說什麼。旁邊睡著了的西撒，身上一股重重的煙味。

「接是快樂的，送人沒有意思，我坐火車走。」我說。

巴洛瑪不講話，那天她一直沒有講話，把一條沙漠毯子摸出來，要我帶走。又寫了生辰八字，說平日不通信，這回到中國，一定要給算個命用西班牙文寫來。

講好大家都睡，清晨只我和夏依米去小城的車站趕火車去馬德里。然後我飛瑞士，回台灣了。

那個晚上，其實沒睡。將孩子的衣服、襪子都修補了一下，給廚房悄悄打掃乾淨，浴室也輕輕擦了一遍。回房數了一下旅行支票，除了留下一百美金，其餘的都簽好字放入一個信封裏合上了。

這些，南都看我在燈下做，他很專注的盯住我看。我們不說話。

清晨六點二十的火車，出門時孩子都在睡。夏依米提了箱子裝上車，巴洛瑪用爬的爬到院子裏來。我跑過去扶起她，摸摸她的臉，說：「親愛的，不要愁，安心等，上天不會叫人餓死的。」她點點頭，在輕微的發抖，身上一件單睡袍。我親親她，問她看得見早晨的山林嗎，她說看不見。

「我走了。」我輕聲說。她揮手叫我去，一隻手將身體掛在籬笆上。

車門砰一下關了起來，我們開出小路，還看見巴洛瑪呆掛在那個門邊上，動也沒動。我再看了她一眼，晨霧裏，巴洛瑪的眼睛張著，沒有表情，好似在看著一片空茫的未來。

強尼守在自家門口，也只得一個寡母和他相依為命，強尼看見車經過，就去躺在路上。我下去拖他，他死也不肯起來。他的母親，包著永遠也不解下來的黑頭巾，出來拉兒子，白癡、瘋子的罵，也打得驚天動地。我們的車就這樣跑了。

橋頭邊等著的是貝尼，我下車，笑著向他跑去，四周除了夏依米沒有別人。我們很自然的親吻了一下彼此的面頰，我對他說：「好兄弟，我走了。」他從口袋裏掏出一個聖像牌來送給我，說得很輕，說：「唉！親愛的妹妹，哪年再來啊？」不知哪年再來了，拍他一下，說：「走了！做個好牧人呀！」

在小城幾乎無人的月台上，夏依米跟我踱來踱去的散步。他反反覆覆的講，希望過不久能有一個差事做，我啊啊的應著。天那麼涼，鐵軌看上去冰冷的。這不過是一個夏季的結束，到了冬天，這裏會是什麼樣子？

車來了，我將行李放上去。跳下來，跟夏依米緊緊的抱了一下，把那個前晚預備好的支票信封順手塞進他的口袋。他要推，看我眼睛一溼，就沒再講什麼，他的眼眶，也慢慢繞上了一圈淡紅。

「謝謝！」我說。他追了幾步，火車開了，我撲在車窗上向他揮手，直到那個胖胖的身影淡成了一片落葉。

上面過的是一九八二年的夏天。一九八三年又去了西班牙。巴洛瑪的家人，在馬德里的，沒人接電話，打了數十次，電信局說那已是空號了。發電報也沒有回音。一九八四年我在美國，寫信去小村莊，回信的是夏依米，信中欣喜若狂，說在小城的一個旅館終於找到了櫃檯的工作，是夜班，收入可以維持生活，不必再匯錢去。留下了旅館的電話號碼，叫我打去。

立即撥了長途電話，那邊接話的是一位小姐，問起夏依米，她叫了起來，喊著：「妳一定是他的好朋友Echo，夏依米天天在掛念妳。」我問：「那他人呢？為什麼沒有上班？」她說：「噯！很可憐的，旅館生意不好，前三天把他裁員裁掉了。巴洛瑪又突然發病，送去醫院，說是昨天送去了馬德里——」

星石。

——遺愛之一

那個人是從舊貨市場的出口就跟上我的。

都怪我去了那間老教堂，去聽唯有星期天才演奏的管風琴。那日去得遲了，彌撒正在結束，我輕輕畫了十字架，向聖壇跪了一下，就出來了。那間教堂就貼著市場旁邊。

也是一時捨不得離開，我在樹蔭下的長椅子上坐了下來。那個人，那個後來跟住了我的人，就坐在那裏。他先在的。

每一次回西班牙，總當心的選班機，選一班星期五黃昏左右抵達的，那麼，星期六可以整整一天躺在旅館內消除疲勞。而星期天，正好可以早起，走個半小時多路，去逛只有星期日才有的市集——大得占住十數條街的舊貨市場。然後，去教堂靜靜的坐著，閉上眼睛，享受那古老教堂的管風琴演奏。

每一次回馬德里，在起初的一兩天裏都是這麼過掉的，不然就不覺得在回國了。

當我坐在長椅上的時候，旁邊的中年人，那個在夏天穿著一件冬天舊西裝還戴了一頂破帽子的人就開始向我講話了。我很客氣的回答他，好有耐性又友善的。

談了一會兒話，旁邊的人問起我的私事來，例如說，結了婚沒有？靠什麼生活？要在馬德里留幾天？住在哪一家旅館什麼又什麼的。我很自然的站起來，微微笑著向他說再見，轉身大步走了。

一路穿過一條一條青石磚鋪的老街，穿過大廣場，停下來看街頭畫家給人畫像，又去吃了一個冰淇淋，小酒館喝了一杯紅酒，站著看人交換集郵，看了一會兒鬥牛海報……做了好多事情，那個跟我同坐過一張長椅子的人就緊緊的跟著。也沒什麼討厭他，也不害怕，覺得怪有趣的，可是絕對不再理他了。他總是擠過一些人，擠到我身邊，口裏反覆的說：「喂！妳慢慢走，我跟妳去中國怎麼樣？妳別忙走，聽我說——」

我跑了幾步，從一個地下車站入口處跑下去，從另外一個出口跑出來，都甩不掉那個人。當這種迷藏開始不好玩的時候，我正好已經走到馬德里的市中心大街上了，看見一家路邊咖啡館，就坐了下去。那時，茶房還在遠遠的一個桌子上收杯子，我向他舉舉手，他點了一下頭，就進去了。

才坐下來呢，那個跟我的人就也到了，他想將我對面的一張椅子拉開，要坐下來，我趕緊說：「這把椅子也是我的。」說時立即把雙腳交叉著一擱擱在椅子上，硬不給他坐。

「喂！我跟妳講，我還沒有結過婚，怎麼樣？妳覺得怎麼樣？」他也不堅持坐下來了，只彎下腰來，在我耳邊鬼裏鬼氣的亂講。

我想了一下，這個人七八成精神不正常，兩三成是太無聊了，如果用軟的方法來，會纏久一點，我性子急，不如用罵的那種法子快快把他嚇走。

他還在講鬼話呢，不防被我大聲罵了三句：「滾開！討厭！瘋子！」好大聲的，把我自己也給嚇了一跳。走路的人都停下來看，那個跟蹤的傢伙跳過路邊咖啡館放的盆景，刷一下就逃得無影無蹤了。

茶房向我這邊急急的走來，一副唐．吉訶德的架式，問說什麼事情。我笑起來了，跟他講：「小事情，街頭喜劇。」

點了一杯只有在西班牙夏天才喝得到的飲料——一種類似冰豆漿似的東西，很安然的就將腳擱在對面的椅子上，拾起一份別人留在座位上的報紙，悠悠閒閒的看起來。

其實也沒有那麼悠閒，我怕那個被罵走的人回來搶我東西，當心的把皮包放在椅子後面，人就靠在包包上坐著，眼睛還是東張西望的。防著。

這時候，大概是下午兩點前後，天熱，許多路人都回家去休息了，咖啡座的生意清淡。就在那個時候，我身邊一把椅子被人輕輕拉開，茶房立即來了。那人點的東西一定很普通，他只講了一個字，茶房就點頭走了。

我從報紙後面斜斜瞄了一下坐在我身邊的。還好不是那個被我罵走的人，是個大鬍子。

報紙的廣告讀完了，我不再看什麼，只是坐著吹風曬太陽。當然，最有趣的是街上走過的形形色色的路人——一種好風景。

那麼熱的天，我發覺坐在隔壁的大鬍子在喝一壺熱茶。他不加糖。

我心裏猜，一、這個人不是西班牙人。二、也不是美國人。三、他不會講西班牙話。四、氣質上是個知識份子。五、那他是什麼地方來的呢？

那時，他正將手邊的旅行包打開，拿出一本英文版的——《西班牙旅遊指南》開始看起來。我們坐得那麼近，兩個人都不講話。坐了快一小時了，他還在看那本書。

留大鬍子的人，在本性上大半是害羞的，他們以為將自己躲在鬍子裏面比較安然。這是我的看法。

時間一直流下去，我又想講話了。在西班牙不講話是很難過的事情，大家講來講去的，至於說講到後來被人死纏，是很少很少發生的。不然誰敢亂開口？

「我說——你下午還可以去看一場鬥牛呢。」

慢吞吞的用英文講了一句，那個大鬍子放下了書，微笑著看了我一眼，那一眼，看得相當深。

「看完鬥牛，晚上的法蘭明歌舞也是可觀的。」

「是嗎？」他有些耐人尋味的又看了我一眼，可親的眼神還是在觀察我。

終於又講話了，我有些不好意思。才罵掉一個瘋子，現在自己又去找人搭訕就是很無聊的行為。何況對方又是個很敏感的人。

「對不起，也許你還想看書，被我打斷了——」

「沒有的事，有人談談話是很好的，我不懂西班牙文，正在研究明天有什麼地方好去呢。」

說著他將椅子挪了一下，正對著我坐好，又向我很溫暖的一笑，有些羞澀的。

「是哪裏人？」雙方異口同聲說出完全一樣的句子，頓了一下，兩個人都笑起來了。

「中國。」「希臘。」

「都算古國了。」不巧再說了一句同樣的話，我有些驚訝，他不說了，做了個手勢笑著叫我講。

「恰好有個老朋友在希臘，你一定認識他的。」我說。

「我一定認識？」

「蘇格拉底呀！」

說完兩人都笑了，我笑著看他一眼，又講：「還有好多哲人和神祇，都是你國家的。」他就報出一長串名字來，我點頭又點頭，心裏好似一條枯乾的河正被一道清流穿過似的歡悅起來。

也許，是很幾天沒有講話了，也許，是他那天想說話。我沒敢問私事，當然一句也不說自己。講的大半是他自動告訴我的，語氣中透著一份瞞不住人的誠懇。

希臘人，家住雅典，教了十年的大學，得了一個進修的機會去美國再攻博士，一生想做作家，出過一本兒童書籍卻沒有結過婚，預計再一年可以拿到物理學位，想的是去撒哈拉沙漠裏的尼日國。

我被他講得心跳加快，可是絕對不提什麼寫書和沙漠。我只是悄悄的觀察他。是個好看的人啊！那種深沉卻又善良的氣質裏，有一種光芒，即使在白天也擋不住的那種光輝。

「那你這一次是從希臘度假之後，經過馬德里，就再去美國了？」我說。

他很自然的講，父母都是律師，父親過世了，母親還在雅典執業，他是由美國回去看母親的。

我聽了又是一驚。

「我父親和弟弟也是學法律的，很巧。」我說。

就那麼長江大河的談了下去。從蘇格拉底講到星座和光年，從《北非諜影》講到《印度之旅》，從沙達特的被刺講到中國近代史，從《易經》講到電腦，最後跌進文學的漩渦裏去，那一片浩瀚的文學之海呀……最後的結論還是「電影最迷人」。

有一陣，我們不說話了。我猜，雙方都有些棋逢敵手的驚異和快悅，我們反而不說話了。什麼都講了，可是不講自己，也不問他名字，他也沒有問我的。下午微熱的風吹過，帶來一份舒適的悠然。在這個人的身邊，我有些捨不得離開。

就是因為不想走，反而走了。

在桌上留下了我的那份飲料錢加小帳，我站起來，對他笑一笑，他站了起來，送我。彼此很用勁的握了握手，那句客套話：「很高興認識你。」都說成了真心的。然後我沒有講再見，又看了他一眼，就大步走了。

長長直直的大街，一路走下去就覺得被他的眼光一路在送下去的感覺。我不敢回頭。旅館就在轉彎的街角，轉了彎，並沒有忘記在這以前那個被我罵走的跟蹤者，在街上站了五分鐘，確定沒有人跟我，這才進了旅館。

躺在旅社的床上，一直在想那個咖啡座上的人，最後走的時候，他並不只是欠欠身，他慎重其事的站起來送我，使我心裏十分感謝他。

單獨旅行很久了，什麼樣的人都看過一些。大半的人，在旅途中相遇的，都只是一種過客，心理上並不付出真誠，說說談談，飛機到了，一聲「再見，很高興認識你」都只是客套而已。可是剛才那個人，不一樣，多了一些東西，在靈魂裏，多了一份他人沒有的真和誠。我不會看走眼。

午睡醒來的一霎間，不知自己在哪裏，很費了幾秒鐘才弄清楚原來是在馬德里的一家旅社。我起床，將頭髮帶臉放到水龍頭下去沖，馬德里的自來水是雪山引下來的，冰涼徹骨。這一來，完全清醒了。

翻開自己的小記事簿，上面一排排西班牙朋友的電話。猶豫了一會兒，覺得還是不要急著打過去比較清靜。老朋友當然是想念的，可是一個人先逛逛街再去找朋友，更是自在些。雖然，午睡醒了也不知要到哪裏去。

我用毛巾包著溼頭髮，發呆。

我計畫，下樓，穿過大馬路，對街有個「麥當勞」，我去買一份最大的乳酪漢堡再加一個巨杯的可口可樂，然後去買一份雜誌，就回旅館。這兩樣吃的東西，無論在美國或是台灣，都不吃的。到了西班牙只因它就在旅館對面，又可以外賣，就去了。

那天的夜晚，吃了東西，還是跑到火車站去看了看時刻表，那是第二天想去的城——塞哥維亞。也有公車去，可是坐火車的歡悅是不能和汽車比的。火車，更有流浪的那種生活情調。

塞歌維亞對我來說，充滿了冬日的回憶：是踏雪帶著大狼狗去散步的城，是夜間跟著我的朋友夏米葉去爬羅馬人運水道的城，是做著半嬉皮，跟著一群十幾個國籍的朋友做手工藝的城，是我未嫁以前，在雪地上被包裹在荷西的大外套裏還在分吃冰淇淋的城。也是一個在那兒哭過、笑過、在燦爛寒星之下海誓山盟的城。我要回去。

夏天的塞歌維亞的原野總是一片枯黃。

還是起了一個早，坐錯了火車，又換方向在一個小站下來，再上車，抵達的時候，店舖才開門呢。

我將以前去過的大街小巷慢慢走了一遍，總覺得它不及雪景下的一切來得好看。心裏有些一絲一絲的東西在那兒有著棉絮似的被抽離。經過聖·米揚街，在那半圓形的窗下站了一會兒，不敢去叩門。這兒已經人事全非了。那面窗，當年被我們漆成明黃色的框，還在。窗裏沒有人向外看。

夏日的原野，在烈日下顯得那樣的陌生，它不認識我，我也不認識它。我在這兒，沒有什麼了。

不想吃東西，也不想再去任何地方，斜坐在羅馬人高高的運水道的石階上，又是發呆。

就在那個時候，看見遠遠的、更上層的地方，有一個身影。我心撲一下跳快了一點，不敢確定是不是看錯了，有一個人向我的方向走下來。是他，那個昨天在馬德里咖啡座上交談了好久的希臘人。確定是他，很自然的沒有再斜坐，反過身去用背對著就要經過我而下石階來的人。不相信巧合，相信命運。我相信，所以背著它。

只要一步兩步三步，那個人就可以經過我了。昨天我紮著頭髮，今天是披下來的，昨天是長裙，今天是短褲，他認不出來的。

這時候，我身邊有影子停下來，先是一個影子，然後輕輕坐下來一個人。我抬起眼睛對著他，說了一句：「哦，你，希臘左巴。」

他也不說話，在那千年的巨石邊，他不說話。很安靜的拿起一塊小石子，又拿起另外一塊石子，他在上面寫字，寫好了，對我說：「妳發發看這個拼音。」我說：「亞蘭。」

「以後妳這麼叫我？」他說。

我點點頭，我只是點點頭。哪來的以後呢？

「你昨天沒有說要來這裏的？」我說。

「妳也沒有說。」

「我搭火車來的。」

「我旅館旁邊就是直達這個城的車站，我想，好吧，坐公車，就來了。是來碰見妳的。」

我笑了笑，說：「這不是命運，這只是巧合而已。」

「什麼名字？」終於交換名字了。

「Echo。你們希臘神話裏的山澤女神。那個，愛上水仙花的。」

「昨天，妳走了以後，我一直在想——想，在什麼地方見過妳，可是又絕對沒見過。」

我知道他不是無聊才講這種話，一個人說什麼，眼睛會告訴對方他心裏的真假。他不是跟我來的，這是一種安排，為什麼被這樣安排，我沒有答案。那一天，我是悲哀的，什麼也不想講，而亞蘭，他也不講，只是靜悄悄的坐在我身旁。

「去不去吃東西？」他問我，我搖搖頭。

「去不去再走？」我又搖搖頭。

「妳釘在這裏啦？」我點點頭。

「那我二十分鐘以後就回來，好嗎？Echo。」

在這個悲傷透了的城裏，被人喊出自己的名字來，好似是一種回音，是十三年前那些呼叫我千萬遍人的回聲，它們四面八方的躍進我的心裏，好似在烈日下被人招魂似的。那時候，亞蘭走了。

不知為什麼，在這一霎間，覺得在全西班牙的大荒原裏，只有亞蘭是最親的人。而他，不過是一個昨日才碰見的陌生人，今天才知道名字的一個過客。這種心情，跟他的大鬍子有沒有關係？跟他那溫暖的眼神有沒有關係？跟我的潛意識有沒有關係？跟他長得像一個逝去的人有沒有關係？

「妳看，買了飲料和三明治來，我們一同吃好不好？」亞蘭這一去又回來了，手上都是東西，跑得好喘的。

「不吃，不吃同情。」

「天曉得，Echo，我完全不瞭解妳的過去，昨天妳除了講電影，什麼有關自己的事都沒講，妳怎麼說我在同情妳？妳不是快樂的在度假嗎？我連妳做什麼事都不知道。我只是，我只是——」

我從他手裏拿了一瓶礦泉水，一個三明治，咬了一口，他就沒再說下去了。

那天，我們一同坐火車回馬德里，並排坐著，拿腳去擱在對面的椅子上。累了，將自己靠到玻璃窗上去，我閉上眼睛，還是覺得亞蘭在看著我。我張開眼睛——果然在看。他有些害羞，很無辜的樣子對我聳聳肩。

「好了，再見了，謝謝你。」在車站分手的時候我對著亞蘭，就想快些走。

「明天可不可以見到妳？」

「如果你的旅社真在長途公車站旁邊，它應該叫『北佛勞里達』對不對？四顆星的那家。」

「妳對馬德里真熟!!」

「在這裏念大學的，很久以前了。」

「什麼都不跟我講，原來。」

「好，明天如果我想見你，下午五點半我去你的旅館的大廳等你，行不行？」

「Echo，妳把自己保護得太緊了，我們都是成人了，妳的旅館就不能告訴我嗎？應該是我去接妳的。」

「可是，我只是說——如果，我想見你。這個如果會換的。」

「妳沒有問我哪天走。」

真的，沒有問。一想，有些意外的心慌。

「後天的班機飛紐約，再轉去我學校的城，就算再聚，也只有一天了。」

「好，我住在最大街上的REX旅館，你明天來，在大廳等，我一定下來。五點半。」

「現在陪妳走回去？」

我咬了一下嘴唇，點了頭。

過斑馬線的時候，他拉住了我的手，我沒有抽開。一路吹著黃昏的風，想哭。不干他的事。

第二天我一直躺著，也不肯人進來打掃房間，自己鋪好床，呆呆的等著，就等下午的那個五點半。

把衣服都攤在床上，一件一件挑。換了一雙涼鞋，覺得不好，翻著一條白色的裙子，覺得它縐了。穿牛仔褲，那就去配球鞋。如果穿黑色碎花的連衣裙呢？夏天看上去熱不熱？

很多年了，這種感覺生疏，情怯如此，還是逃掉算了，好好的生活秩序眼看不知不覺的被一個人闖了進來，而我不是沒有設防的。這些年來，防得很當心，沒有不保護自己。事實上，也沒有那麼容易受騙。

五點半整，房間的電話響了，我匆匆忙忙，跳進一件白色的衣服裏，就下樓去了。

在大廳裏，他看見我，馬上站了起來，一身簡單的恤衫長褲，夏日裏看去，就是那麼清暢又自然。而他，不自然，很害羞，怎麼會臉紅呢？

「我們去哪裏？」我問亞蘭。

「隨便走走，散步好不好？」

我想了一下，在西班牙，八點以前餐館是不給人吃晚飯的。五點半，太陽還是熱。旅館隔壁就是電影院，在演《遠離非洲》這部片子。

我提議去看這部電影，他說好，很欣喜的一笑。接著我又說：「是西班牙文發音的哦！」他說沒有關係。看得出，他很快樂。

當，那場女主角被男主角帶到天上去坐飛機的一刻出來時，當那首主題曲再度平平的滑過我心的時候，當女主角將手，在飛機上往後舉起被男主角緊緊握住的那一刻，我第三次在這一霎間受到了再一次的震動。

幸福到極致的那種疼痛，透過影片，漫過全身每一個毛孔，釘住銀幕，我不敢看身邊的人。戲完了，我們沒有動，很久很久，直到全場的人都走了，我們還坐著。

「對不起，是西班牙發音。」我說。

「沒關係，這是我第三次看它了。」

「我也是——」我快樂的叫了出來，心裏不知怎的又很感激他的不說。他事先沒有說。走出戲院的時候，那首主題曲又被播放著，亞蘭的手，輕輕搭在我的肩上，那一霎間，我突然眼睛模糊。

我們沒有計畫的在街上走，夜，慢慢的來了。我沒有胃口吃東西，問他，說是看完了這種電影一時也不能吃，我們說：「就這樣走下去嗎？」我們說：「好的。」

「我帶你去樹多的地方走？」

他笑說好。他都是好。我感覺他很幸福，在這一個馬德里的夜裏。

想去「西比留斯」廣場附近的一條林蔭大道散步的，在那個之前，非得穿過一些大街小巷。行人道狹窄的時候，我走在前面，亞蘭在後面。走著走著，有人用中文大喊我的筆名——

「三毛——」喊得驚天動地，我發覺我站在一家中國飯店的門口。

「呀！真的是妳嘛——一定要進來，進來喝杯茶……」我笑望了一下身後的亞蘭，他不懂，也站住了。

我們幾乎是被拖進去的，熱情的同胞以為亞蘭是西班牙人，就說起西文來。我只有說：「我們三個人講英文好不好？這位朋友不會西班牙話。」

那個同胞馬上改口講英文了，對著亞蘭說：「我們都是她的讀者，你不曉得，她書裏的先生荷西我們看了有多親切，後來，出了意外，看到新聞我太太就——」

那時候，我一下按住亞蘭的手，急急的對他講：「亞蘭，讓我很快的告訴你，我從前有過一個好丈夫，他是西班牙人，七年前，水裏的意外，死了。我不是想隱瞞你，只是覺得，只有今晚再聚一次你就走了，我不想講這些事情，屬於我個人的——」

我很急的講，我那麼急的講，而亞蘭的眼睛定定的看住我，他的眼眶一圈一圈變成淡紅色，那種替我痛的眼神，那種溫柔、瞭解、同情、關懷，還有愛，這麼複雜的在我眼前一同呈現。而我只是快速的向他交代了一種身分和抱歉。

我對那位同胞說：「我的朋友是這兩天才認識的，他不知你在說什麼。我們要走了，謝謝你。」

同胞衝進去拿出了照相機，我陪了他拍了幾張照片，謝了，這才出來了。

走到西比留斯的廣場邊，告訴亞蘭想坐露天咖啡座，想一杯熱的牛奶。我捧著牛奶大口的喝，只想胃可以少痛一點。那段時間裏，亞蘭一直默默的看著我，不說一句話。喝完了牛奶，我對著他，托著下巴也不講話。

「Echo。」亞蘭說，「為什麼妳昨天不告訴我這些？為什麼不給我分擔？為什麼？」

「又不是神經錯亂了，跟一個陌生人去講自己的事情。」我嘆了口氣。

「我當妳是陌生人嗎？我什麼都跟妳講了，包括我的失戀，對不對？」

我點點頭。「那是我給你的親和力。也是你的天真。」我說。

「難道我沒有用同樣的真誠回報妳嗎？」

「有，很誠懇。」我說。

「來，坐過來。」他拉了一下我的椅子。我移了過去。亞蘭從提包裏找出一件薄外套來給我披上。

「Echo，如果我們真正愛過一個人，回憶起來，應該是充滿感激的，對不對？」

我點點頭。

「如果一個生命死了，另一個愛他的生命是不是應該為那個逝去的人加倍的活下去，而且儘可能歡悅的替他活？」我又點點頭。

「妳相信我的真誠嗎？」

我再度點頭。

「來，看住我的眼睛，看住我。從今天開始，世上又多了一個妳的朋友。如果我不真誠，明天清早就走了，是不是不必要跟妳講這些話？」

我抬起頭來看他，發覺他眼睛也是溼的。我不明白，才三天。我不明白這是怎麼回事。

「明天，看起來我們是散了，可是我給妳地址，給美國的，給希臘的，只要找得到我的地方，連學校的都留給妳，當然，還有電話號碼。妳答應做我的朋友，有事都來跟我說嗎？」

我不響，不動，也沒有點頭。

「為什麼要這樣對我？」我輕輕的問。

「我並不去分析，在咖啡座上跟妳談過話以後，我就知道了。妳難道不明白自己嗎？」
「其實，我只想做一個小孩子，這是我唯一明白的，只要這樣，也不行。」我嘆了口氣。
「當妳在小孩子的時候，是不是又只想做大人，趕快長大好穿絲襪和高跟鞋？」
我把頭低下了。
他將我的手拉了過去。呀——讓我逃走吧，我的心裏從來沒有這麼怕過。
「不要抖，妳怕什麼？」
「怕的，是自己，覺得自己的今夜很陌生——」
「妳怕妳會再有愛的能力，對不對？事實上，只要人活著，這種能力是不會喪失的，它那麼好，妳為什麼想逃？」
「我要走了——」我推椅子。
「是要走了，再過幾分鐘。」他一隻手拉住我，一隻手在提包裏翻出筆和紙來。我沒有掙扎，他就放了。
這時，咖啡座的茶房好有禮貌的上來，說要打烊了。其實，我根本不想走，我只是胡說。
我們付了帳，換了一把人行道上的長椅坐下來，沒有再說什麼話。
「這裏，妳看，是一塊透明的深藍石頭。」不知亞蘭什麼地方翻出來的，對著路燈照給我看，圓餅乾那麼大一塊。
「是小時候父親給的，他替我鑲了銀的絆扣，給我掛在頸子上的。後來，長大了，就沒掛，總是放在口袋裏。是我們民族的一種護身符，我不相信這些，可是為著逝去父親的愛，一直留在身邊。」他將那塊石頭交給了我。

「怎麼？」我不敢收。

「妳帶著它去，相信它能保護妳。一切的邪惡都會因為這塊藍寶而離開妳——包括妳的憂傷和那神經質的胃。好吧？替我保管下去，直到我們再見的時候。」

「不行，那是你父親給的。」

「要是父親看見我把這塊石頭給了妳——一個值得的人，他會高興的。」

「不行。」

「可以的，好朋友，妳收下了吧。」

「才三天，見面三次。」

「傻孩子，時光不是這樣算的。」

我握住那塊石頭，仰臉看著這個人，他用手指在我唇上輕輕按了一下，有些苦澀的微笑著。

「那我收了，會當心，永遠不給它掉。」我說。

「等妳再見到我的時候，妳可以還給我，而後，讓我來守護妳好不好？」

「不知道會不會再見了，我——浪跡天涯的。」

「我們靜等上天的安排，好嗎？如果祂肯，一切就會成全的。」

「祂不肯。」

「妳怎麼知道？」

「我知道，我早就知道了，很早以前，就知道的，蒼天不肯……」我有些哽咽，撲進他懷裹去。

他摸摸我的頭髮，又摸我的頭髮，將我抱在懷裹，問我：「胃還痛不痛？」

我搖搖頭，推開他，用袖子擦了一下眼睛。

「要走了，你今天早班飛機。」

那時候，已是清晨四點多，清道夫一個一個在街上出現了。

「我送妳回旅館。」

「我要一個人走，我想一個人走一走。」

「在這個時間，妳想一個人去走一走？」

「我不是有了你的星石嗎？」

「可是當我還在妳旁邊的時候，妳不需要它。」

在他旁邊慢慢的走起來。風吹來了，滿地的紙屑好似一群蒼白的蝴蝶在夜的街道上飛舞。

「放好我的地址了？」

我點點頭。

「我怎麼找妳？」

「我亂跑的，迦納利島上的房子要賣了，也不會再有地址。台灣那邊父母就要搬家，也不知道新地址，總是我找你了。」

「萬一妳不找呢？」

「我是預備不找你的了。」我嘆了口氣。

「不找？」

「不找。」

「那好，我等，我也可以不走，我去改班機。」

「你不走我走，我去改班機。」我急起來了，又說：「不要等了，完了就是完了，你應該感激才是，對不對？你自己講的。剛才，在我撲向你的那一霎間，的確對你付出了霎間的真誠。而時間不就是這樣算的嗎？三天，三年，三十年，都是一樣，這不是你講的？」說著說著我叫了起來。

「Echo——」

「我要跑了，不要像流氓一樣追上來。我跟你說，我要跑了，我的生活秩序裏沒有你。我一講再見就跑了，現在我就要講了，我講，再——見，亞蘭——再見——」

在那空曠的大街上，我發足狂奔起來，不回頭，那種要將自己跑到死的跑法，我一直跑一直跑，直到我轉彎，停下來，抱住一根電線桿拚命的咳嗽。

而豪華的馬德里之夜，在市區的中心，那些十彩流麗的霓虹燈，兀自照耀著一切有愛與無愛的人。而那些睡著了的，在夢裏，是哭著還是笑著呢？

吉屋出售。

——遺愛之二

飛機由馬德里航向迦納利群島的那兩個半小時中，我什麼東西都嚥不下去。鄰座的西班牙同胞和空中小姐都問了好多次，我只是笑著說吃不下。

這幾年來日子過得零碎，常常生活在哪一年都不清楚，只記得好似是一九八四年離開了島上就沒有回去過，不但沒有回去，連島上那個房子的鑰匙也找不到了。好在鄰居、朋友家都存放著幾串，向他們去要就是了。

那麼就是三年沒有回去了。三年內，也沒有給任何西班牙的朋友寫過一封信。

之所以不愛常常回去，也是一種逃避的心理。迦納利群島上，每一個島都住著深愛我的朋友，一旦見面，大家總是將那份愛，像洪水一般的往人身上潑。對於身體不健康的人來說，最需要的就是安靜而不是愛。這一點他人是不會明白的。我常常叫累，也不會有人當真。

雖然這麼說，當飛機師報告出我們就要降落在大迦納利島的時候，還是緊張得心跳加快起來。

已是夜間近十點了，會有誰在機場等著我呢？只打了電話給一家住在山區鄉下的朋友，請他們把我的車子開去機場。那家朋友是以前我們社區的泥水匠，他的家好大，光是汽車房就可以停個五輛以上的車。每一回的離去，都把車子寄放在那兒，請他們有空替我開開車，免得電瓶要壞。這一回，一去三年，車子情況如何了都不曉得，而那個家，又荒涼成什麼樣子了呢？

下了飛機，也沒等行李，就往那面大玻璃的地方奔去。那一排排等在外面的朋友，急促的用力敲窗，叫喊著我的名字。

我推開警察，就往外面跑，朋友們轟一下離開了窗口向我湧上來。我，被人群像球一樣的遞來遞去，泥水匠來了、銀行的經理來了、電信局的局長來了，他們的一群群小孩子也來了，直到我看見心愛的木匠拉蒙那更胖了的笑臉時，這才撲進他懷裏。

一時裏，前塵往事，在這一霎間，湧上了心頭，他們不只是我一個人的朋友，也曾是我們夫婦的好友。

「好啦！拿行李去啦！」拉蒙輕輕拍拍我，又把我轉給他的太太，我和他新婚的太太米雪緊緊的擁抱著，她舉起那新生的男嬰給我看，這才發覺，他們不算新婚，三年半，已經兩個孩子了。

我再由外邊擠進隔離的門中去，警察說：「妳進去做什麼？」我說：「我剛剛下飛機呀！進去拿行李。」他讓了一步，我的朋友們一衝就也衝了進去，說：「她的脊椎骨有毛病，我們進去替她提箱子——」警察一直喊：「守規矩呀！你們守守規矩呀……」根本沒有人理他。

這個島總共才一千五百五十八平方公里，警察可能就是接我的朋友中的姻親、表兄、堂哥、姐夫什麼的，只要存心拉關係，整個島上都扯得出親屬關係來。
在機場告別了來接的一群人，講好次日再連絡，這才由泥水匠璜扛著我的大箱子往停車場走去。
「妳的車，看！」璜的妻子班琪笑指著一輛雪白光亮的美車給我看，夜色裏，它像全新的一樣發著光芒。他們一定替我打過蠟又清洗過了。
「妳開吧！」她將鑰匙交在我手中，她的丈夫發動了另外一輛車，可是三個女孩就硬往我車裏擠。
「我們先一同回妳家去。」班琪說，我點點頭。這總比一個人在深夜裏開門回家要來得好。而那個家，三年不見了，會是什麼樣子呢？
車子上了高速公路，班琪才慢慢的對我說：「現在妳聽了也不必再擔心了，空房子，小偷進去了五次，不但門窗全壞了，玻璃也破了，東西少了什麼我們不太清楚，門窗和玻璃都是拉蒙給妳修的。院子裏的枯葉子，在妳來之前，我們收拾了二十大麻袋，叫小貨車給丟了。」
「那個家，是不是亂七八糟了？」我問。
「是被翻成了一場浩劫，可是孩子跟我一起去打掃了四整天，等下妳自己進去看就是了。」
我的心，被巨石壓得重沉沉的，不能講話。
「沒有結婚吧？」班琪突然問。

我笑著搖搖頭，心思只在那個就要見面的家上。車子離開了高速公路，爬上一個小坡，一轉彎，海風撲面而來，那熟悉的海洋氣味一來，家就到了。

「妳自己開門。」班琪遞上來一串鑰匙，我翻了一下，還記得大門的那一只，輕輕打開花園的門，眼前，那棵在風裏沙沙作響的大相思樹帶給了人莫名的悲愁。

我大步穿過庭院，穿過完全枯死了的草坪，開了外花園的燈，開了客廳的大門，這一步踏進去，那面巨大的玻璃窗外的海洋，在月光下撲了進來。

璜和班琪的孩子衝進每一個房間，將這兩層樓的燈都給點亮了。家，如同一個舊夢，在我眼前再現。

這哪裏像是小偷進來過五次的房子呢？每一件家具都在自己的地方等著我，每一個角落都給插上了鮮花，放上了盆景，就是那個床吧，連雪白的床罩都給鋪好了。

我轉身，將三個十幾歲的女孩子各親了一下，她們好興奮的把十指張開，給我看，說：「妳的家我們洗了又洗，刷了又刷，妳看，手都變成紅的了。」

我們終於全都坐下來，發現一件銀狐皮大衣不見了，我說沒有關係，真的一點也不心痛。在沙發上，那個被稱為阿姨的Echo，拿出四個紅封套來，照著中國習俗，三個女兒各人一個紅包——她們以前就懂得這個規矩，含笑接下了。至於送給班琪的一個信封，硬說是父母親給的。長輩賜，小輩不可辭。班琪再三的推讓，我講道理給她聽，她才打開來看了。這一看嚇了一大跳，硬是不肯收。我親親她，指著桌上的鮮花和明亮的一切，問她：「妳對我的情，可以用鈔票回報嗎？收下吧，不然我不心安。」璜——泥水匠的工作收入不穩定，是有工程才能賺的。班琪因此也外出去替人打掃房子貼補家用，而三個寶愛的女兒，夫婦倆卻說要培植到大學畢業。他們不是富人，雖說我沒有請他們打掃，他們自動做了四整天，這份友誼，光憑金錢絕對不可能回報。不然，如果我踏進來的是一幢鬼屋一樣的房子，一定大哭去住旅館。

班琪不放心我一個人，說：「怕不怕？如果怕，就去睡我們家，明早再回來好了。」

我實在是有些害怕，住過了台北的小公寓之後，再來面對這幢連著花園快有兩百五十坪的大房子時，的確不習慣。可是我說我不怕。

那個夜裏，將燈火全熄了，打開所有的窗戶，給大風狂吹進來。吹著吹著，牆上的照片全都飛了起來，我靜聽著夜和風的聲音，快到東方發白，等到一輪紅日在我的窗上由海裏跳了出來時，這才拉開床罩躺了下去。

很怕小偷又來，睡去之前，喊了耶穌基督、荷西、徐訏乾爸三個靈魂，請他們來守護我的夢。這樣，才睡了過去。

「呀——看那邊來的是誰？」郵局早已搬了家，櫃檯上全都裝上了防彈玻璃，裏面的人看見我，先在玻璃窗後比劃了一下擁抱的手勢，這才用鑰匙開了邊門，三三兩兩的跑出來——來擁抱。

我真喜歡這一種方式的身體語言。偏偏在中國，是極度含蓄的，連手都不肯握一下。好久不見，含笑打個招呼雖然也一樣深藏著情，可是這麼開開朗朗的西班牙式招呼法，更合我的性情。

「我的來，除了跟你們見面之外，還有請求的。房子要賣了，郵局接觸的人多，你們替我把消息傳出去好不好？」我說。

「要賣了？那妳就永遠回中國去了？妳根本是西班牙人，怎麼忘了呢？」

「眼看是如此了，父母年紀大了，我——不忍心再離開他們。」我有些感慨的說。

「妳要住多久，這一次？」

「一個半月吧！九月中旬趕回台灣。」

「還是去登報吧！這幾年西班牙不景氣，房子難賣喔！況且妳只有一個半月的時間。」

告別了郵局的人，我去鎮上走了一圈，看老朋友們。談到最後，總是把房子要賣的事情託了別人。他們聽了就是叫人去登報，說不好賣。房價跌得好慘的。

「那我半價出售好了，價格減一半，自然有人受引誘。」我在跟鄰居講電話。

「那妳太吃虧了，這一區，現在的房價都在千萬西幣以上，妳賣多少？」

「折半嘛！我只要六百萬。」

「不行，妳去登報，聽見沒有，叫價一千兩百萬。」鄰居甘蒂性子又直又急，就在那邊叫過來。

那是「有價無市」的行情，既然現在的心就放在年邁的父母上，我不能慢慢等。

就在抵達迦納利群島第二天的晚上，我趴在書桌上擬廣告稿，寫著：「好機會——私人海灘雙層洋房一幢，急售求現。雙衛、三房、一大廳、大花園、菜園、玻璃花房、雙車車庫，景觀絕美。可由不同方向之窗，觀日出，觀日落，尚有相思樹一大棵，情調浪漫，居家安全。要價六百五十萬，尚可商量。請電六九四三八六。」

寫好了字數好多的廣告，我對著牆上丈夫的照片默默的用心交談。丈夫說：「妳這樣做是對的，是應該回到中國父母的身邊去了。不要來同我商量房價，這是你們塵世間的人看不破金錢，妳當比他們更明白，金錢的多或少，在我們這邊看來都是無意義的。倒是找一個妳喜歡的家庭，把房子賤賣給他們，早些回中國去，才是道理。」

果然是我的好丈夫，他想的跟我一色一樣。

第二天的早晨，我將房基旁的碎石撿了一小塊，又拿掉了廚房裏一個小螺絲釘，在赴城內報社刊登廣告之前，我去了海邊。

當，潮水浸上我的涼鞋時，我把家裏的碎石和螺絲釘用力向海水裏丟去，在心裏喊著：「房子，房子，你走了吧！我不再留戀你——就算做死了。你走吧，換主人去，去呀——」

大海，帶去了我的呼叫，這才往城內開去。

替人刊登廣告的小姐好奇的對我說：「那一區的房價實在不只這麼些錢的，妳真的這樣賤價就賣掉了？可惜我連六百萬[4]也沒有，不然就算買下投資，也是好的。」

登報的第二天，什麼地方都不敢去，倒是鄰居們，在家中坐了很久。甘蒂看了報紙，就來怪責我，說我不聽話，怎麼不標上一千萬呢。賣一千萬不是沒有可能，可是要等多久？我是在跟歲月賽跑，父母年高了，我在拚命跑。

就在那個中午，有一位太太打電話來，說想看房子，我請她立即過來，她來了。

打開門，先看來人的樣子就不太喜歡。她，那位太太，珠光寶氣的，跟日出日落和相思樹全都不稱，神情之間有些傲慢。

我站在院子裏，請她自己上上下下的去觀望免得她不自在。看了一會兒，她沒說喜不喜歡，只說：「我丈夫是位建築師吔！」

「那妳為什麼要買房子？自己去蓋一棟好了。」我誠懇的說。

「我喜歡的是妳這塊地，房子是不值錢的，統統給推倒再建，這個房子，沒有什麼好。」

我笑了笑，也不爭辯，心裏開始討厭她。

「這樣吧，四百萬我就買了。」她說。

「對面那家才一層樓，要價一千一百萬，我怎麼可能賣四百萬？」我開始恨起她來。

「那沒有辦法了，我留下電話號碼，如果妳考慮過之後又同意了，請給我電話。」

收了她的電話，將她送出去。我怎麼會考慮呢，這個乘人之危的太太，很不可愛。

4.六百萬西幣等於一百八十萬台幣左右。

迦納利群島的夏天到了夜間九點還是明亮的，黃昏被拉得很長。也就在登報的同一天裏，又來了好幾個電話，我請他們統統立即來看。

門外轟轟的摩托車聲響了一會兒才停，聽見了，快步去開門。門外，站著兩個如花也似的年輕人，他們騎摩托車，這個，比較對胃口了。男人一臉的鬍子，女人頭髮長長的。

他們左也看、右也看、上也看、下也看，當那個年輕的太太看見了玻璃花房時，驚喜得叫了起來，一直推她的先生。

「我們可不可以坐下來？」那個太太問。

當然歡迎他們，不但如此，還倒了紅酒出來三個人喝。好，開始講話了，講了一個多鐘頭，都不提房子，最後我忍不住把話題拉回來，他們才說，兩個人都在失業。

「那怎麼買房子呢？」我說。

「等我找到事了，就馬上去貸款。」

「可是我不能等你們找到事。」

「妳那麼急嗎？」他們一臉的茫然。

「不行，對不起。」

「我們有信心，再等幾個月一定可以找到事情做的，我們大學才畢業。妳也明白這種滋味，對不對？」

還是請他們走了，走的時候，那個太太很悵然，我一狠心，把他們關在門外。

接了電話之後，來的大半是太太們，有一位自稱教書的太太，看了房子以後，立即開始幻想：這間給自己和丈夫，那間給小孩，廚房可以再擴充出去，車房邊再開一個門，草地枯死了是小意思，相思樹給它理理頭髮就好了，那面向海的大窗是最美的畫面，價格太公道了，可以馬上付……

她想得如癡如醉，我在一旁也在想，想——房子是賣掉啦！可惜了那另外六天的廣告費。沒想到第一天就給賣了。

等到那位太太打電話叫先生飛車來看屋時，等到我看見了她先生又羞又急的表情時，才覺著事情不太順利了。

那位先生——又是個大鬍子，好有耐性的把太太騙上了屬於她的那一輛汽車，才把花園的門給關上，輕聲對我說：「對不起，我太太有妄想症，她不傷人的，平日做事開車都很正常，就是有一樣毛病，她天天看報紙，天天去看人家要賣的房子，每看一幢，都是滿意的啦！妳這一幢，我們並不要買，是她毛病又發了。妳懂嗎？我太太有病。」

我呆看著這個做先生的，也不知他不買房子幹什麼要講他太太有毛病來推託。我根本不相信他的話。

「過幾天我拿些水果來給妳，算做道歉，真對不起，我們告退了。」

他彎著腰好似要向我鞠躬似的，我笑著笑著把門關上了。賣房子這麼有趣，多賣幾天也不急了。想到那個先生的樣子，我笑了出來。他一直說太太有毛病，回想起來的確有點可疑。這種人來看房子，無論病不病，帶給賣主的都是快樂。

那個黃昏，我將廚房的紗窗簾拉開，看著夕陽在遠方的山巒下落去，而大城的燈火一盞一盞亮起，想到自己的決心離去，心裏升出一份說不出的感傷和依戀。心情上，但願房子快快脫手，又但願它不要賣掉。可是，那屬於我的天地並不能再由此地開始。父母習慣了住在台灣，為著他們，這幢房子的被遺棄，應該算做一件小事，不然住在海外，天天口說愛父母而沒有行動，也是白講。

既然如此，就等著，將它，賣給心裏喜歡的人吧。父母是我的命根，為了他們，一切的依戀，都可以捨去。

就在那麼想的時候，門鈴又響了，那批打過電話來的人全來看過房子了，這時候會是誰呢？我光腳輕輕的往大門跑，先從眼洞裏去張望——如果又是那位建築師太太來殺價，我就不開門。

門開了，一對好樸實好親切、看上去又是正正派派的一對夫婦站在燈光下。

「聽說，妳的房子要賣？」我笑說是，又問怎麼知道地址的，因為地址沒有刊登在報上，而他們也沒有打過電話來。

「我叫璜，在郵局做事的，Echo，妳忘了有一年我們郵局為了妳，關門十五分鐘的事情嗎？」

我立即想到六年前的一個早晨，那一次我回台不到四個月，再回島上來時，郵局拖出來三大郵包的口袋，叫我拿回去。當時，我對著那麼多郵件，只差沒有哭出來，怎麼搬也搬不上汽車，而小汽車也裝不下三大袋滿滿的信。

就在那種進退不得的情況下，郵局局長當機立斷，把大門給關上了，掛出「休息」的牌子，在一聲令下，無論站櫃檯的或在裏面辦公的人，全體出動，倒出郵袋中所有的東西，印刷品往一邊丟，信件往另一邊放，航空報紙雜誌全都丟，這才清理出了一郵袋的東西——全是信。那一場快速的丟和撿，用了十五個人，停局十五分鐘。

「對了，你就是當時在其中幫忙的一個。」我一敲頭，連忙再說：「平日你是內部作業的，所以一時認不出來，對不起！對不起！」

恩人來了，竟然不識，一時裏，我很慚愧。

那位太太，靜靜的，一雙平底布鞋，身上很貼切的一件舊衣。她自我介紹，說叫米可。

我拉開相思樹的枝葉，抱歉的說，說草地全枯了，以前不是這個樣子的。

璜和米可只看了一圈這個房子，就問可不可以坐下來談。在他們坐下的那當兒，我心裏有聲音在說——「是他們的了。」

「好，我們不說客氣話，就問了——你們喜歡嗎？」我說。

那兩個人，夫婦之間，把手很自然的一握，同時說：「喜歡。」看見他們一牽手，我的心就給了這對相親相愛的人。

「要不要白天再來看一次？」我又問。

「不必了。」

「草死了、花枯了，只有葡萄還是活的，這些你們都不在乎？」

他們不在乎，說可以再種。

璜，先咳了一聲，臉就紅了，他說：「講到價格——」

「價格可以商量。」我說。看看這一對年輕人，我心裏不知怎的喜歡上了他們，價格這東西就不重要了。

「我們才結婚三年，太貴的買不起，如果，如果——我們實在是喜歡這房子。」

「報上我登的是六百五十萬，已經是對折了。你們覺得呢？」

「我們覺得不貴，真的太便宜了，可是我們存來存去只有五百八十萬，那怎麼辦呢？」米可把她的秘密一下子講出來了，臉紅紅的。

「那就五百六十萬好了，家具大部分留下來給你們用。如果不嫌棄，床單、毛巾、桌布、杯、碗、刀、叉，都留給你們。」

我平平靜靜的說，那邊大吃一驚，因為開出來的價格是很少很少的，這麼一大幢花園洋房，等於半送。不到一百六十萬台幣。

「妳說五百六十萬西幣就賣了？」璜問。

「米可說你們只有五百八十萬，我替你們留下二十萬算做粉刷的錢，就好了嘛！」

「Echo，妳也得為自己想想。」米可說。

「講賣了就是賣了，不相信，握一個手，就算數。」

璜立即伸出手來與我重重的握了一下，米可嚇成呆呆的，不能動。

「明天我們送定金來？」

「不必了，君子一言，駟馬難追。雙方握了手，就是中國人這句話。好了，我不反悔的。」

那個夜裏，我將房子的每一個角落都看了一遍，動手把荷西的照片由牆上一張一張取下來，對於其他的一切裝飾，都不置可否。心裏對這個家的愛戀，用快刀割割斷，不去想它，更不傷感，然後，我撥長途電話給台灣的母親，說：「房子第一天就賣掉了，妳看我的本事。九月份清理掉滿坑滿谷的東西，就回來。」母親問起價格，我說：「昨日種種，比如死了。沒有價格啦！賣給了一對喜歡的人，就算好收場。錢這個東西，生不帶來，死不帶去，有飯吃就算好了，媽媽不要太在意。」

就在抵達島上的第三天，乾乾脆脆的處理掉了一座，曾經為之魂牽夢縈的美屋。奇怪的是，那份糾纏來又糾纏去的心，突然舒暢得如同微風吹過的秋天。

那個夜晚，當我獨自去海邊散步的時候，看見的是一個升起的新天新地，它們那麼純淨，裏面充滿了的，是終於跟著白髮爹娘相聚的天倫。

我吹著口哨在黑暗的沙灘上去踏浪，想著，下一步，要丟棄的，該是什麼東西和心情呢？

隨風而去。

——遺愛之三

當我告訴鄰居們房子已經賣掉了的時候，幾乎每一家左鄰右舍甚至鎮上的朋友都愣了一下。幾家鎮上的商店曾經好意提供他們的櫥窗叫我去放置售屋的牌子，這件事還沒來得及辦，牌子倒有三家人自己替我用油漆整整齊齊的以美術字做了出來——都用不上，就已賣了。

當那個買好房子的璜看見報上還在刊登「售屋廣告」時，氣急敗壞的又趕了來，他急得很，因為我沒有收定金，還可以反悔的。

「求求妳拿點定金去吧！餘款等到過戶的手續一辦好就給妳。妳不收我們不能睡覺，天天處在緊張狀態裏，比當年向米可求婚的時候還要焦慮。Echo，妳做做好事吧！」

璜和米可以前沒有和我交往過，他們不清楚我的個性。為了使他們放心，我們私底下寫了一張契約，拿了象徵性的一點定金，就這樣，璜和米可放放心心的去了葡萄牙度假。而我，趁著還有一個多月，正好也在家中度個假，同時開始收拾這滿坑滿谷的家了。

「妳到底賣了多少錢？」班琪問我。那時我正在她家中吃午飯。

「七百萬西幣啦！」我說著不真實的話，臉上神色都不變。

「那太吃虧了，誰叫妳那麼急。比本錢少了一半。」班琪很不以為然的說。

如果她知道我是五百六十萬就賣掉的，可能手上那鍋熱湯都要掉到地上去了。所以，為著怕她燙到腳不好，我說了謊話。

那幾天長途電話一直響，爸爸說：「恭喜！恭喜！好能幹的孩子，那麼大一幢美屋，妳將它只合一百六十萬台幣不到就脫手了。想得開！想得開！做人嘛，這個樣子才叫豁達呀！」

馬德里的朋友聽說我低價賣了房，就來罵對方，說買方太狠，又說賣方的我太急。

「話可不是那麼說，人家年輕夫婦沒有錢，我也是挑人賣的。想想看，買方那麼愛種植，家給了他們將來會有多麼好看，你們不要罵嘛！我是千肯萬肯的。」

「那妳家具全都給他們啦？」鄰居甘蒂在我家東張西望，一副想搶東西的樣子。

「好啦！我去過璜和米可的家——那幢租來的小公寓，他們沒有什麼東西，留下來給他們也算做好事。」

「這個維納斯的石——像——？」甘蒂用手一指，另一隻手就往口邊去咬指甲。

「給妳。」我笑著把她啃指甲的手啪的一打。

「我不是來討東西的，妳曉得，妳的裝飾一向是我的美夢，我向妳買。」

「我家的，都是無價之寶，妳買不起，只有收得起。送妳還來不及呢，還說什麼價錢，不叫朋友了。」我笑著把她拉到石像邊，她不肯收。

台灣的朋友打電話來，說：「把妳的東西統統海運回來，運費由我來付，東西就算我的了，妳千萬不要亂送人。」

台灣的朋友不容易明白，在西班牙，我也有生死之交。這次離別，總得留些物品給朋友當紀念，再說，愛我的人太多太多，東西哪裏夠分呢？

那個晚上，甘蒂的大男孩子、女兒和我三個人，抱著愛神維納斯的石像、搧著一只一百二十年前的一個黑鐵箱，箱內放了好大一個手提收錄音機、一個雙人粗棉吊床、一整套老式瓷器加上一塊撒哈拉大掛氈，將它們裝滿了一車子，小孩子跟著車跑，我慢慢往下一條街開，就送東西去了。

「出來抱女人呀！莫得斯多——」我叫喚著甘蒂先生的名字，聲音在夜風裏吹得好遠好嘹喨。

甘蒂看見那只老箱子，激動得把手一捂臉，快哭出來了。她想這只海盜式的老箱子想了好多年。以前，我怎麼也不肯給她。

「Echo，妳瘋了。」甘蒂叫起來。

「沒有瘋，妳當我也死啦！遺產、遺產——」說著我咯咯的笑，跑上去抱住她的腰。

「一天到晚死呀死呀的，快別亂說了。」

我嘆了口氣，凝望著我最心愛的女友，想到丈夫出事的那個晚上，當時她飛車沉著臉跟先生趕來時的表情，我很想再說一次感謝的話，可是說不出來。

「下了東西，如果不留下來吃晚飯就快走，我受不了妳。」甘蒂說著就眼溼，眼溼了就罵人。
我笑著又親了一下她，跑到她廚房裏拿了一個麵包，撈了一條香腸，上車就走。
回到家裏，四周望了一望，除了家具之外，光是書籍就占了整整九個大大小小的書架，西班牙文的只有十分之二，其他全是中文的。當年，這些書怎麼來的都不能去想，那是爸爸和兩個弟弟加上朋友們數十趟郵局的辛苦，才飄洋過海來的。
除了書籍，還有那麼多、那麼多珍品，我捨得下嗎？它們太大了，帶著回台灣才叫想不開。
「媽的，當作死了。」我啃一口麵包夾香腸，對著這個藝術之家罵了一句粗話，打開冰箱，對著瓶子喝它一大口葡萄酒，然後坐在沙發上發呆。
夜深了，電話又響，我去接，那邊是木匠拉蒙。
「有沒有事情要幫忙？」他說。
「有，明天晚上來一次，運木材的那輛車子開來，把我的摩托車拿走，免得別人先來討去了。」
「妳要賣給我？」「什麼人賣給你？送啦！」「那我不要。」「不要算了。要不要？快講！」「好啦！」
車是荷西的，當時爸爸媽媽去迦納利群島——摩托車是我一向不肯買的東西，怕他騎了去玩命。結果荷西跟爸爸告狀，爸爸寵他，就得了一輛車，岳父和半子一有了車，兩個人就去飛馳，頑皮得媽媽和我好擔心。車子騎了不到一個月，荷西永遠走了。後來我一個人住，也去存心玩命，騎了好多次都沒出事。這一回，是拉蒙接下了手。

第二天深夜，拉蒙來了，在車房裏，我幫他推摩托車，將車橫擺在他的小貨車裏。這時，突然看見了車房內放雜物的大長櫃子，我打開來一扇櫥門，一看裏面的東西，快速把門砰一聲關上，人去靠在門上。

「拉蒙——」我喊木匠，在車房黯淡的燈光下，我用手敲敲身後的門。

「這個櫃子裏的東西，我不能看，你過來——」

說著我讓開了，站得遠遠的。

門開了，拉蒙手上握著的，是一把陰森森的射魚槍——荷西死時最後一刻握著的東西。

「我到客廳去，你，把裏面一切的東西都清掉，我說『一切的潛水用器』，你不必跟我來講再見，理清楚了，把門帶上，我們再打電話。今天晚上，不必叫我來看你拿走了什麼。」

「這批潛水器材好貴的，妳要送給我？」

「你神經是不是？木頭木腦不曉得我的心是不是？不跟你講話——」說著我奔過大院子跑到客廳去。我坐在黑暗裏，聽見拉蒙來敲玻璃門，我不能理他。

「陳姐姐，來——親——一——個——」

街那邊的南施用中文狂喊著向我跑，我伸出了手臂也向她拚命的跑，兩個人都喊著中文，在街上，擁抱著，像西班牙人一樣的親著臉頰，拉著手又叫又跳。

南施是我親愛的中國妹妹，她跟著父母多年前就來到了島上，經營著一家港口名氣好大的中國餐館。南施新婚不到一個月，嫁給了小強，那個寫得一手好字、畫得一手好畫、又酷愛歷史的中國同胞，可惜我沒能趕上他們的婚禮。

「那妳現在是什麼太太了？」我大喊。

「鍾太太呀！可是大家還是叫我南施。」

我們拉著手跑到南施父母的餐館裏去，張媽媽見了我也是緊緊的擁抱著。在這個小島上，中國同胞大半經營餐旅業，大家情感很親密，不是一盤散沙。

「南燕呢？」問起南施的妹妹，才知南燕正去了台灣，參加救國團的夏令營去了。

「三年沒有消息，想死妳了，都不來信。」張媽媽笑得那麼慈愛，像極了我的母親。我纏在她身上不肯坐下來。

「房子賣了。」我親一下張媽媽，才說。

「那妳回台灣去就不回來了。」南施一面給我倒茶水一面說。

「不回來對妳最好，『所有的書』——中文的，都給妳。」知道南施是個書癡，笑著睇了她一眼。

南施當然知道我的藏書。以前，她太有分寸，要借也不敢借的，這一回我說中文書是她的了，她掐住小強的手臂像要把小強掐斷手一樣欣喜若狂。

「那麼多書——全是我的了？」南施做夢似的恍惚一笑。我為著她的快樂，自己也樂得眼眶發熱。

張伯伯說：「那怎麼好、那怎麼好？太貴重了，太貴重了——」

我看著這可親可敬的一家人，想到他們身在海外那麼多年，尚且如此看重中國的書籍，那種渴慕之心，使我恨不能再有更多的書留下來送給他們。

那天中午，當然在張伯伯的餐館午飯，張伯伯說這一頓不算數，下一次要拿大海碗的魚翅給我當麵條來吃個夠。

城內的朋友不只中國同胞，我的女友法蒂瑪，接受了全部的西班牙文的書籍和一些小瓶小碗加上許許多多荷西自己做框的圖畫。

「妳不難過嗎？書上還有荷西的字跡？」法蒂瑪摸摸書，用著她那含悲的大眼睛凝望著我。

我不能回答，拿了一支煙出來，卻點不著火柴，法蒂瑪啪一下用她的打火機點好一支煙遞上來。我們對笑了一笑，然後不說話，就坐在向海的咖啡座上，看落日往海裏跌進去。

「想你們，怎麼老不在家？回來時無論多晚都來按我的門鈴，等著。Echo。」

把這張字條塞進十九號鄰居的門縫裏去，怕海風吹掉，又用膠帶橫貼了一道。

我住二十一號。

我的緊鄰，島上最大的「郵政銀行」的總經理夫婦是極有愛心的一對朋友，他們愛音樂，更愛書籍。家，是在佈置上跟我最相近的，我們不只感情好，在文化上最最談得來的也是他們。假日他們絕對不應酬的，常常三個人深談到天亮，才依依不捨的各自去睡。這一趟回來總也找不著人，才留了條子。

那個留了字條的黃昏，瑪利路斯把我的門鈴按得好像救火車，我奔出去，她也不叫我鎖門，拉了我往她的家裏跑，喊著：「快來！克里斯多巴在開香檳等妳。」

一步跨進去，那個男主人克里斯多巴的香檳酒塞好像配音似的，波一下給彈到天花板上去。我們兩家都是兩層樓的房子，親近的朋友來了總是坐樓下起居室，這回當然不例外。

「對不起，我們不喜歡寫——信。」舉杯時三個人一起叫著，笑出滿腔的幸福。他們沒有孩子，結婚快二十年了，一樣開開心心的。

談到深夜四點多，談到我的走。談到這個很對的選擇，他們真心替我歡喜著。

「記不記得那一年我新寡？晚上九點多停電了，才一停，你們就來拍門，一定拉我出去吃館子，不肯我一個人在家守著黑？」我問。

「那是應該的，還提這些做什麼？」瑪利路斯立刻把話撥開去。

「我欠你們很多，真的。如果不是你們，還有甘蒂一家，那第一年我會瘋掉。」

「好啦！妳自己討人喜歡就不講了？天下孀婦那麼多，我們又不是專門安慰人的機構——」

瑪利路斯笑起來，抽了一張化妝紙遞過來，我也笑了，笑著笑著又去擤鼻涕。

「我走了，先別關門，馬上就回來——」我看了看鐘，一下子抽身跑了。

再跑到他們家去的時候，身上斜背了好長一個奈及利亞的大木琴，兩手夾了三個半人高的達荷美的羊皮鼓，走不到門口就喊：「快來接呀——抬不動了，克里斯多巴——」

他們夫婦跑出來接，克里斯多巴是個樂器狂，他們家裏有鋼琴、電子琴、吉他、小提琴、大提琴、笛子、喇叭，還有一支黑管加薩克斯風。

「這些樂器都給你們。」我喊著。

「我們保管？」「不是，是給你們，永遠給的。」

「買好不好？」「不好。」「送的？」「對！」

「我們就是沒有鼓。」克里斯多巴眼睛發出了喜悅的閃光，將一個鼓往雙腳裏一夾，有板有眼的拍打起來。

「謝了！」瑪利路斯上來親我一下，我去親克里斯多巴一下，他把臉湊過來給我親，手裏還是砰砰的敲。

「晚安！」我喊著。「晚安！明天再來講話。」他們喊著。我跑了幾步，回到家中去，那邊的鼓聲好似傳遞著消息似的在叫我：「明天見！明天見！」

沒有睡多久，清早的門鈴響了三下，我披了晨衣在夏日微涼的早晨去開門，門口站著的是我以前幫忙打掃的婦人露西亞。

「呀——」我輕叫了起來，把臉頰湊上去給她親吻。露西亞並不老，可是因為生了十一個孩子，牙齒都掉了。

當初並沒有請人打掃的念頭，因我太愛清潔，別人無論如何做都比不上我自己。可是因為同情這位上門來苦求的露西亞，才分了一天給她；每星期來一次。她亂掃的，成績不好。每來一次，我就得分一千字的稿費付給她。

「太太，聽說妳房子賣了，有沒有不要的東西送給我？」

我沉吟了一下，想到她那麼多成長中的女兒，笑著讓她進來，拿出好多個大型的垃圾桶塑膠袋，就打開了衣櫃。

「盡量拿，什麼都可以拿，我去換衣服。不要擔心包包太多，我開車送妳回去。」說完了我去浴室換掉睡衣，走出來時，看見露西亞手中正拿了一件荷西跟我結婚當天穿的那件襯衫。

我想了幾秒鐘，想到露西亞還有好幾個男孩子，就沒有再猶豫，反而幫她打起包裹來。

「床單呢？窗簾呢？桌布呢？」她問。

「那不行，講好是留給新買主的，露西亞妳也夠了吧？」我看著九大包衣物，差不多到人腰部那麼高的九大包，就不再理她了。

「那鞋子呢？」她又問。

「鞋子給甘蒂的女兒奧爾加，不是妳的。」

她還在屋內東張西望，我一不忍心，將熨斗、燙衣架和一堆舊鍋給了她，外加一套水桶和幾把掃帚。

「好啦！沒有啦！走吧，我送妳和這批東西回去。」

我們開去了西班牙政府免費分配給貧戶的公寓。那個水準，很氣人，比得上台北那些高價的名門大廈。露西亞還是有情的人，告別時我向她說不必見面了，她堅持在我走前要帶了先生和孩子再去看我一次，說時她眼睛一眨一眨的，浮出了淚水。她的先生，在失業。

送完了露西亞，我回家，拿了銅船燈、羅盤、船的模型、一大塊沙漠玫瑰石和一塊荷西潛水訓練班的銅浮雕去了鎮上的中央銀行。

那兒，我們沙漠時的好朋友卡美洛在做副理，他的親哥哥，在另一個離島「蘭沙略得」做中央銀行分行的總經理。這兩兄弟，跟荷西親如手足，更勝手足，荷西的東西，留給了他們。

「好。嫂嫂，我們收下了。」

當卡美洛喊我嫂嫂時，我把他的襯衫用力一拉，也不管是在銀行裏。一霎間，熱鬧的銀行突然靜如死寂。

「快回去，我叫哥哥打電話給妳。」

我點點頭，向他要了一點錢，他也不向我討支票，跑到錢櫃裏去拿了一束出來，說要離開時再去算帳。這種事也只有對我，也只有這種小鎮銀行，才做得出來。沒有人講一句話。

「那妳坐飛機過來幾天嘛！孩子都在想妳，妳忘了妳是孩子的教母了？」卡美洛的哥哥在一個分機講，他的太太在另一個分機講，小孩子搶電話一直叫我的名字。

「我不來——」

想到荷西的葬禮，想到事發時那一對從不同的島上趕了去的兄弟，想到那第一把土啪一下撒落在荷西棺木上去時那兩個兄弟哭倒在彼此身上的回憶，我終於第一次淚如雨下，在電話中不能成聲。

「不能相見，不能。再見了，以後我不會常常寫信。」

「Echo，照片，荷西的放大照片，還有妳的，寄來。」

我掛下了電話，洗了一把臉，躺在床上大喘了一口氣。那時候電話鈴又響了。

「Echo，妳只來了一次就不見了，過來吃個午飯吧，我煮了義大利麵條，來呀——」

是我的瑞士鄰居，坐輪椅的尼各拉斯打來的。他是我親愛的瑞士弟弟達尼埃的爸爸，婚娶四次，這一回，他又離了婚，一個人住在島上。

去的時候，我將家中所有的彩陶瓶子都包好了才去，一共十九個。

「這些瓶子，你下個月回瑞士時帶去給達尼埃和歌妮，他們說，一九八七年結婚。這裏還有一條全新的沙漠掛氈，算做結婚禮物。尼各拉斯，你不能賴，一定替我帶去喔。」

「他們明年結婚，我們幹什麼不一起明年結婚呢？Echo，我愛了妳好多年，妳一直裝糊塗？」

「你醉了。」我捲了一叉子麵條往口裏送。

「沒有醉，妳難道還不明白我嗎？」尼各拉斯把輪椅往我這邊推，作勢上來要抱我。

「好啦你！給不給人安心吃飯！」我兇了他一句，他就哭倒在桌子邊。

那一天，好像是個哭喪日，大家哭來哭去的，真是人生如戲啊！

「那妳什麼時候有空呢？」我問班琪。

「忙的是妳呀！等妳來吃個飯，總是不來，朋友呀，比我們土生土長的還要多——」她在電話裏笑著說。

「我不是講吃飯的事情，我在講過入妳名下的東西，要去辦了，免得夾在房子過戶時一起忙，我們先去弄清楚比較好。」

「什麼東西？」

「汽車呀！」

電話那邊沉默了好一會兒，我知道班琪家只有一輛汽車，他們夫婦都做事，東奔西跑的就差另一輛車子，而他們買不起，因為所有的積蓄都花在蓋房子上去了。

「Echo，那我謝了。妳的車跑了還不到四萬公里，新新的，還可以賣個好價錢。」

「新是因為我不在的時候妳保管得好，當然給妳了。」

「我——」「妳不用講什麼了，只講明天早上十點鐘有沒有空？」「有。」「那就好了嘛！先過給妳，讓我開到我走的那一天，好不好？保險費我上星期又替車子去付了一年。」

「Echo，我不會講話，可是我保證妳，一旦妳老了，還是一個人的時候，妳來跟我們一起住，讓孩子們來照顧妳。」

「什麼老了，這次別離，就算死一場，不必再講老不老這種話了。」

「我還是要講，妳老了，我們養妳——」

我啪一下把電話掛掉了。

處理完了最大的東西，看看這個家，還是滿的，我為著買房子的璜和米可感到欣慰，畢竟還是留下了好多家具給他們，而且是一批極有品味的家具。

那個下午，送電報的彼得洛的大兒子來，推走了我的腳踏車。二十三號的瑞典鄰居，接受了我全部古典錄音帶。至於對門的英國老太太，在晚風裏，我將手織的一條黑色大披風，圍上了她瘦弱的肩。

在那個深夜裏，我開始整理每一個抽屜，將文件、照片、信件和水電費收據單整理清楚。要帶回台灣的只有照片、少數文件，以及小件的兩三樣物品。雖說如此，還是弄到天方亮了才理出一個頭緒來。

我將不可能帶走的大批信件抱到車房去，那兒，另有十六個紙盒的信件等著人去處理。將它們全部堆上車，開到海灘邊最大的垃圾箱裏去丟掉，垃圾箱很深，丟到最後，風吹起了幾張信紙，我追了上去，想拾回它們，免得弄髒了如洗的海灘。

而風吹得那麼不疾不徐，我奔跑在清晨的沙地上，看那些不知寫著什麼事情的信紙，如同海鷗一樣的越飛越遠，終於在晨曦裏失去了蹤跡。

我迎著朝陽站在大海的面前，對自己說：如果時光不能倒流，就讓這一切，隨風而去吧。

E.T.回家。

——遺愛之四

那個馬德里來的長途電話纏住我不放。

「聽見沒有，如果他們不先付給妳錢，那麼過戶手續就不可以去簽字。先向他們要支票，不要私人支票，必須銀行本票。記住了吧？」

「好啦！又不是傻瓜，聽到啦！」我叫喊過去。

「我不放心呀！妳給我重複講一次。」

我重複了一遍對方的話，這又被千叮萬囑的才給放了。卡洛斯最喜歡把天下的人都當成他的小孩子，父性很重的一個好朋友。

那時候距離回台只有十天了，我的房子方才要去過戶，因為買了房子的璜和米可剛剛由葡萄牙度假歸來。

「你們要先給我錢，我才去簽字。」跑去跟在郵局做事的璜說。

「咦，如果妳收了錢，又不肯簽字了，那怎麼辦？」璜笑著說。

「咦，如果我簽了字，你們不給我錢，那又怎麼辦？」我說。

「我們——」兩個人異口同聲的說出這個字來，指著對方大笑。我們想說的是：「我們彼此都不——信——任——對——方。」

「好，一手交錢，一手簽字。」我說。

「可是辦過戶的公證人是約了城裏的一個，鎮上的那一個度假未回，妳別忘了。」璜說。

「進城去簽字，也可以把本票先弄好再去呀！」我說。

「好朋友，我們約的是明天清晨八點半吔，妳看看現在是幾點，銀行關門了。」

「你的意思是說，明天我先簽字過戶房子給你們，然後才一同回鎮上銀行來拿支票，對不對？」我說。

「對！」璜說。

「沒關係，我可以信任你，如果你賴了，也算我——」還沒說完呢，璜把我的手輕輕一握，說：「Echo，別怕，學著信任人一次，試試看我們，可不可以？」

我笑著向他點點頭，講好第二日清晨一同坐璜和米可的車進城去。如果過戶了以後，他們賴我錢，我還可以放一把火把那已經屬於他們的家燒掉。一想到原來還有可能燒房子，那種快樂不知比拿支票還要過癮多少倍。

第二天，我們去了公證人那兒，一張一張文件簽啊，也不仔細看。成交了！

簽好了，璜、米可還有我，三個人奔下樓梯，站在街上彼此擁抱又握手，開心得不得了。

「我們快去慶祝吧！先不忙拿錢，去喝一杯再說！」我喊著喊著就拉了米可往對街的酒吧跑去。

「請給我們三杯威士忌加冰塊，雙料！」一拍吧台桌，喊著。

三個神經兮兮的人，大清早在喝烈酒。

「呀——現在可以講啦！那幢房子漏雨、水管不通、瓦斯爐是壞的、水龍頭關不緊、抽水馬桶沖不下、窗子鉸鏈是斷的、地板快要垮下去囉——」我笑著講著，惡作劇的看看他們如何反應。

米可一點也不信，上來親我，愛嬌的說：「Echo，妳這個可愛的騙子！」

「說實在，你們買了一幢好房子，噯——」

「錢要賴掉了！」璜笑著說。

「隨便你，酒錢你付好了。」我又要了一杯。

有節有制的少少喝了兩杯，真是小意思，這才三個人回到鎮上去。

璜叫米可和我坐在郵局裏談話，璜去街上打個轉又回來了，一張薄薄的本票被輕輕放進我手裏。我數了好多個零字，看來看去就是正確的數目，把它往皮包塞，跑掉了。

人性試驗室，又成功一次，太快樂了。

下一步，去了銀行。

這回不是去中央銀行，去了正對面的西班牙國際銀行，那兒的總經理也是很好的朋友。

我大步向經理的辦公室走去，一路跟櫃檯的人打招呼，進了經理室，才對米蓋說：「關上門談一次話，你也暫時別接電話可不可以？」
米蓋好客氣的站起來，繞過桌子，把我身後的門一關，這才親了一下我的臉頰。
「米蓋，還記不記得三年前你對我說的話，在那棵相思樹下的晚上？」我微笑著問他。
米蓋慢慢點頭，臉上浮出一絲我所不忍看的柔情來。
「好，現在我來求你了，可以嗎？」我微微笑著。
「可以。」他靜靜的將那雙修長的手在下巴下面一交叉，隔著桌子看我。等著。
「有一筆錢，對你們銀行來說並不多，可是帶不出境。是我賣房子得來的。」我緩緩的說。
「嗯——不合法。」他慢慢的答。
「我要你使它合法的跟我回台灣去。」
我們對看了很久很久，都不說話。
「妳，能夠使這筆錢變成美金嗎？」米蓋沉吟了一會兒，才說。
「我能。」我說。
「方法不必告訴我。」米蓋說。
「不會，你沒聽見任何不合法的話。」
「變了美金再來找我。」他說。
我們隔著桌子重重的握了一下手。他忍不住講了一聲：「換的時候當心。」我笑著接下口說：「你什麼都沒講，我沒聽見。」

那個下午，我往城裏跑去，那兒，自然有著我的管道。不，穩得住的事，不怕。只要出境時身上沒有什麼給查出來的支票就好。

「Echo，錢拿到沒有？」電話那邊是鄰居尼各拉斯的瑞士德文。

「拿了。」我說。

「要不要我替妳帶去瑞士？」

「找死嗎？檢查出來誰去坐牢？」我問。

「他們不查坐輪椅的人。」

「謝謝你，我不帶走，放在這邊銀行。」

「那——什麼時候再來拿？」

「隨它了。總之謝謝你的好意。」

「妳沒有在換錢吧？」他說。

「我不懂你在說什麼，再見了！還有好多事情要去做。真的，不懂你在講什麼。」

掛下電話，嘆了一口氣，看看飯桌上打好包的一些紀念品，將它們輕輕摸一下，對自己說：「還有九天。就結束了。」

坐在桌前列了一個單子，總共二十八家人要去告別。這裏面，有許多家根本還沒有來得及去拜訪，去了是去通知自己的來，也同時就講再見了。

那個黃昏，在窗口看著太陽落下遠方紫色的群山，竟有些把持不住的感傷。既然如此，不必閒著，就開始大掃除吧！

「喂，妳，當心摔下來呀！」一個鄰居走過我的牆外，我正吊在二樓的窗子外面擦玻璃。

「本來是不會跌下去的，給你這一叫，差一點嚇得滑了腳，快別叫了。」我兇了那個不認識的男人一句。

「拿梯子來站呀！哪有反勾在窗框子上的人呢？」

「一下就好囉！」我說。

「妳的房子不是賣了嗎？還打掃做什麼？」

我笑睇了那不識的人一眼，說：「我高興。」

那個黃昏，只要有鄰居散步走過我的房子，都可以看見我吊在不同方向的窗子外面，在用力清洗那並不算髒的玻璃。

好，做了事情，沒得閒愁了，乾脆一直做到大亮也罷。

廚房中的每一個抽屜都給打開了，把那些刀叉和湯匙排成軍隊被閱兵時那麼整齊，當然，先用乾絨布將它們擦得雪亮的。

一切的中國藥品，一件一件被放到信封中去，封套上寫明了治什麼病，如何用法，也給放在櫃子裏站好。米可會喜歡這些中國藥。

那些各式各樣的酒杯，再被沖洗一次，拿塊毛巾照著燈光將它們擦到透明得一如水晶，再給輕輕放下，不留一個指紋在上面。

所有的食譜和西班牙文的食物做方，都給排列得整整齊齊的，靠在廚房書架上面。

那個爐子，本身就是乾乾淨淨的，還是拿了一支牙刷，沾上去汙粉，在出火口的地方給它用力去擦。除煙機的網罩並沒有什麼油漬，仍然拆下來再洗一次。

冰箱的背後可能藏著蜘蛛網，費了好大的氣力給拖出來，把那個死角好好查了一下——果然有些灰塵。那麼爐子下面呢？好了，這一回拖爐子了。爐子邊上有那麼一片老油漬，沾了汽油洗得手開始發紅，而太陽又從客廳窗外的大海上跳了出來，這間廚房還不算數。

把廚房的窗簾給取下來，洗衣機水力不夠，不能用，就用手洗吧。這麼一弄，第二天也就來了。

我輕嘆了口氣，對自己說：「還有八天。」

我闔著眼睛躺在床上，院子裏的麻雀已經嘰嘰喳喳的來吃麵包渣子了。

那幾天，白天默默的一間一間打掃，黃昏一家一家的去看朋友。有吃的時候，吃些東西，沒吃的時候，喝些水。總之那個全新的廚房已經不再算是我的，捨不得去做一頓飯吃，免得汙染了那連乾燥花都插好了的美麗廚房。

進客廳的地方給放上了兩三雙拖鞋，有朋友來，我就喊一聲：「脫鞋！當心我雪亮的地！」

那個地，原先亮成半個門框的倒影貼在地上，現在給擦成整個房間家具的倒影都在裏面，踏上去有若鏡花水月，一片茵夢湖似的，看了令人愛之不捨。而我，一天一天的計算，還有五天了，還有四天了，還有三天了。

在走之前，堅持璜和米可不能夠來這幢房子，不要他們來，直到我上了飛機。

「Echo，我不愛穿拖鞋，光腳可不可以進來？」

鄰居甘蒂的女兒奧爾加可憐兮兮的站在客廳外面喊著我。我笑著跑過去把她抱起來，不給她踏到地面，把她抱到長沙發上去放著。她，雙手纏著我的脖子咯咯的笑個不停。

我們兩個人靠著肩坐著，還是半抱著她。

「記不記得，妳小的時候，睡在我床上？」我親親她金色的頭髮，奧爾加用力點頭。

「那時候，妳才五歲，妳哥哥七歲，爸爸媽媽要去跳舞，你們就來跟我過夜。記不記得早上我不許妳起床，直到我自己睡夠了？」我又問。

奧爾加咯咯的又笑，拚命點頭。

「妳現在幾歲？」我推了她一下。

「十一。」

「那都七年了？」我說。

「對嘛！」她說。說著說著，奧爾加拿出一個信封來，抽出兩張照片，說：「這個妳帶回去給陳爸爸和陳媽媽，叫他們早點回來看我。」

我沉默了一下，問她：「妳真的還記得他們？」

奧爾加慢慢的點頭。

「那妳還記得另外一個人囉？也是我們家的。」我說。

她又點點頭。

「他哪裏去了？」

「天上。」

我把下巴頂在奧爾加的頭髮上，輕輕的把她抱在懷裏搖晃。

「Echo要走了，妳知道吧！」

小人沒有動，斜過去看她，她含著好滿的一眶眼淚。

「來！」我緊緊抱住她，把她靠在我肩上。

「來——讓Echo再給妳講一個故事——有關另外一個星球的故事，跟E.T.那種很像的——」

「聽不聽？」我微笑著把奧爾加推開一點，看住她的大眼睛，又對她鼓勵的笑一笑，這才再把她抱著，一如小時候哄她睡時一樣。

「在一個很遠很遠的地方，遠得快到月亮那麼遠的地方，有一個民族，叫中國。那兒的人，在古老古老的時代，就懂得天空裏所有的星星，也知道用蠶吐的絲，織出美麗的布料來做衣服。在那個國家裏，好多好多的人跟我們這邊一樣，在穿衣、吃飯、唱歌、跳舞，有時候他們會哭，因為悲傷，有時候他們笑，並不一定為了快樂——」

「妳就是中國過來的。」奧爾加輕輕的說。

「真聰明的孩子——有一年，中國和日本打了好久好久的仗，就在兩邊不再打的時候，一個小嬰兒生了下來，她的父親母親就叫她平，就是和平的意思——那是誰呢？」

「妳——」奧爾加說，雙手反過來勾在我的頸子上。

「對啦！那就是我呀！有一天，中國神跟迦納利群島天上的神去開會了，祂們決定要那個叫做平的中國女人到島上來認識一個好美麗的金髮女孩子——」

「我出來啦？」奧爾加仰頭問。

「聽下去呀——神說：叫這兩個人去做一——生——一世的好朋友，等到七年以後，才可以分開。親愛的——妳，現在我們認識七年滿囉，那個中國神說——噯，中國的回中國去吧，走囉！走囉！還有三天了，不能再賴了。妳看E.T.不是也回他的星球去了——」

奧爾加瞪住我，我輕輕問她：「今晚如果妳留下來，可以睡在我的床上，要不要？」

她很嚴肅的搖搖頭：「妳不是說只有七年嗎？我們得當心，不要數錯了一天才好。」

「那我送妳回家，先把眼淚擦乾呀！來，給我檢查一下。」

我們默默的凝視了好一會兒，這才跑到門口去各自穿上鞋子，拉著手，往甘蒂家的方向走去。

那個孤零零的晚上，為著一個金髮的小女孩，我仰望天空，把那些星月和雲，都弄溼了。

是的，我們要當心，不要弄錯了日子。

神說——還有兩天了。

銀行的那扇門——經理室的，在我又進去的時候被我順手帶上了。坐在米蓋的對面，繳在桌上的是兩張平平的美金本票，而不是一堆亂七八糟的現金。

「妳怎麼變的？」米蓋笑了起來。

也不講，輕輕嘆了口氣。

「請你把這兩張支票再換成西幣。」我說。

「什麼？」

「想了一下，覺得，留下來也好，台灣那邊不帶去了。」

「換來換去已經損失了好多，現在再換回來，平空虧了一筆，為什麼？」

「三年前，我們不是有個約定嗎？你忘了，親愛的朋友。」我輕輕說。

「約定，也不過是兩個人一生中的七天。」米蓋苦笑了一下。

「而且在十年之後。」我笑著笑著，取了他煙盒裏一支煙，說，「一九九三年，夏天，瑞士。」

米蓋把頭一仰，笑著傷感：「妳看我頭髮都白了。」

「那時候，如果不死，我也老了。」我說。

「沒關係，Echo，沒關係，我們不是看這些的，我——」

我把左手向他一伸，那幾顆小鑽鑲成的一圈戒指，就戴在手上，我說：「戴到一九九三年，夏天過後，還給你，就永別了。」

「在這之前，妳還回來嗎？」

我嘆了口氣，說：「先弄清這些支票，再拿個存摺吧！去弄。」

外面的朋友，銀行的，很快替我弄清了一切，簽了字，門又被他們識相的帶上了。

「我走了。」我站起來，米蓋走到我身邊，我不等他有什麼舉動，把那扇門打開了。

「我要跟他們告別，別送了。」我向他笑一笑，深深的再看了這人一眼。重重的握了一下手，還是忍不住輕輕擁抱了一下。

銀行的朋友，一個一個上來，有的握手，有的緊緊的抱住我，我始終笑著笑著。

「快回來喔，我們當心管好妳的錢。」

我點點頭，不敢再逗留，甩一下頭髮，沒有回頭的大步走出去。背後還有人在喊，是那胖子安東尼奧的聲音——「Echo，快去快回——」

第二天清晨，起了個早，開著車子，一家花店又一家花店的去找，找不到想要的大盆景，那種吊起來快要拖到地的鳳尾蕨。

最後，在港口區大菜場的花攤上，找到了一根長長頭髮披著，好大一盆吊形植物，西班牙文俗稱「錢」的盆景。也算浪漫了，可是比不上蕨類的美。

我將這盆植物當心的放在車廂裏，怕它受悶，快快開回家去。

當，那棵巨大的盆景被吊在客廳時，一種說不出的生命力和清新的美，改變了整個空房子的枯寂。

我將沙發的每一個靠墊都拍拍鬆，把櫃子裏所有的床單、毛巾、毛氈、桌布拿出來重新摺過，每一塊都摺成豆腐乾一樣整齊。這還不算，將那一排一排衣架的鉤子方向全都弄成一樣的。

摸摸那個地，沒有一絲灰塵。看看那些空了的書架，它們也在發著木質的微光。

那幾扇窗，在陽光下亮成透明的。

我開始鋪自己睡的雙人床，乾淨的床單、毛毯、枕頭，再給上了一個雪白鉤花的床罩。那個大臥室，又給放了一些小盆景。

最後一個晚上在家中，我沒有去睡床，躺在沙發上，把這半輩子的人生，如同電影一般在腦海中放給自己看——只看一遍，而天已亮了。

飛機晚上八點四十五分離開，直飛馬德里，不進城去，就在機場過夜。清晨接著飛蘇黎世，不進城，再接飛香港。在香港，不進城，立即飛台灣。

鄰居，送來了一堆禮物，不想帶，又怕他們傷心，勉強給塞進了箱子。

捨不得丟掉的一套西班牙百科全書和一些巨冊的西文書籍，早由遠洋漁船換班回台的同胞，先給帶去了台灣。這些瑣事，島上的中國朋友，充分發揮了無盡的同胞愛，他們替我做了好多的事情。跟中國朋友，我們並不傷心分離，他們總是隔一陣就來一次台灣，還有見面的機會。

黃昏的時候，我扣好箱子，把家中花園和幾棵大樹都灑了水。穿上唯一跟回台灣的一雙球鞋，把其他多餘的乾淨鞋子拿到甘蒂家去給奧爾加穿——我們尺寸一樣，而且全是平底鞋。

「來，吃點東西再走。」甘蒂煮了一些米飯和肉汁給我吃，又遞上來一杯葡萄酒。

「既然妳堅持，機場我們就不去了。兩個小孩吵著要去送呢！妳何必那麼固執。」

「我想安安靜靜的走，那種，沒有眼淚的走。」我把盤子裏的飯亂搞一陣，胡亂吃了。

「給爸爸、媽媽的禮物是小孩子挑的，不要忘了問候他們。」

我點點頭。這時候，小孩子由海邊回來了，把我當外星人那麼的盯著看。

「我走了。」當我一站起來時，甘蒂丟掉在洗的碗，往樓上就跑，不說一句話。

「好吧！不要告別。」我笑著笑著，跟甘蒂的先生擁抱了一下，再彎下身，把兩個孩子各親了一次。

孩子們，奧爾加，一秒鐘也不肯放過的盯著我的臉。我拉住他們，一起走到牆外車邊，上車，再從車窗裏伸出頭來親了一陣。

「再見！」我說。

這時，奧爾加追起我的車子來，在大風的黃昏裏尖叫著：「妳不會回來了——妳不會回來了——」

在燈光下，我做了一張卡片，放在客廳的方桌上，就在插好了的鮮花邊，寫著：

「歡迎親愛的米可、璜，住進這一個溫暖的家。祝你們好風好水，健康幸福。

Echo」

這時候，班琪的電話來了。

「我們來接妳。」「不必，機場見面交車。」

「箱子抬得動嗎？」「沒有問題。」

「還有誰去機場送？」「還有買房子的那對夫婦，要交鑰匙給他們。就沒有人了，只你們兩家。」

「不要太趕，一會見囉！」「好！」

我坐下來，把這個明窗淨几的家再深深的印一次在心裏。那時候，一個初抵西班牙，年輕女孩子的身影跳入眼前，當時，她不會說西班牙話，天天在夜裏蒙被偷哭，想回台灣去。半生的光陰又一次如同電影一般在眼前緩緩流過，黑白片，沒有聲音的。

看著身邊一個箱子、一個背包、一個手提袋就什麼也不再有了的行李，這才覺得：空空的來，空空的去。帶來了許多的愛，留下了許多的愛。人生，還是公平的。

看看手錶，是時候了，我將所有的窗簾在夜色中拉上，除了向海的那面大窗。

我將所有的燈熄滅，除了客廳的一盞，那盞發著溫暖黃光的立燈——迎接米可和璜的歸來。

走吧！鎖上了房子的門，提著箱子，背著背包，往車房走去。

出門的最後一霎間，撿起了一片相思樹的落葉，順手往口袋裏一塞。

向街的門燈，也給開了。

我上車，慢慢把車開到海邊，坐在車裏，看著岸上家家戶戶的燈光和那永不止歇的海浪，咬一咬牙，倒車掉頭，高速往大路開去。

家、人、寶貝、車、錢，還有今生對這片大海的狂愛，全都留下了。我，算做死了一場，這場死，安靜得那麼美好，算是個好收場了。

在機場，把車鑰匙交給班琪和她的丈夫，她收好，又要講那種什麼我老了要養我的話，我噓了她一聲，微微笑著。

璜和米可，收去了那一大串房子鑰匙。在鑰匙上面，我貼好了號碼，一二三四……順著一道一道門，排著一個一個號碼。

「米可，我想妳送走了我，一定迫不及待的要進房子裏看看。替妳留了一盞燈，吊著一樣妳會喜歡的東西在客廳。」我說。

米可說：「我想去打掃，急著想去打掃。」

「打掃什麼?」我不講穿,笑得很耐人尋味,一時裏,米可會不過意來。

那時,擴音機裏開始播叫:伊伯利亞航空公司零七三飛馬德里班機的乘客,請開始登機——伊伯利亞航空公司零七三飛馬德里——

「好。」我吸了一口氣,向這四個人靠近。

緊緊的把他們抱在懷裏,緊緊的弄痛人的那種擁抱,抱盡了這半生對於西班牙狂熱的愛。

「走了!」我說。

提起背包,跨進了檢查室,玻璃外面的人群,撲在窗上向我揮手。

檢查的人說:「旅行去嗎?」

我說:「不,我回家去。」

三毛一生大事記。

- 本名陳平，浙江定海人，一九四三年三月二十六日（農曆二月二十一日）生於四川重慶。
- 幼年期的三毛即顯現對書本的愛好，小學五年級時就在看《紅樓夢》。初中時幾乎看遍了市面上的世界名著。
- 初二那年休學，由父母親自悉心教導，在詩詞古文、英文方面，打下深厚的基礎。並先後跟隨顧福生、邵幼軒兩位畫家習畫。
- 一九六四年，得到文化大學創辦人張其昀先生的特許，到該校哲學系當旁聽生，課業成績優異。
- 一九六七年再次休學，隻身遠赴西班牙。在三年之間，前後就讀西班牙馬德里大學、德國哥德書院，在美國伊利諾大學法學圖書館工作。對她的人生歷練和語文進修上有很大的助益。
- 一九七〇年回國，受張其昀先生之邀聘，在文大德文系、哲學系任教。後因未婚夫猝逝，她在哀痛之餘，再次離台，又到西班牙。與苦戀她六年的荷西重逢。
- 一九七四年，於西屬撒哈拉沙漠的當地法院，與荷西公證結婚。
- 在沙漠時期的生活，激發她潛藏的寫作才華，並受當時擔任聯合報主編平鑫濤先生的鼓勵，作品源源不斷，並且開始結集出書。第一部作品《撒哈拉的故事》在一九七六年五月出版。

● 一九七九年九月三十日，夫婿荷西因潛水意外事件喪生，三毛在父母扶持下，回到台灣。

● 一九八一年，三毛決定結束流浪異國十四年的生活，在國內定居。

● 同年十一月，聯合報特別贊助她往中南美洲旅行半年，回來後寫成《千山萬水走遍》，並作環島演講。

● 之後，三毛任教文化大學文藝組，教〈小說創作〉、〈散文習作〉兩門課程，深受學生喜愛。

● 一九八四年，因健康關係，辭卸教職，而以寫作、演講為生活重心。

● 一九八九年四月首次回大陸家鄉，發現自己的作品，在大陸也擁有許多的讀者。並專誠拜訪以漫畫《三毛流浪記》馳名的張樂平先生，一償夙願。

● 一九九〇年從事劇本寫作，完成她第一部中文劇本，也是她最後一部作品《滾滾紅塵》。

● 一九九一年一月四日清晨去世，享年四十八歲。

● 二〇〇〇年七月三毛遺物入藏國立文化資產保存研究中心籌備處。現址為台南市中西區中正路一號國立台灣文學館。

● 二〇〇〇年十二月在浙江定海成立三毛紀念館，由杭州大學旅遊研究所教授傅文偉夫婦籌劃。

● 二〇一〇年《三毛典藏》新版由皇冠出版。

● 二〇一六年十月二十六日三毛作品《撒哈拉歲月》西班牙版與加泰隆尼亞版，於西班牙出版。

● 二〇一六年十二月二十日國立台灣文學館出版《台灣現當代作家研究資料彙編．89．三毛》。

● 二〇一六年至二〇二〇年三毛書出版九國不同翻譯版本。

● 二〇一七年四月二十日中國大陸浙江省舉辦「三毛散文獎」決選及頒獎典禮。

● 二〇一九年美國《紐約時報》（New York Times）推文介紹這位被遺忘的作家三毛，同年Google於三月二十八日選取三毛為華人婦女代表。

● 二〇二一年《三毛典藏》逝世30週年紀念版由皇冠出版。

國家圖書館出版品預行編目資料

夢中的橄欖樹 / 三毛作 . -- 二版 . -- 臺北市 : 皇冠，2021.04 ; 面 ； 公分 . --（皇冠叢書 ; 第 4921 種)(三毛典藏 ; 03)
ISBN 978-957-33-3656-3(平裝)

863.55　　109021624

皇冠叢書第4921種
三毛典藏 3
夢中的橄欖樹

作　　者—三　毛
發 行 人—平　雲
出版發行—皇冠文化出版有限公司
台北市敦化北路120巷50號
電話◎02-27168888
郵撥帳號◎15261516號
皇冠出版社(香港)有限公司
香港銅鑼灣道180號百樂商業中心
19字樓1903室
電話◎2529-1778　傳真◎2527-0904
總 編 輯—許婷婷
美術設計—嚴昱琳
著作完成日期—1988年
二版一刷日期—2021年3月
二版五刷日期—2024年4月
法律顧問—王惠光律師

讀者服務傳真專線◎02-27150507
電腦編號◎003203
ISBN◎978-957-33-3656-3
Printed in Taiwan
本書定價◎新台幣350元/港幣117元